中国健康档案

徐观潮　著

中国文史出版社

一本中国健康的好书（代序）

——读徐观潮长篇报告文学《中国健康档案》

师力斌

我抱着浓厚的兴趣读完全书，想以极大的热情向读者朋友推荐徐观潮这部长篇报告文学《中国健康档案》。它关乎健康，关乎我们；关乎我们的身体，也关乎我们的精神；关乎我们的历史，也关乎我们的未来。

首先要交代，我不是医学健康方面的专家，只是个文学编辑，在医疗专业方面不敢下任何判断，只能就其写作谈一点体会。这情形多少有点像影视评论中的路人甲，随便发点议论而已。对于这部作品，我正扮演了这样一个路人甲的角色。但由于多年来在编辑工作中编发了一些与医疗相关的报告文学，更由于多年来对中国医疗事业极为关注，所以，读这部书就仿佛有一种很熟悉的错觉，借此错觉把自己门外汉的身份顾虑关到门外，再说几句门外感受：

一、这本书给我上了一堂生动具体的中国百年健康史的课。作品通过对新中国成立以来摆脱重大疾病威胁、构建健康中国大格局的追溯和正在进行的健康中国行动的真实记录，回顾了新中国 70 年不平凡的健康之路，书写了新中国 70 年的健康史和生命史。像新中国禁毒禁娼、开展爱国卫生运动、消灭传染病、把卫生工作重点放到农村去、医疗卫生体制改革、健康扶贫和中医突出重围等医疗卫生领域的重大历史事件都有描述。之前道听途说的一些历史知识点，如禁毒禁娼这两件事关乎国人健康的老大难问题，还有毛主席诗句"华佗无奈小虫何"提到的血吸虫病，以及这些问题得以解决的详尽过程，在此书中找到了清楚的答案。与此类似，书中其他事件的叙述也都有头有尾，有点有面，有人物有情节。特别注重细节。有一个细节让我哑然失笑，叹服作者选材的功夫。说1932年，上海《东方杂志》策划了一次"新年的梦想"活动。鲁迅、林语堂、胡适等140多位名人说出了244个"梦想"。其中，暨南大学教授周谷城的梦想是："人人有机会坐在抽水马桶上大便。"徐观潮用这个材料衬托新中国卫生健康事业的发展，特别给力，有四两拨千斤的效果。某一瞬间，我觉得拿这部书做爱国主义教材也无不可。新中国初期，国家积贫积弱，随时遭受疾病瘟疫的威胁，国民健康降到了最低谷。经过70年奋斗，人均期望寿命从35岁提高到77岁，婴幼儿死亡率从200‰下降到6.1‰，孕产妇死亡率从1500/10万下降到18.3/10万。医疗机构数量从0.9万个增加到99.7万个，建立了世界最大的全民基本医疗保障网等，一组组数据见证了一段段辉煌的历史。中国涅槃重生，创造了一个又一个生命和健康的奇迹，实现了从"东亚病夫"向"东方巨人"的转身。在书尾，作者将最新发生的抗击新冠疫情纳入其中，为70年的健康医疗史添上浓重的一笔。

正如历史并非一片光明，作者也并未一味赞颂。对20世纪80年代以来全民关注的医疗卫生体制改革以及看病难、看病贵现象，做了详尽梳理和深入反思。比如，原来的赤脚医生制度以及基层合作医疗体系，以极低的投入取得较高健康医疗效果，对当前存在的看病难、看病贵、全国人民一窝蜂拥到大城市看病的困状，是否具有启示性？优质医疗资源过度集中于大城市，而忽略乡村和基层，是否值得反思？基层乡村和社区在全民医疗健康中的重要地位，在此次全民抗疫中再一次凸现，再次让人思考原有医疗制度中的合理因素。

二、这本书给我普及了许多健康知识，传授了不少健康观念，加深了我对健康医疗的理解。比如，面瘫，如果医治及时，找对医生，两三千块钱搞定，弄不对，花好几万都治不好。这是省钱的健康知识。还有救命的知识，如急救"120"识别法，这里不赘，详情大家去看书。还有医疗观念，比如"从治已病到治未病"，健康防线前移，防患于未然，这个观念既古老又前卫，不能不服作者的眼光和手段。再比如"精神卫生"概念对我的冲击。以前我对疾病的理解很单纯，要么生病，要么健康。后来深入了一点，知道了亚健康。这回看到"精神卫生"的概念及其叙述，对健康的理解深入了许多。总之，我们人从头到脚，从里到外，从肉体到精神，从出生到死亡，一生所能经历的许多沟沟坎坎，本书多有涉及，信息量丰富，读来颇有启悟。当然，这些知识、观念的推送不像微信里流传的治病小窍门那样直截了当，而是被巧妙夹带在一个个医疗故事中间。实际上，作者徐观潮是卫生健康战线的工作者，并非一般的报告文学作家，他长期工作在这个领域，有大量的实践经验和专业知识，这保证了本书在专业方面的质量和水准。

三、这本书的文学修养和叙事能力值得一提。作者一向善于驾驭大题材、写大历史，有大气势，旁征博引，知识广博，这在他先前的《名将陶侃》等著中就有体现。阅读本书，又一次体会到作者在这方面的功力。在故事情节、人物形象、语言动作、内心世界等方面，都有良好表现，许多感人至深的段落都是这方面的例子，这里不展开。在叙事结构上，既能站在全局把握总体架构，又能置身细部呈现具体问题，总分相承，变幻自如，点和面的恰当结合，避免了材料大杂烩的弊端。作品的可读性、思想性、艺术性结合得好，其实也根于其文学修养和叙事功力，只不过作者不属于那种铺张奢华的写作风格，而采取了一种内敛朴素的路数。感觉这部书，既可以作为普及性的医疗史读物，也可以作为专业性的思想参考。

四、这本书的情感立场让我点赞。此书是给小人物立传，为情造文，以情动人，闪耀人道主义的光彩。身为基层卫生战线的工作者，徐观潮对患者、医生、家属，对一切采访对象，都浸润了丰沛的情感。据他所言，为写作该书，他按中国作家协会定点深入生活要求，100多天跑遍了江西6个地市32个县（区、市）60多个乡镇和50多个单位，采访了200余位卫生健康领域的代表人物。正是这些小人物身上的光点和痛苦，成为徐观潮的写作动力。"花桥有三多。一是病患多。肝病、肾病、心脏病、脊髓炎、高血压、肺癌、小儿麻痹、脑瘫，看一眼都让人心生悲苦。二是伤残多。肢残、身残、面残、脑残，应有尽有。仅他居住的湖下嘴，以拐代步的就不下十人。数遍花桥，有六十三根拐杖。道官垅一家七口竟能拿出五个残疾证，谁看到谁揪心。三是智障多。""谁看到谁揪心"无疑是作者的真情流露，而他为那些艰辛的医务工作者、孤寂的事业开拓者、痛苦而坚韧的病患者写下的文字，可谓字字深情。

徐观潮对国家和乡土持有一种独特的情感。他在文中说，"我追踪共和国的脚步时，心里在战栗，也在深深震撼！感觉有一丝丝的温暖从全身的毛孔蜂拥而入。这是一种兴奋的感觉，一种自豪的感觉，一种希望的感觉。"毫无疑问，中国医疗、中国健康，是此次写作的主题。同时，他作为江西人，对江西的医疗事业情有独钟。江西医疗、江西健康是这部书的重要内容，也是观察中国医疗健康的立足点。70年来，江西全省居民人均预期寿命由1953年的32.25岁提高到76岁，孕产妇死亡率由1990年的96.3/10万下降到2018年的8.41/10万，婴幼儿死亡率由1990年的55‰下降到5.5‰。医疗机构从141个增加到3.65万个。看得出来，他对江西这些发展成就有所"偏心"。

文以明道。《中国健康档案》讲述的既是健康之道，还是生命之道。它为中国健康打开了一扇窗，一个昂首前行的中国尽在眼中，一代人的信念和梦想也尽在眼中。这独特的风景，提醒着我们，也激励着我们。

2020年4月13日于通州

（师力斌，笔名晋力，诗人、评论家、文学博士，《北京文学》副主编。）

目　录
CONTENTS

引　言

上古时代，华夏中原大地，一群身穿树叶、兽皮的原始人从丛林中走出来，结束了茹毛饮血的日子，在明媚的阳光下，在绿色的草地上，在清澈的湖面，欢欣鼓舞。普天之下，没有人比他们更快乐。

一位披肩长发、目光深邃的老人站在高山之巅，脸上却看不到一点快乐。

一个稚嫩的声音问："老祖宗，为什么不快乐呀？"

老人似乎想逗小孩："你不是老祖宗，怎么知道老祖宗不快乐呀？"

小孩也学着老祖宗的腔调说："老祖宗不是我，怎么知道我不知道老祖宗不快乐呀？"

老人说："老祖宗不是你，本来就不知道你知道老祖宗不快乐。你不是老祖宗，所以你肯定不知道老祖宗不快乐。"

小孩愣住了。他让老人绕糊涂了，歪着头说："我就知道老祖宗不快乐，因为老祖宗不去跳舞。"

老人也愣住了。他原是想考考小孩的应变能力，没想到被小孩一句简单的话把一个复杂的思辨击溃了。

老人苦笑说："玩去吧。"

老人的确不快乐。他想到眼前的快乐是多么短暂，心里便充满着忧伤。寒来暑往，老人不分昼夜立于山之巅，仰望太空，俯瞰大地，脑子里一会儿刮风下雨，一会儿电闪雷鸣，一会儿风起云涌，一会儿冰天雪地。他的名字叫伏羲。他教民结网捕鱼，打猎驯兽，万民不再为饥饿而发愁。他倡导男聘女嫁，子女不再为找不到父亲而伤心。他造字记事，结束了结绳记事的历史。他是一个有大智慧的人，却偏偏想不透这天地变化、日月运转、生老病死的道理。

一天，伏羲在蔡河里捕鱼，捉到一只白龟。他把白龟养了起来。不久，有人说，蔡河里又出了一只像龙又像马的怪物。伏羲来到河边。龙马见到伏羲，一动不动。伏羲审视龙马背上的花纹：一六居下，二七居上，三八居左，四九居右，五十居中。伏羲用蓍草在一片大树叶上画下了龙马背上的花纹。刚画完，龙马腾空而去。伏羲拿着那片树叶坐在白龟池边，怎么也想不清楚花纹的奥妙。白龟游过来，陪着伏羲发愁。伏羲突然发现白龟壳上的花纹中间五块，周围八块，外圈十二块，最外圈二十四块。

伏羲大笑："大道至简，天地万物变化就一阴一阳而已！"

伏羲据此开天立极，画八卦图，开创造了中华文明的一片天地。

若干年后，小孩也长大了。他的名字叫神农氏。神农氏制耒耜，种五谷，开启了人类农耕文明。他教民种麻桑，治麻为布，以布制衣，让万民告别了蒙昧。他以日中为市，以物易物，使天下之民各得其所。他发明陶器，改善了人类卫生生活条件。他削桐为琴，结丝为弦，作五弦琴，用情感语言记录人的喜怒哀乐。然而，神农氏也不快乐。他发现他的臣民因误食一些动植物，经常发生呕吐、腹疼、昏迷，甚至死亡。他还发现一些动物病了，吃了某种草便好了。于是，神农氏发愿遍尝百草，审其酸、咸、甘、苦、辛五味，察其寒、热、温、凉四气，辨其有毒、无毒，采治时月生熟，一日遇七十毒而坚持不懈，终于掌握了百草疗疾，使百姓益寿延年。后人据此整理的《神农本草经》成为中草药学旷世经典。

　　时光流转，岁月更迭，不知又花开几度。华夏出了一位共主，以土德为王，人称黄帝。黄帝修德振兵，东征西讨，统一了华夏。他划野分疆，八家为一井，三井为一邻，三邻为一朋，三朋为一里，五里为一邑，十邑为一都，十都为一师，十师为一州，共设九州，建立了一个古老的华夏帝国。黄帝志得意满，封禅于泰山，巡游于天下。黄帝在崆峒山遇到一个叫广成子的道士，便欲与他坐而论道。广成子说，你治下久旱不雨，田园荒芜，百姓面黄肌瘦，人寿多夭，有什么资格与我论道？黄帝闷闷不乐，回来把自己关在一间小屋子里反省了三个月，又去找广成子。

　　广成子说："你要问什么道？"

　　黄帝说："长生之道。"

　　广成子说："此问甚好！"

　　又说："你是问一人长生还是万民长生？"

　　黄帝问："一人长生如何？万民长生又如何？"

　　广成子说："一人长生，我现在就告诉你。形将自正，必静必清；无劳妆形，无摇妆精，即可长生。如问万民长生，找岐伯去吧。"说完，广成子给了黄帝一卷《自然经》。

　　黄帝一路西行至岐山，见长者鹤发童颜，健步如飞，少者肌洁容美，俊逸潇洒。一打听，原来都是神医岐伯的功劳。黄帝想，这就是广成子说的万民长生？于是黄帝恭请岐伯出山为臣，尊为天师，君臣上穷天纪，下极地理，远取诸物，近取诸身，更相问难，探讨人体生理、病理之奥秘。

　　问："何谓阴阳？"

　　答："阴阳者，天地之道也，万物之纲纪，变化之父母，生杀之本始，神明之府也。"

　　问："天地人又有什么样的关系？"

　　答："天地自然是大宇宙，人体是小宇宙。气为宇宙万物之源。人以天地之气生，四时之法成。大有天气、地气、人气、四时之气，小有六脏六腑之气，微有经脉营卫之气，神妙有阴阳五行之气。天地之大纪，人神之通应。"

问："调摄阴阳又是怎么回事？"

答："病在阳，从阴以诱导之，病在阴，从阳以诱导之。察病之在阴在阳，辨其刚柔，阳病当治阴，阴病当治阳。"

问："六脏六腑又是怎么分工的呢？"

答："心，君主之官，主宰全身。肺，辅佐之官，以一身之气调节全身。肝，主怒，为将之官。膻中，维护心而听其令，属臣使之官。脾胃，仓廪之官。大肠，传导之官。小肠，受盛之官。肾，能使人强而有力。三焦，能够通行水道。膀胱是州都之官。十二官犹如君臣，君明则臣贤。明白这道理，用于养生便能长寿，用于治国，则能昌盛繁荣。"

问："听说上古之人年过百岁还不显衰老，现在的人才过半百便衰弱无力，这又是为什么呢？"

答："上古之人能取法于天地变化之理，调和阴阳，饮食有节制，作息有规律，都能活到天赋之年。现在的人喝酒如饮水，醉酒行房，恣情纵欲，真气耗散，半百而衰还有什么奇怪的呢！"

……

黄帝与岐伯不断地聊这样的问题。聊着聊着，便聊出了一部《黄帝内经》。

《曝杂记》云："三皇之书，伏羲有《易》，神农有《本草》，黄帝有《素问》。《易》以卜筮存，《本草》《素问》以方伎存。"《通鉴外记》亦云："黄帝以人之生也，负阴而抱阳，食味而被色，寒暑荡之于外，喜怒攻之于内，夭昏凶札，君民代有，乃上穷下际，察五色，立五运，洞性命，纪阴阳，咨于岐伯而作《内经》。"现代医学将《黄帝内经》列为中国传统医学四大经典之首。它奠定了中国人体生理、病理、诊断和治疗医学基础，是中国最具影响力的一部医学著作，被称为医之始祖。

《黄帝内经》说："是故圣人不治已病治未病，不治已乱治未乱，此之谓也。夫病已成而后药之，乱已成而后治之，譬犹渴而穿井，斗而铸锥，不亦晚乎。"这一理论不仅是传统中医的精髓，而且成为当代建设健康中国的重要基石。

天道生阴阳，阴阳成五行，五行成万物，万物负阴而抱阳，和谐共生。中国古人用阴阳五行理论来研究天地变化之道、万物运行法则、生命变化规律、生命内部制衡关系，创造了辉煌的中国古代文明。医学仅仅是其中一个成功的范例。

如果能做到必静必清，认真梳理中华五千年文明史，你会发现中国古代最伟大的发明不是造纸术、指南针、火药和印刷术，而是阴阳五行学说和由此演变而来的中国传统医学。

在人类文明史上，还有一种神秘的职业，称之为"巫"。巫，从"工"从"人"。"工"，上为天，下为地，中间"丨"通达天地。中间有一群"人"，期望着能得到天地的眷顾，平安快乐地活着。上古之民，生于九州岛之土，于洪水中哀求，于山火中挣扎，于疫病中伏尸万里，于兽爪下血流成河。天心仁善，人中方有巫人出。悟天道，通天理，天赋无穷之力，救天下黎民于灭亡之困，拔人族于覆灭之境。殷商西周时期，专司人神交通的巫逐步职业化，在社会上享有崇高地位。

《姓氏考略》："黄帝臣巫彭作医，为巫氏之始。"医，古代为"毉"，从巫，治病工。巫医也问病因，问过之后不是直接诊治，而是向鬼神祝祷，对病人施以催眠、暗示等手段，使病人相信自己的病是鬼神作祟。经过巫医祈求或驱使，病人忧郁、恐惧在不知不觉间得到缓解。再施以药草。如果不是大病沉疴，往往能见效。这不是荒诞。一位现代医学专家就说过，治病有三个重要依靠：30%依靠自身免疫系统的自愈能力，50%依靠医疗手段，20%依靠精神心理辅助治疗。巫医用精神疗法加上药草治病，按专家分析，成功率应在 50%以上。即便没有治好，巫医也可以把账算到鬼神头上，这是鬼神的惩罚。

医巫同源，相生相伴，决定着从医的道路充满着神秘和风险。

正因为中国传统医学脱胎于道家的阴阳五行学说，自始至终就没有逃出大自然神秘力量和宗教崇拜以及鬼神的影响。加之医学研究的对象是人，而人又是一个最神秘、最复杂、最无法掌控的生命体，人对医学的认知也各有差异。在这样复杂的背景下，医、巫就像白天和黑夜，既黑白分明，又相互缠绕，纠缠不清。医生职业也成为最神秘、最复杂、最让人爱恨交加的职业。

医巫虽然同源，但医巫分离又是必然趋势。西周之后，医术逐步成为一种职业。《周礼·天官·冢宰》中列有医师以及食医、疾医、疡医、兽医等专职官员。从古汉字"毉"演变为"醫"，也能看出其中的玄妙。医从酉，酉即酒。酒为医疗中常见的汤液。这时的医术不再是依靠"巫"，而是依靠汤药。春秋战国时期，巫、医已经明确分离。公元前四百年，有一个名医叫秦越人。他精通内、外、妇、儿、五官科，还是中医"望、闻、问、切"四诊法的发明者。当时民间有个习惯，把医术通神的人用黄帝时期神医扁鹊名字来称呼他。世人都称秦越人为扁鹊，真名反而淡忘了。扁鹊将"信巫不信医"列为"六不治"，说明巫医已经完全分离。同一时代，被西方尊为"医学之父"的古希腊人希波克拉底（Hippocrates），同样对巫师用咒文、魔法治病深恶痛绝。他反对疾病天罚之说，抵制用巫术看病，最后被教会关进了监狱。

医、巫作为职业虽然分离，但在治病上又从来没有真正分离过。时空转换到汉代，中国传统医学已经发展得非常成熟。但是民间仍笃信巫术。不仅民间信，皇帝也信。《孝武本纪》记载，汉武帝病急，遍请巫医，病愈后还龙心大悦，大赦天下。哪怕是到了明清，巫医治病仍史不绝书。《南史·张融传》记载，后秣人张景腹胀面黄，众医不能治。嗣伯用死人的枕头煮汤让张景喝,泻下石蛔五升。隋唐宋明各朝以官方名义设立"祝禁博士"和"咒禁师",使巫术治病官方化、礼仪化、合法化。上有所好,下必效仿。到了明朝,民间信巫不信医之风日盛。明陶晋英《楚书》记载,施州保靖永顺有个风俗,有人患病则敲铜鼓沙锣以求鬼神。清康熙皇帝因太皇太后久病不愈,亲制祝文,祷于天坛。就是在医学高度发达的今天,民间仍有人用巫术治病。

大自然很神秘,人很神秘,人类文明史更是充满着神秘。当我决定书写健康中国时,历史就像幻灯片在我脑子里滚动。

在人类文明史上,最重视的是生命和健康,最不重视的也是生命和健康,唯有欲望是永恒的主题。争夺欲望的最高形式便是战争。在战争中,人被当作"两脚羊"充当"军粮"的记载屡见不鲜。为了欲望,有人想用战争去改写历史。但是,为了维护生命和健康的尊严,大自然同样会用"疫""病"和灾荒的形式去诠释历史。据医史文献记载,从公元前六七四年至1949年2623年间,共发生过772次程度不等的瘟疫。几乎每一次改朝换代都与瘟疫有关。邓拓在《中国救荒史》中统计,历代发生疫灾的次数:西东周1次,秦汉13次,魏晋17次,南北朝17次,隋唐17次,两宋32次,元代20次,明朝54次,清朝74次,民国6次(截至1937年)。东汉末年,中原地区瘟疫凶猛。张仲景说:"余宗族素多,向逾二百,自建安以来,犹未十年,其亡者三分之二,伤寒十居其七。"魏文帝曹丕也说:"家家有伏尸之痛,室室有号泣之声,或合门而亡,或举族而丧者。"明末清初,疫死者半。开封大疫,诸门出柩90余万人。史学家估计,明末大瘟疫死亡人数在千万以上。1900年至1949年,仅死于鼠疫的人数就有102万,病死率89%。

人类文明史是一部生命史,一部文化史,也是一部健康史,而战争、灾荒和疾病是寄生在这部历史里的三大恶魔。它们在不断啃食历史,让历史充满着血腥味。中华民族依靠自身强大的"免疫力",屹立在世界民族之林。因为，在中国人的理想中，深深根植"不为良相便为良医"的信念，良相治世，良医治病。

1949 年，中华人民共和国从鸦片战争之后的百年战乱废墟上和灾荒、饥饿、贫穷、疾病、瘟疫肆虐中站立起来了。然而，中华人民共和国的躯体也出现了从未有过的衰弱。

多灾多难的中华民族是如何走出这样的困境，实现大国崛起？当我追踪共和国的脚步时，心里在战栗，也在深深震撼！感觉有一丝丝的温暖从全身的毛孔蜂拥而入。这是一种兴奋的感觉，一种自豪的感觉，一种希望的感觉。

国家免疫力

第一章　共和国从这里起步

割 除 毒 瘤

免疫力是人体自身的防御机制。人体依靠免疫力来识别处理病毒的外侵和体内细胞突变感染。一个人丧失免疫力，面临的是死亡。一个国家丧失识别和防患异物入侵，处理不好社会细胞突变或感染，任由"细菌病毒"泛滥，人民健康得不到保障，那么这个国家就丧失了基本的"免疫力"。一个国家丧失"免疫力"，面临的是亡国，甚至是灭种。

新中国成立之初，新中国的"免疫力"低下到什么程度？

国民党政府溃逃后留下的是一个千疮百孔的烂摊子，生产萎缩，物价飞涨，失业严重，民生困苦。1949 年的中国，人均国民收入只有 27 美元。三分之一的公路无法使用，铁路主干线几乎没有一条能够全线通车。还有大批的失业工人和 4000 万等待救助的灾民。在大陆遗留的一大批反革命分子不甘心失败，利用一切可能的机会，向人民和政府猖狂进攻。仅 1950 年这一年，在新解放区就有近 4 万名干部和群众被反革命分子杀害。有些人对共产党管理经济的能力表示怀疑，他们扬言，共产党是土包子，只会打仗不懂经济，军事 100 分，政治 80 分，经济是零分。

卫生健康状况更是让人忧心如焚。国际上通常用人均寿命、婴儿死亡、孕产妇死亡率三大指标来衡量一个国家人民的健康水平。尚在"摇篮"里的新中国，人均预期寿命只有 35 岁，仅相当于一只类人猿的一般寿命。人口粗死亡率高达 25－35‰，婴儿死亡率高达 200‰，产妇死亡率达到 15‰，天花、霍乱、鼠疫、性病等多种急慢传染病流行，寄生虫病广泛传播，肺结核、消化系统疾病、呼吸系统疾病也都时刻在威胁着人的生命。中国人在国际上的形象仍然是"东亚病夫"。而此时的新中国还面临着西方国家全面封锁，卫生工作处于一个人民疫病丛生、缺医少药的严峻局面。

共和国迫切需要提高自身的免疫力。从哪里起步？历史选择了做"外科手术"，从割除旧中国遗留在共和国躯体内的两大"毒瘤"开始。

一个是娼妓毒害。娼妓起源于何年代，并没有定论。很多人认为春秋时期齐国管仲是始作俑者。清朝褚学稼说："管子治齐，置女闾七百，征其夜合之资，以充国用，此即花粉钱之始也。"汉代时，军中开始配备女乐，设置营妓。《万物原始说》有："至汉武始置营妓，以待军士之无妻室者。"同时，民间也出现了私妓。富豪人家普遍蓄养女乐，卖艺亦卖色。真正纯营业性的娼妓出现于魏晋南北朝，官妓制度形成于唐代。唐宋元明为娼者要在官府注籍登记，官府供应脂粉，在其设立的"瓦舍""勾栏""监户""教坊""乐坊"中营业。妓女一入官籍，便毫无人身自由。宋代私妓开始盛行。明朝中期取缔了官妓，从此娼妓归私人经营。到了清朝，妓院不仅卖色，还聚赌、吸毒。清初，虽然也发布过禁止开设妓院的禁令，但都形同虚设。光绪之后，官府则公开抽缴妓捐（税）。国民党统治时期，"花捐"竟然成为财政的一个重要税源。新中国成立前，在殖民地化的上海，登记的妓院就有八百余家，有妓女九千余人。但据国民党政府估计，实际妓女人数在十万以上。据统计，新中国成立之前，分布在全国的大小妓院有近万家。此外还有相当数量的游妓暗娼遍布社会各个角落。患性病的人口在一千万以上。所有有良知的中国人，无论是对"官妓""私妓"，还是对藏污纳垢的妓院，无不深恶而痛绝之。

另一个是烟毒祸害。鸦片传入中国可追溯到公元前一三九年张骞出使西域。鸦片最初是用在医疗上，华佗就用大麻和鸦片作为麻醉剂做外科手术。17世纪初，荷兰人把印第安人的烟斗和烟叶传入中国，不到二百年，中国人吸食鸦片的传播速度达到了令人恐怖的程度。当时有人断言，除了杀掉吸食者，无法让其戒除恶习。从明朝的崇祯到清朝的雍正、乾隆、嘉庆、道光，在禁烟的问题上却是不约而同。中西贸易史，特别是中英贸易史，几乎就是一部禁烟史。1840年鸦片战争之后，中国开始沦为半殖民地半封建社会，鸦片烟毒彻底把一部分中国人变成了"东亚病夫"。至新中国成立前夕，全国种植罂粟的面积多达2000万亩。云南省罂粟种植面积占耕地面积20－30%，西康省占耕地面积高达48%以上，贵州的安顺几乎无户不种烟，习水县被称为"烟乡毒地"。整个西南种烟面积达1545万亩。在四万万中国人中，以制毒贩毒为业的就有30多万人。吸毒者高达2000多万人，占总人口4.4%。西南地区约有烟民600余万，占总人口8%强。贵州全省共有1400万人，其中吸毒者有300多万，占人口总数的21.42%。烟民终日吞云吐雾，晨昏颠倒，形体枯槁，道德沦丧，甚至沦为盗匪、娼妓。武汉流传一副对联："竹枪一支，打得妻离子散，未闻炮声震地；铜灯半盏，烧尽田地房廊，不见烟火冲天。"这两大毒瘤不割除，何谈健康，何谈民族复兴！

全国人民看首都北京，北京没有让国人失望。

早在1949年5月18日，北平市委就指示民政局牵头，召集公安、妇联、卫生等八个部门召开了一个工作布置会，为铲除妓院制度做前期准备。会后，就妓院和妓女问题展开了一项秘密调查。

1949年9月26日，北平市民政局、公安局、妇联联合拿出了一个处理妓女办法草案。

1949年11月7日，北京市委向中央和华北局书面报告了北京市妓女情况和处置方针。

1949年11月21日，北京市第二届各界人民代表会议进行到第二天，出席代表379人。按照大会安排，代表讨论政府工作报告。到了下午，大会执行主席突然宣布，现在讨论并通过上届协商委员会提出的关于封闭妓院的议案。执行主席张晓梅就议案进行说明，并朗读了该案的案由，妓院乃旧统治者和剥削者摧残妇女精神与肉体、侮辱妇女人格的兽性的野蛮制度的残余，传染梅毒淋病，危害国民健康极大，应立即加以封闭，集中所有妓院老板、领家、鸨儿等加以审查和处理，并集中妓女加以训练，分别安置。张晓梅朗读完案由，会场顿时响起长时间热烈的掌声。大会执行主席宣布，现在开始举手表决。379 只手像一片森林，齐刷刷长了出来。

下午五时半，北京市公安局。一支由市公安局、民政局、卫生局、妇联和公安总队警士 2400 余人的队伍正在悄悄集中。21 辆大卡车、3 辆吉普车、5 辆摩托车整装待发。妓院集中的 5 个区公安分局也出动了 37 辆汽车，整装待命。整个行动由市公安局局长罗瑞卿直接指挥。此前，以开会名义已分头将 454 名老板、领家集中控制起来。

八时半，北京市全城戒严，查封妓院行动开始。

此时的北京八大胡同正沉醉在笙歌燕舞之中。四合院里的丑恶在这轻歌曼舞中，在无尽的夜色里，显得是那样无所顾忌和道貌岸然。胡同里的小摊有气无力地吆喝着，对飘来的歌声和猥亵的笑声早已习以为常，仿佛北京人就应该这样生活。车夫低扣着帽檐，坐在车踏板上，头埋在两腿之间，似睡非睡。

突然，妓院方向传来汽车马达轰鸣声、密集的脚步声和女人的尖叫声。这是怎么了？北京，哪怕是炮火连天的岁月，也没听过这样的声音！

一个女人妖媚地叫："'茶壶'（干部），你们这是要干吗？"

一个义正词严的声音："不要耍滑，查封妓院！"

这时，小摊停止了吆喝："这是在瞎嚷嚷啥？"

一个车夫说："查封妓院了。没听到婊子在叫唤？"

小摊说："查得好，早该查。"

另一个车夫抬起头说："这下子我们的生意可完了！"

小摊也似乎想起什么，尖叫起来："生意完了不说，她们还欠我的钱！"

一个干部模样的人过来说："欠你们的钱，明天去找区政府。"

查封工作进展非常顺利。至次日凌晨五时，历时十二小时，北京城所有妓院全部被查封。

三等妓女柳桂英的母亲从太原过来看女儿，见女儿被赶上大卡车，跌跌撞撞拦住警士，哭喊："这是犯了啥法，还让不让人活了？"

一个女干部扶起她说："大娘，政府封妓院。你女儿马上就能回家了。"

桂英母亲一脸惊愕，突然给女干部跪下："你说的是真的？"

女干部说："真的。"

桂英母亲痛哭："要不是国民党在太原抓人要钱，谁愿把亲生闺女送到窑子里来。政府说话可得算数！"

11月22日上午，一夜未眠的公安局局长匆匆赶到各界人民代表会议会场，向大会报告封闭妓院的结果：封闭妓院指挥部在市政府命令下达后十二小时内，封闭妓院224家，收容妓女1268人，集中妓院老板、领家454人，北京市从此不再有蹂躏妇女野蛮的妓院制度了！

会场再次响起长时间的掌声。

公安局局长又说，在检查韩家潭星辉阁房时，发现了两个密室。从一个密室中抓获了一批赌徒和瘾君子，从一个密室抓获了几个疑似特务分子。未来我们的任务仍然非常艰巨，但我们有信心打赢这场人民战争！

又是一片掌声。

若干年后，一位代表回忆参加北京市第二届各界人民代表会议情景时说，一句话，惊喜太多，鼓掌太多，情不自禁就想鼓掌。

半个月后，亚洲妇女代表大会召开。北京市各人民团体向大会致贺词，向世界庄严宣告："人民政府执行了人民的旨意，封闭了北京所有的妓院，解放了1200多名长期被污辱被损害的姊妹们，从此，这个旧社会中最肮脏的野蛮制度永远不再存在于人民的首都了。"

1949年12月21日，北京市委向中央和华北局以书面形式报告封闭妓院的情况。

1950 年 1 月 7 日，中央公安部下发关于封闭妓院的经验通报，并附上了北京市人民政府关于封闭妓院的经验总结。

1950 年 7 月底，北京市又对妓女处理情况进行了一次总结。总结指出，这次共集中了 1303 名性病患者同时治疗，是一次历史创举。北大医学院、性病防治所、先农坛妇婴保健所、第一医院、结核病防治院、北京市卫生局巡回医疗队六个单位 57 位医务人员参加了治疗工作。健康检查结果：梅毒患者 385 人，兼梅毒、淋病患者 377 人，兼梅毒、淋病、第四性病患者 182 人，兼梅毒、第四性病患者 161 人，仅淋病患者 119 人，兼第四性病、淋病及其他患者 35 人。所有集中妓女中，有病者占 96.6%，无病者仅占 3.4%。治疗效果：梅毒治好者占 40%弱，淋病治好者占 95%，其他患者已不传染。教育方式上，话剧所起的作用很大。她们看过《日出》《一个下贱的女人》《侯五嫂》，还有电影《中华儿女》。她们说，政府教我们学好，都是好话。从这里走出去，我们就是一个干净的人了！处理情况：1316 人中，结婚的 596 人，占 45.3%。回家的 379 人，占 28.7%。参加剧团和医务工作的 62 人，占 4.7%。送安老所的 8 人，占 0.6%。目前共处理 1107 人，占 84%。现在还有 209 人，系无家可归者，政府为她们开办了新生棉织工厂，组织她们参加生产。对老板和领家的审判，由北京市军事管制委员会军法处进行，共收案 363 起，结案 356 起。判处死刑者 2 人，十年以上徒刑者 19 人，五年以上徒刑者 74 人，一年以上徒刑者 260 人，课以罚金与劳役者 4 人，缓刑、警戒教育释放者 20 人，没收房产 168 处，财物 202 件。

一场声势浩大"北京方式"的禁娼工作至此落下帷幕。媒体称这一"事关妇女解放、国民健康的重要措施削去人间一不平"。

与此同时，天津市考虑到天津刚刚解放，百乱待治，百废待兴，医疗条件有限，安置经费不足，一旦取缔妓院，妓女势必转为暗娼，造成比公开卖淫更坏的局面。1950 年 1 月 15 日，天津市第二届各界人民代表会议决议，采取"严格管理限制，解放妓女人身自由，消灭老板、领家对妓女的压榨，帮助妓女转业，防止流入暗娼，以达定期全部消灭"的方针，创造了一个"天津方式"。上海、武汉、西安等大中城市都相继采取了强有力的措施，选择适当时机查封妓院，开展了禁娼运动。

从1949年起，全国先后查封妓院8400多所。惩治了一批作恶多端的妓院老板，教育挽救了一大批妓女，让她们自食其力，开始了新的生活。经过近五年的艰苦努力，几千年来摧残妇女精神与肉体的娼妓制度被彻底摧毁，卖淫嫖娼在中国大陆被彻底消灭。1964年，中央人民政府理直气壮向世界宣布，中国基本上消灭了性病。

各界人士对共和国首次禁娼给予了十八个字的评价："旧社会把人变成鬼，新社会又把鬼变成了人！"

在禁毒问题上，中央人民政府一开始就采用了铁的手腕。

1950年2月24日，在政务院第二十一次政务会议上，一致通过了关于严禁鸦片烟毒的通令，并于当日发布。通令核心就是八个字：禁种、禁运、禁售、禁吸。这是中央人民政府对全国各族人民发出的最高命令，在中国尚处于军事管制的年代，不亚于军事命令。

这个通令不是历史上最严厉的禁毒令。雍正七年，中国颁布了世界上第一个禁烟法令。对私开鸦片烟馆的从犯杖一百，流放三千里。这还算严厉。乾隆禁烟："国内商人贩卖者，枷一月，杖一百，遣边充成卒三年。"嘉庆首开以刑罚制裁吸毒者先例。道光加重了对买食鸦片烟者罪名，军民人等买食鸦片者，除杖一百、枷号两个月外，还须"指出贩卖之人"，否则还得杖一百，徒三年。1839年，道光颁布了中外史上第一部禁烟法典——《严禁鸦片章程》。法典共三十九条两万余字。法典规定："夷人带有鸦片烟入口图卖者，为首照开设窑口例斩立决，为从同谋者绞立决。""私开鸦片烟馆，引诱良家子弟者，首犯拟绞立决，房屋入官。"法典虽严，却屡禁不止。而新中国成立初期政务院这个一千多字的"通令"却像一颗原子弹，产生的冲击波横扫了整个中国。

通令发出后，在全国范围内大张旗鼓地展开了一场群众性禁毒运动。封闭烟馆、追缴毒品和烟具、打击毒贩、强制戒毒。整个禁毒运动分两个阶段：第一阶段，1950 年至 1951 年，对种毒、制毒、贩毒、吸毒进行全面综合治理。第二阶段，1952 年，集中解决贩毒问题。

这场禁毒运动不同于历史上任何一次禁毒运动。最终取得决定性胜利，其成功经验就是广泛发动群众，依靠群众，把亿万百姓变成了反毒战场的主力军，让禁毒成为群众的自觉行动。

禁毒之初，各级人民政府组织大批干部深入群众，宣讲禁毒的方针、政策和意义。西南诸省是禁毒的重点地区。1950 年 12 月，四川省涪陵县召开了一个两万余人的群众禁烟大会，宣传烟毒危害，公布禁毒措施，当众焚毁烟土烟具，公审毒犯。会后仅城区三天内就有 1863 人登记请求戒毒。空口说话不如现身说法，现身说法不如当场执法。四川广安县组织烟民自编自演《烟民回头》《烟民自叹》等节目，还利用花鼓、快板词等方式劝谕烟民。云南传唱的快板书几乎家喻户晓：

小快板，啪啪响，

我来把大烟的毒害细细讲。

大烟正名叫鸦片，原来出产在西洋。

帝国主义侵犯咱中国，

大烟换走咱金银财宝千千万。

……

砸掉烟枪烧掉大烟，叫它们永世不出现。

禁了大烟身体壮，甩开膀子把劳动干。

贵州省召开群众会、对毒犯的控诉会、公审会、毒犯家属会 1.7 万余次。南京市召开各种群众会议 8847 次，听众达 74 万余人，占总人口 85% 以上。强大的舆论攻势唤醒了广大市民，市政府在运动中仅收到的检举信就达 5 万多封，毒犯主动到政府报到登记人数占全市毒犯总数的 82.3%。北京市召开各种群众会 1.1 万余次，在十天内，收到群众检举毒犯的材料 3 万多件，坦白登记的毒犯 1000 多人。这次禁毒运动所作所为已经远远超出了"通令"本身，成为一场凝聚民心、民智、民力的群众性运动。据统计，在整个禁毒运动中，全国共收到群众揭发毒犯的材料131 万余件，检举毒犯 22 万余人，坦白登记的毒犯达 34 万余人。群众主动监视毒贩活动，当面控诉揭发毒犯罪行，妻子检举丈夫，子女劝导父母，弟妹动员哥嫂成为一种常态。群众广泛参与，形成了巨大威慑力，使毒犯无所遁形。

大西南是鸦片种植泛滥、吸食泛滥的地区。1950 年 3 月 1 日，西南军政委员会发布《关于 1950 年春耕及农业生产指示》，首次提出严禁种植鸦片。

在一个春暖花开的日子，西南局的领导去给满腔激情的工作队同志送行。

领导问："你们打算怎样开展禁毒工作？"

工作队同志回："坚决执行政务院通令！"

领导笑："决心还不小嘛！"

又问："你断了老百姓烟路和财路，他们不答应怎么办？"

工作队同志说："谁吸就抓谁，谁种就抓谁。"

领导说："你这是要把事情搞砸了。"

工作队的同志都疑惑地看着领导。领导严肃地说："给你们立两条规矩，对吸食者不宜强制，对种烟者不许抓人。禁毒办法自己想。"

同年五月，西南局呈报禁毒办法时提出，西南尤其是少数民族地区，禁毒宜慎重稳进，要有步骤禁种，或劝导农民自动不种，并解决农民改种其他农作物的一切困难。目前着重要解决农具、种子、贷款和种植技术。要让农民感受到种烟无利可图，自觉转向农业生产。同年九月，中央表态，对少数民族地区包括禁烟禁毒在内的社会改革必须考虑当地的实际情况，采取群众自觉自愿的原则，不能采取行政命令的方式。至此，中央在大西南"慎重稳进"的禁毒总方针初步形成。

正所谓，磨刀不误砍柴工。1950 年，西南诸省同样取得辉煌成就。据西南军政委员会年底统计，破获各类烟毒案 1 万余起，抓获烟毒犯 1 万余人，缴获鸦片 100 万余两，查获烟具 22 万余件，查封烟馆 5400 余家，没收贩运毒品汽车 13 辆，登记烟民 3 万余人，戒除 1.3 万余人。云南嵩明县民权乡农民，主动订立公约，保证不使一粒烟籽入土，将烟地改种了农作物。川南雷波县人民代表会议做出决议，将烟田改种粮食。政府借给彝民 46.5 万公斤稻谷，解决了粮种问题。至 1951 年 3 月，西南多数地区已基本铲除了烟田。

1951 年 11 月，"三反"运动刚开始，震惊全国的第一大贪腐案曝光。据当时办案组组长孙光瑞回忆，侦讯时，刘青山满不在乎，照吃照喝，还吼叫，什么了不起的事，还能开除老子党籍！后来，办案人员发现刘、张二人有毒瘾，这才打开了突破口。刘青山说，别问了，我有两个本子，你们取来自己看吧。

1952 年 3 月 1 日的《东北日报》报道，吉林省蛟河县委书记殷子华、县团委书记崔晓光与毒犯合伙贩毒牟利，该公安局局长、税务局局长、县委组织部部长沆瀣一气，团伙式贩毒。烟毒摧毁了一个县级组织，令人触目惊心。1952 年 4 月 7 日的《人民日报》也报道，在五反运动中，武汉大资本家贺衡夫利用人民代表、市府委员、中南军政委员等身份，贩卖大宗吗啡、海洛因等毒品，坑害国家和人民。4 月 13 日《人民日报》又报道，广州的毒品走私集团十分猖獗，他们以香港、澳门为根据地，以广州为转运站，从水陆两线进行罪恶活动。据统计，从新中国成立到 1952 年初，活动在该线上的大走私集团不下 15 个，走私进口货物中，包括大量吗啡、鸦片约在 4000 两以上。

很多人在猜测，《人民日报》对禁毒工作持续发声，意味着什么？三反五反运动对禁毒运动又有着怎样的影响？

运动进展不容猜测便有了答案。1952 年 4 月 15 日，中共中央发出《关于肃清毒品流行的指示》，号召在全国范围内有重点地来一次集中的彻底的毒品大扫除。5 月 21 日，政务院又发布《查禁鸦片烟毒的通令》，要求在三反、五反所造成的有利条件下，粉碎制毒、贩毒的犯罪分子阴谋，根除这种旧社会的遗毒。7 月，中共中央宣传部、公安部联合发出《关于禁毒的宣传指示》，强调必须在人民群众中广泛地强有力地宣传禁毒的意义，动员他们积极地与贩毒、制毒的罪恶活动作斗争，以达到根绝烟毒的目的。

种种迹象表明，禁毒运动高潮即将到来，中国人扬眉剑出鞘的时候到了。

1952 年 8 月 10 日晚，共和国的天空群星闪烁，劳累了一天的中国人早早进入了梦乡，在梦里吟唱："解放区的天是明朗的天，解放区的人民好喜欢……"

这时，北京的公安部大楼却是灯火通明。一场精心筹划、统一部署的全国扫毒行动正在进入倒计时。

公安部部长拿起电话，习惯地看看手表说："开始行动！"

公安部部长的话像一颗炮弹在中华大地炸响。全国 1202 个禁毒重点部门和地区同时雷霆出击。这次行动不亚于一场淮海战役。整个行动分三期历时 110 天，共查处毒犯 369705 人。其中逮捕 82056 人，依法处理 51627 人，880 名罪大恶极的罪犯被判处死刑，缴获鸦片类毒品 3996056 两，制毒机械 235 部 15716 套，枪支弹药无数。

这次禁毒行动至十一月底胜利结束。事实证明，群众已把禁毒的事真正当作是与自己利害有关的事。群众普遍反映这是"百年来未能解决的问题中国解决了"，这是"百年稀事"。

与此同时，在全国范围内还有效地制止了罂粟种植，并通过自行戒除和强制戒除的办法，帮助上千万烟民戒除了烟瘾。从 1950 年到 1952 年，中国只用了短短的三年时间就基本禁绝了烟毒祸害，实现了中国人的百年愿望。1953 年，中国政府庄严向全世界宣布："中国已经消灭了前人未能消灭的陋习。"

从 20 世纪 50 年代初到 70 年代末，整整 30 年的时间，中国成了无毒国。

爱国卫生运动

2017 年 7 月 5 日，世界卫生组织在北京向中国政府颁发"社会健康治理杰出典范奖"，表彰中国爱国卫生运动取得的辉煌成就。

世界卫生组织西太平洋地区主任申英秀在颁奖辞中说："纵观全球，爱国卫生运动为跨部门的健康行动提供了最早的典范之一，它集政府各部门之力，共同致力于人民健康。爱国卫生运动是首个认识到社会对健康的广泛影响的卫生系统发展愿景，它倡导并实践把健康问题通过全社会参与的方式来解决，这是我们现在所知的改善人口健康最有效的方式。"申英秀指出，世界卫生组织高度赞赏中国的远见卓识，远在"健康融入所有政策"成为全球口号之前，中国就已经通过爱国卫生运动践行着这一原则。

爱国卫生运动是中国共产党把群众运动和卫生工作相结合的一大创举。1952 年以来，中国在全国开展了政府主导、全社会参与的爱国卫生运动，为中国人的健康做出了巨大贡献。爱国卫生运动针对不同时期的突出卫生问题，先后开展了除"四害""两管五改""五讲四美"、卫生城镇创建、九亿农民健康教育行动、城乡环境卫生整洁行动等一系列工作，取得显著成效，有效控制了鼠疫、霍乱等烈性传染病流行，消灭了天花、丝虫病等传染病，大幅降低了肠道传染病、寄生虫病和媒介传染病的发病率，基本上消除了克山病、大骨节病等重点地方病。中国人健康水平大幅提高，人均期望寿命从新中国成立初期的 35 岁提高到 2015 年的 76.3 岁，婴儿死亡率降至 2016 年的 7.5‰，孕产妇死亡率降至 2016 年的 19.9/10 万，达到中等发达国家水平，提前实现联合国千年发展目标。

　　此时此刻，在这样一个平台上，国家卫生计生委员会领导在总结65年来爱国卫生运动取得的成就之后，不无自豪地说，爱国卫生运动既是中国的，也是世界的，中国愿继续与世界卫生组织加强沟通，积极参与全球卫生治理，为中国、西太平洋地区乃至全世界人民的健康作出更大贡献。

　　正是这"中国式"的运动持续为中国老百姓带来福祉，带来了健康。通过运动，发动群众，教育群众，让每一个人真正成为自己健康的主人。自己对自己负责是真负责。自己不负责，却要别人对自己负责，这才是真不负责。新中国成立初期，如果不是这样的运动，中国不可能在短期内改变恶劣的健康状况！

　　新中国成立之初，中国人民健康环境和状况恶劣到了极点。全国发病数累计约一亿四千万人，死亡率在千分之三十以上，其中半数以上是死于可以预防的传染病上，如鼠疫、霍乱、麻疹、天花、伤寒、痢疾、斑疹伤寒、回归热等危害最大的疾病，而黑热病、日本住血吸虫病、疟疾、麻风、性病等，也大大侵害着人民的健康。

　　新中国成立之初，中国的卫生步子怎么走？

　　1950年8月，第一届全国卫生会议召开。会上讨论通过了新中国卫生工作三条方针："面向工农兵，预防为主，团结中西医。"卫生部在总结报告中对这三条方针做了专门阐述，为人民服务首先为工农兵服务，这是我们工作的唯一出发点。工人农民人数最多，又是人民民主政权的基础和生产建设的基本力量，他们所受疾病的灾难最深，得到卫生的保障也最少。兵是武装了的工农，是国防建设的基本力量，没有它生产建设与和平生活就无从获得保障。预防为主就是通过主动地和疾病做斗争，减少患病机会。预防为主不是不重视治疗，是无病防病、有病治病、防治结合、立足于防。团结中西医，旧中国缺医少药，解决"缺医"的问题，就得团结广大医务工作者，动员卫生工作队伍中所有人的积极性。卫生队伍包括西医和中医，缺一不可。1952年12月，第二届全国卫生会议召开。将"卫生工作与群众运动相结合"也列为卫生工作方针之一。

两次全国卫生会议的召开和四条卫生工作方针的确立，为共和国卫生事业举行了一个奠基礼。截至 1951 年 4 月，全国已恢复、建立县卫生院 1841 所，占总县数的 84.3%。到 1952 年底，已有 90% 的地区建立了县级卫生机构，县卫生院已达 2123 所。中国农村缺医少药的局面已有很大改观，农民不仅能看得上病，而且大部分疾病都可以就近治疗，享受初等水平的医疗卫生保障。

爱国卫生运动是具有中国特色的一种卫生工作方式。很多学者把建国初期中国群众性卫生运动以 1952 年底为界，划分为两个阶段。前一阶段主要是开展卫生防疫工作，防疫的重点是预防急烈性传染病、肺结核病、寄生虫病和性病与开展改善环境的卫生工作。后一阶段运动不再具有临时性和突击性，而是成为一种常态。这种划分实际上与 1952 年 12 月第二届全国卫生会议召开有关。为了加强对群众卫生运动的领导，会议建议将刚刚成立不到一年的中央防疫委员会改为中央爱国卫生运动委员会，并在各地建立常设机构。政务院经慎重研究，批准了这一建议。之后，各级爱国卫生运动委员会相继成立，爱国卫生运动得以有组织地持续开展。

追踪爱国卫生运动，你会发现她是中国历时最长、规模最大、影响最深远的群众性运动。她横跨两个世纪，至今全国各地仍保留完整的机构，活动的脚步仍铿锵有力，讲卫生深入每一个国民的骨髓。这在历史上罕见，在世界上更是罕见。国际卫生组织虽然对中国的爱国卫生运动给予了最高评价，但是它却迟到了 65 年。1952 年 9 月，还有一个国际组织给予了同样的评价。它就是当时在中国调查细菌战的国际科学委员会。它在提交给北京长达 669 页的《调查在朝鲜和中国的细菌战事实国际科学委员会报告书》中说："今天在中国正在进行着一个伟大的运动，在促进个人和社会卫生。这个运动是受五万万人民全心全意地支持的，这样规模的卫生运动是人类有史以来从未有过的。"

1952 年，美国在朝鲜发动的细菌战无疑对中国正在进行的爱国卫生运动起到了催化作用。中国人从来不怕国外敌对势力的压迫，哪里有压迫哪里就有反抗，压迫越深重，反抗越强烈。中华民族也正是在一次次外族压迫中崛起，成为今天的泱泱大国。

1949 年 10 月，新中国刚刚成立，察哈尔省便发生了鼠疫，并很快蔓延至张家口。中央防疫总队迅速赶往现场，扑灭了疫情。同时通过预防接种疫苗，鼠疫得到有效控制。天花也是危害严重的传染病。1950 年春，卫生部门在全国范围内开展种痘工作，至 1952 年，种痘达 5 亿多人次。种痘效果也开始显现，天花的发病率减少了 90%。这一时期，除对鼠疫、天花等 19 种危害严重的传染病防治外，对黑热病、血吸虫病等慢性传染病防治工作也收效显著，在山东、平原、苏北等黑热病流行地区，已治愈十余万人。为预防结核病，1951 年 1 月，卫生部在北京、上海、沈阳、南京、西安等 82 个城市儿童中免费推广卡介苗接种，接种卡介苗85 万人。在新中国成立后短短的两年时间里，全国卫生防疫取得了重大成就，各地已无大的疫病流行。与此同时，全国城乡以清除垃圾、修建卫生工程为重点的改善环境卫生运动也在有序进行。仅 1950 年，全国各城市共清除垃圾就达 175 万吨。至 1952 年底，有 65 个城市用上了自来水，自来水普及率达到 32%。至 1951 年 9 月，全国有 44 个城市有下水道设施，下水道总长达到 4660 公里。其中，北京市新建下水道 105 公里，修建污水池 1330 个，修整了市内淤塞的河湖水系，改造了龙须沟，疏浚了护城河，大大降低了肠胃道传染病发病率。至 1952 年，全国共改良水井 461184 口、新建浅井 28877 口、深井 163 口、改善河渠取水码头 16736处。这些饮水设施使农村 3.7 亿多人受益，其中 15%左右的农村人口已开始饮用小型自来水。

这就是国际科学委员会在中国考察时看到的情景。他们由衷地说，这场运动已经发生了作用，使得由于传染病而引起的死亡率和发病率大大降低了。

中国的群众性卫生运动至此仍然是按照国内卫生健康需要有条不紊地开展。如果没有美国在朝鲜悍然发动的细菌战，也许就没有后来的"爱国卫生运动"。当然，历史就是历史，没有假设。

1952年1月27日，这一天是中国传统的春节。可是，在朝鲜铁原郡中国人民志愿军第42军驻地却看不到一点节日的气氛。抗美援朝进行到第三年，战争进入相持阶段，战士们严阵以待，为每一场战斗而时刻准备着。入暮，夜色深沉，冰天雪地带给战士们的不仅仅是严寒，还有寂静，死气沉沉地寂静。突然，空中传来轰隆隆的飞机马达声。敌机，美国的飞机！和衣而眠的战士迅速进入战备状态。敌机没有俯冲投弹，在阵地上低空盘旋了一阵后便离开了。不久，又来了一批次敌机，盘旋之后也飞走了。

一个战士说："什么情况，鬼子发善心了？"

另一个战士开玩笑："鬼子怕我们春节过得太寂寞，送响声来了。"

次日早晨，第375团战士李广福在金谷里的雪地上发现大量苍蝇、跳蚤和蜘蛛。李广福把雪地里见到昆虫当新闻在团里传播。随后，团领导发现在外远地、龙沼洞、龙水洞等地也发现了大批昆虫，形似虱子、黑蝇或蜘蛛，散布面积达6平方公里。信息很快汇总到军部。2月2日，42军在致志愿军司令部电文中说："此虫发生可疑，数地同时发生，较集中密集大，可能是敌人散布的细菌虫。"司令部接到电文，立即打电话给第42军军长吴瑞林，命令他采取坚决措施，消灭昆虫。司令部向中央军委报告了这一情况，同时向各部队转发了42军的电文，要求各部队检查有无同类昆虫存在，严密注意敌机投掷物品。12日，国内派来专家了解情况，并对相关昆虫标本进行培养化验，指导防疫工作。类似情况，第12军、第39军和第19兵团部队驻地也先后发现类似情况8起，昆虫密度高达每平方米1000只。大量昆虫的反季节出现，且出现在美国飞机经过的地区，情况特别异常。防疫专家经过化验，发现这些昆虫携带霍乱、伤寒、鼠疫、回归热四种病菌的可能性大。17日下午，4架美军飞机在平康西北下甲里第 26 军第 234 团阵地投下一物品，爆炸声沉闷，异味弥漫，几名干部当场被熏倒，周围雪地立时布满苍蝇。这件事进一步证实了雪地昆虫系美军飞机投掷。18 日，志愿军总部通报全军：此前发现之各类昆虫，为敌机投掷而后散布者已无疑，要求各部队必须加强对空警戒，发现敌机投下菌虫后，立即扑灭，以免蔓延。经过 20 多天的观察和检验，志愿军总部和总参谋部初步得出结论，美军可能正在朝鲜北方投放细菌武器，对中朝部队实施细菌战。19 日，总参作战部接到志愿军电话报告，第 15 军部队发现霍乱、斑疹、大脑炎等病症，已有两人死亡。情况越来越严重。中央和军委在综合各部门报告之后，判定美军正在朝鲜对中朝部队实施细菌战，断然决定全面展开反细菌战斗争。国内将现存的全部 340 万份鼠疫疫苗、9000 磅消毒粉剂和其他防疫用具立即装运，空运安东然后转送朝鲜前线，并再赶制 1000 万份鼠疫疫苗分批送达朝鲜。

按照中央反对美帝细菌战的总体安排，新华社从 22 日起发布新闻，《人民日报》发表社论，外交部发表声明，向全世界提出控告。中国人民保卫世界和平反对美国侵略委员会向世界和平大会提出控诉，呼吁世界和平大会发起反对美帝进行细菌战罪行的运动。动员全国人民加强抗美援朝工作，支持中国人民志愿军反对细菌战。在国际舞台上，朝鲜民主主义人民共和国外务相朴宪永也发表声明，控诉美军在朝鲜战场使用大量屠杀人民的细菌武器，制造人类史上最严重的罪恶，号召全世界人民起来制止美军的暴行，追究使用细菌武器组织者的国际责任。

2 月底到 3 月初，情况再次发生变化。中国东北的抚顺、安东、凤城、宽甸、临江等地区在美军飞机入侵后，也发现了各种带菌昆虫。中央和军委判断，美军很可能已经将细菌战的范围扩大到了中国东北。反细菌战斗争的形势更加严峻。3 月 14 日，政务院正式成立中央防疫委员会，反细菌战斗争在中央防疫委员会统一领导下，在朝鲜战场和全国范围内全面展开，形成了全民动员、全民防疫的高潮。

　　正是在这场反细菌战中，卫生部建议将群众卫生运动改为爱国卫生运动。只有把"爱国"根植于卫生运动之中，才有生生不息的力量源泉，才能唤醒民众千百万。

　　历史的转折就是这么奇妙。它始终沿着一条神秘的轨迹运行，等待的只是一个个历史人物用脚印和正义之心去填充。

　　1953 年 1 月 4 日，《人民日报》发表《卫生工作必须与群众运动相结合》社论。社论指出，开展群众性卫生运动不仅是粉碎敌人细菌战的可靠保证，而且是改进我国卫生状况所应取的一条捷径。为了很好地达到为工农兵服务的目的，仅仅把工农兵作为服务对象是不够的，还必通过工农兵自己来进行卫生工作。社论彻底改变了中国人对群众性卫生运动的认知，也标志着爱国卫生运动进入一个新的历史阶段。

　　1955 年 12 月，中央又赋予爱国卫生运动除"四害"的任务，提出基本上消灭老鼠（及其他害兽）、麻雀（及其他害鸟）、苍蝇、蚊子。除四害的根本精神，是清洁卫生，人人振奋，移风易俗，改造国家。一场除"四害"行动也上升到民族振兴的高度，变成了爱国行动。

　　截至 1958 年 11 月，全国消灭老鼠 18 亿 8 千余万只，消灭麻雀 19 亿 6 千余万只，还有大量的蚊蝇、蛆蛹和孑孓，清除垃圾 295 亿吨，积肥 611 亿吨，疏通沟渠长达 165 万公里，新建和改建厕所 8500 余万个，从而使中国的卫生环境得到了极大改善，有效地预防了各种疾病发生。1954 年，全国范围内仅有天花病例 847 人。1956 年，鼠疫已基本得到控制，内蒙古、吉林、福建、浙江、江西等几个鼠疫频发地区先后停止疫情发生。斑疹伤寒发病率 1956 年比 1951 年下降了 89%，回归热下降了 91%。婴儿死亡率由新中国成立前的 200‰ 下降到 70.3‰。到 1956 年底，60 万黑热病患者治愈率达 97%。麻疹死亡率由 1951 年的 5.5% 下降到 1956 年的 1.6%，猩红热病死亡率由 8.5% 下降到 1.1%，痢疾死亡率由 1.1% 下降到 0.45%，回归热死亡率从 11.1% 下降到 1.9%。

　　进入 60 年代，爱国卫生运动又提出"以讲卫生为光荣，以不卫生为耻辱"的口号。即使在"文革"期间，中国农村仍在开展"两管五改"（管水、管粪、改水井、改厕所、改畜圈、改炉灶、改造环境）等工作，并且取得了一定成绩。

十一届三中全会以后，爱国卫生运动进入了一个新的历史时期。爱国卫生运动在先进的医学科学思想指导下，继续走群众路线，不断提高群众的自我保健意识，培养良好的卫生习惯和公共卫生道德，构筑了一道群体免疫屏障，在移风易俗、改造社会上产生着不可替代的深远影响。1989 年以来，全国爱国卫生运动委员会开展国家卫生城镇创建活动，全国累计命名国家卫生城（区）达 328 个，卫生县城（乡镇）达 1452 个。通过开展卫生城镇创建活动，形成了社会卫生综合治理的强大合力，城乡人居环境显著提升，公共卫生服务和管理水平大幅提高，人民的获得感和幸福感明显增强。2004 年以来，中央转移支付加大了对农村改厕的投入，新建、改造农村厕所 2126.3 万户。

1932 年，上海《东方杂志》策划了一次"新年的梦想"活动。鲁迅、林语堂、胡适等 140 多位名人说出了 244 个"梦想"。其中，暨南大学教授周谷城的梦想是："人人有机会坐在抽水马桶上大便。"周谷城的梦想穿越了 80 多年的岁月沧桑，仍迸发着炙热的愿景。有人说，厕所是度量文明的一个重要符号，承载着建设秀美乡村的梦想。这不单纯是一个知识分子的原始欲望。时隔 80 多年，周谷城的梦想不仅在城里实现了，就是在广大农村也正在逐步成为现实。

2015 年和 2016 年，中央先后两次提出要在农村来一场"厕所革命"。厕所问题不是小事情，是城乡文明建设的重要方面。改厕上升到了国家层面，小厕所里正在进行着一场大革命。

2019 年开始，中央财政将利用 5 年时间对地方的农村"厕所革命"进行支持。首年安排资金 70 亿元，惠及农民超过 1000 万户。我在深入生活时注意到，江西成立了以省委常委、副省长挂帅的"厕所革命"领导小组。住房城乡建设厅、文明办、旅发委等十余位厅局级领导为成员，实行多部门联动，顽疾用猛药。他们不仅在改变一个如厕环境，更是在改变一个几千年来的观念。

爱国卫生运动创造了卫生与健康的"中国经验"，是中国人的"传家宝"。在信息化、大数据、互联网时代的中国，爱国卫生运动仍然是推进健康中国的有效载体，中国人健康的"保护神"。

凤 凰 涅 槃

国家统计局发布《新中国成立 70 周年经济社会发展成就系列报告之十三》显示，新中国成立以来，中国人均预期寿命从 35 岁提高到 77 岁。中国人不再是"东亚病夫"，个子变得更高，体格更强壮，身体更健康，寿命更长了。

中国人都有怀旧心理，看到这组数字就会联想到压在中国人头上"东亚病夫"的帽子。中国人为了摘掉这顶屈辱的帽子整整奋斗了半个多世纪。在摘帽子过程中，中国的体育事业功不可没。

强国必先强体。一个民族的时代记忆有很多，但新中国体育事业前三十年最有影响力的活动却是广播体操。如果问我学生时代印象最深刻的体育运动是什么？我会毫不犹豫地告诉你，广播体操，有早操，还有课间操。那岁月，可以毫不夸张地说，广播体操一统中国。不仅学校学生在做，机关事业单位、厂矿企业、部队、农村也在做。每天同一个时间，广播喇叭一响，无论是南方还是北方，学生在操场，工人在车间，农民在田间地头，军人在训练场，干部在办公室，乘客在车站，建筑工人在楼顶上，城市成了舞池，农村成了运动场。那种轻快的音乐，那种震撼人心的场面，同一个节奏让无数人沉浸其中，伸展肢体，放飞心情。中国人想不健康都不行。

一套广播体操改造了国民，改变了中国。书写中国体育史要感谢一个女人，她的名字叫杨烈。

　　杨烈生在一个越南侨商家庭。她也是一个冲破中国传统束缚的时代女性，少女时代就孤身东渡日本求学，学的是体操和体育管理。抗日战争爆发，她中断学业，辗转到延安投身革命。在延安，杨烈利用自己所学的专业，组织开展了大型团体操等丰富多彩的体育活动。新中国成立后，杨烈任中华全国体育总会筹委会秘书，为新中国体育事业出谋划策。

　　1950年深秋，正是北京最迷人的季节，天特别高，也特别蓝，山上红叶如花，街上黄叶如蝶。中国体育代表团一行十二人在苏联进行了为期两个月的考察，风尘仆仆回到北京。剪着齐耳短发的杨烈刚到北京便一头扎进了王府井南口的一栋小办公楼里。中国体育也要学"老大哥"苏联，学什么？还得她这个"小秘书"来出谋划策。

　　转眼到了年底，她却向中华全国体育总会筹委会递交了一份手写的报告，建议新中国创编一套全民健身操。理由是她被苏联听广播音乐做体操的场面震撼了。

　　领导十分疑惑："这就是你的理由？"

　　杨烈说："新中国处在经济恢复期，一无场地，二无器械，北京尚只有一个先农坛体育场，连一个带看台的篮球场都没有。"

　　领导还是很疑惑："你学体操，就让全国人民做体操，如果你学篮球，全国人民是不是都得打篮球？"

　　杨烈性格还挺倔："这是什么话。不搞大型运动会，着重抓普及是体总筹委会定的调子。体操有什么不好？从学校到工厂，从部队到地方，从城市到农村，人人都能做。"

　　人如其名。领导了解杨烈的性格，小心翼翼问："编什么样的体操好呢？"

　　杨烈说："日本的'辣椒操'就挺实用。"

　　领导憨厚地笑了："还'辣椒操'？一个辣椒就够人受的。"

　　确切地说，杨烈提出的建议与新中国成立之初把发展群众体育运动放在首位的思路不谋而合。杨烈的建议很快得到上级批准。创编一套全民广播体操的历史重任毫无悬念落在杨烈身上。杨烈找来中华全国体育总会筹委会的同事刘以珍。刘以珍是北师大体育系毕业,在大学期间,就经常把录音机放在操场上,带同学做"辣椒操"。

杨烈和刘以珍经过认真商量,确定了一个宗旨,全民健身操时间不能太长,动作不能太难,还要全身运动。很快新中国第一套广播体操的基本框架出来了:一共十个小节,时长五分钟。第一节"下肢运动",原地踏步。第二节"四肢运动",弯弯腿、伸伸胳膊。这两节是前奏,目的是把身体活动开。第三节"胸部运动",弓步扩胸。接下来是"体侧运动""转体运动""腹背运动",把锻炼的重点转移到腰腹部,难度逐渐增大。第八节"跳跃运动"之后是"整理运动",让人体从剧烈的运动状态逐步转为平静。最后是"呼吸运动",体操结束。整套体操一气呵成,短短五分钟,在音乐伴奏中让人经历从平静到激烈,继而转为平静的过程,身心得以释放,激情得以燃烧。

如此简单的一项运动能迅速风靡全国,不但浓缩了创编者的全部心血,也激发了中国人对健康的迫切愿望。

1951年11月24日,中华人民共和国第一套广播体操正式颁布。中华全国体育总会筹备委员会、教育部、卫生部、军委总政治部、团中央、总工会、妇联、青年联合会和学生联合会九家单位发出《关于推行广播体操活动的联合通知》。25日,《人民日报》发表文章《大家都来做广播体操》。12月1日,中央人民广播电台的广播体操节目正式开播,各地人民广播电台也陆续播放,带领全国人民做广播体操。喇叭一响,万民空巷。当年广播体操的普及率远远超过了现在广场舞、街舞的普及率。

迄今为止,中国已经先后颁布了九套广播体操。饱含中国人青春记忆的广播体操是中国群众体育运动的前奏,也是缩影,她让中国人在最短的时间里享受到了最广泛的健康和快乐。

1952年6月10日,中华全国体育总会成立大会召开。

1952年7月,第15届奥林匹克运动会在赫尔辛基举行。国际奥委会的一些成员企图阻挠中国参赛，此举遭到中国奥委会的强烈抗议。后来，在世界舆论和奥委会中正义人士、东道国芬兰朋友的支持下，第15届奥运会开幕前两天，国际奥委会才向中国发出邀请。

在国内，是不是参加这次奥运会，也存在两种意见分歧。一种人认为，中国体育事业落后，即使参赛，成绩也肯定不理想，不主张前往。另一种人认为，拿不拿奖不重要，重要的是在奥运会要有一席之地。最后还是认为，要去，在奥运会上升起五星红旗就是胜利。

7月29日11时，中国体育代表团到达赫尔辛基。12时半，举行升旗仪式，五星红旗第一次在奥运赛场上冉冉升起。一个半小时，就是这具有历史意义的一个半小时，翻开了新中国奥运史崭新一页，让全世界看到了站立起来的新中国形象，其政治意义远远大于体育运动本身的意义。这一时间，离1959年4月5日容国团夺取第25届世界乒乓球锦标赛男子单打冠军（中国体育史上的第一个世界冠军）相差7年，离1984年许海峰在洛杉矶奥运会射击场上实现奥运金牌"零"的突破相差32年，离2001年7月13日，北京获得2008年奥运会举办权相差49年。时间对一个国家、一项事业来说不是主要的，主要是它见证了中国体育事业在一步一步发展，见证了中国健康事业在一步一步壮大，也见证了中国由积弱积贫走向世界强国的艰难历程。

1952年11月，中央人民政府研究决定，成立国家体育运动委员会，并在各省各系统成立体育组织，为体育事业发展提供组织保障。

1959年9月13日至1959年10月3日，在新中国成立十周年之际，全国第一届全运会在北京召开。

这次全运会是在特殊的国际背景下召开的。到1958年，由于国外敌对势力的干扰，中国体育与国际奥委会和大部分国际单项运动组织中断了联系。为庆祝建国十周年举行的第一次全国运动会，将会推动我国体育运动进一步发展，在国际上也有很大意义，因此必须要开好。

这次全运会只能算"中国体育人在家里的一次盛大聚会"。它要向世界展示中国的态度:自立、自信、热爱体育、热爱生活。很多党和国家领导人站在不同的角度相继题词或者对全民体育运动做出指示,目的也是为了展示一种态度。这些态度都从一个侧面准确地表达了体育运动的精髓,成为推动新中国体育事业发展的助推器。

全运会共设36个比赛项目和6个表演项目,来自解放军和28个省、市、自治区的29个代表团10658名运动员参加了比赛。这一万多名运动员是从基层层层选拔上来,他们中有工人、农民、学生、干部和部队官兵。游泳名将穆祥雄以1分11秒1的成绩打破男子100米蛙泳世界纪录,跳伞、射击和航空模型等项目都爆出了新的世界纪录。无论世界承认与否,中国体育史都记录在案。这就是中国人的性格,中国人的胸怀和傲骨。

诗人郭小川在散文《青春万岁》中说:"作为观众的一员,我(也许还有很多人跟我一样)倒并不是经常特别关心谁胜谁负的。而经常使我格外关切和折服的,却是优秀运动员的那种坚强的意志力,那种勇敢、那种机智、那种敏捷、那种生气勃勃的气魄、那种青春的美。"著名画家关山月竟然诗兴大发:"英雄国土出英雄/全运会上见功夫/穆祥雄浑身劲头足/三创世界新纪录/全运会上英雄多/英雄事迹震山河/千人欢呼万人唱/光荣呵,伟大的祖国!"他们从旧中国走来,第一次感受到中国人身上迸发的健康美,第一次感受到一个健康中国在面前呈现,内心是欢悦的,也是酣畅淋漓的。这不仅仅是他们的感受,也是无数中国人的感受。

1959年,中国正处于三年困难时期。第一届全运会与之后的历届全运会相比,无论在物资和各方面条件上都相差甚远,但中国人的激情和热情比任何一届全运会都高涨。很多运动员都是穿着打补丁的衣服,恰恰是这些穿补丁衣服的运动员用激情和力量把一个足球踢爆了。

时间过去整整半个世纪,在北京举办的奥运会却是另外一番景象。仅仅是火炬接力活动就让世界刮目相看。以"点燃激情传递梦想"(Light the Passion Share the Dream)为口号的火炬接力历时130天,总里程13.7

万公里，穿越五大洲的 20 座城市，参与传递火炬手就达 21780 人。2008 年 8 月 8 日晚，古老的北京城，一个个由焰火构成的巨大"脚印"腾空而起，从永定门、天安门到鼓楼，这双"大脚"沿着千年古都的中轴线一路前行。当最后一个脚印在"鸟巢"上空绽放时，中华民族仅用了半个世纪便完成了从"东亚病夫"到"东方巨人"的华丽转身。在这次奥运会上，中国以 51 枚金牌高居金牌榜首，成为奥运史上首个登上金牌榜首的亚洲国家。国际奥委会前主席萨马兰奇评价北京奥运会："所有奥运会中最好的一届奥运会。"

中国人不畏艰难险阻，用激情一代代传递着健康的梦想，巨人的梦想，从未停歇。

北京市体育馆路国家体育总局办公大楼楼顶"发展体育运动，增强人民体质"十二个金光灿灿的大字总让人产生无穷的遐想。中国体育不仅仅是挑战极限，而且是民生大计，它关系到人民群众的身心健康和幸福生活。中国人始终将提高国民健康素质作为发展体育运动的出发点和落脚点。中国现有体育场地总数已超过 170 万个，人均体育场地面积达到 1.6 平方米以上，经常参加体育锻炼的总人数已达 4 亿，城乡居民达到《国民体质测定标准》合格以上的人数比例接近 90%。国民体质和健康水平正在稳步提升。

北京奥运会之后，"发展体育运动、增强人民体质"进入了一个新的历史时期。中国把每年的 8 月 8 日定为"全民健身日"。"全民健身日"是一个标杆，是一种动力，它把全民健身推上了一条长效化、机制化的轨道，推动着中国迈向健康中国的新目标。今天的中国，群众体育运动已呈遍地开花之势。我所在的都昌县，老年体育协会成立已经有 32 年的历史。2012 年开始，都昌城乡出现"太极拳"热，在短短的七年里，全县有露天太极拳广场 141 处，其中命名为"太极拳广场"达 91 处。常年参加太极拳锻炼的老年人近 6000 人，其中获省级教练员证书 22 人，一级裁判员 10 人，二级裁判员、教练员 58 人，三级教练员 207 人。全县有太极拳队伍 420 多支，村委会太极拳覆盖率达 90%以上。2019 年，都昌县成功创建全国老年"太极拳之乡"。

每天清晨，在鄱阳湖北岸 185 公里的湖岸线上，你都可以看到一支支身穿洁白或粉红太极服的老年男女队伍，他们舒展着四肢，迎接满天朝霞，如痴如梦。这仅仅是中国群众体育运动的一个镜头。今日之中国，已处处是桃花源，处处是仙境。

中国人有句口头禅，请人吃饭，不如请人流汗。这就是当代中国人的健康观念。

七十年，中国在积弱积贫中筚路蓝缕，披荆斩棘，最终凤凰涅槃，浴火重生，为人类健康创造了一个又一个奇迹。

第二章　送瘟神

水　之　殇

不知从什么时候开始，中国有很多"鱼米之乡"的人患上一种"大肚子病"，又称"泡肚病"。此病从外形看，鄱阳湖北岸有一首民谣描述得很形象："马家堰，靠湖边，男女老少两头尖，东一摇来西一摆，走起路来要人牵。"患这种病的人，不是一生无望，而是"五生"无望：生长无望，生育无望，生产无望，生活无望，生命无望。中国人大多都不是为自己活着，而是为子女活着，为希望活着。一个人的生命无望打不垮中国人，但子女无望却是中国人绝望中的绝望。"五生"无望就是绝望中的绝望。

大肚子病给中国人带来的凄惨还远远不止于此。说透了，这不是一个人的绝望，而是一个家庭的绝望，一个宗族的绝望，子孙万代的绝望。

中国老百姓有一种独特的书写历史的方式，传唱民谣。民间流传的各种民谣，内容包罗万象，有对风土民情的讲述，有对时事道德的评判，有对世道人心的感悟，也有对某事某物的宣泄和记录，还有对未来的预测和谶语。如果将中国的民谣编一本大全，绝不亚于一部史书，或许就是一部中国人的心灵史。《后汉书·五行志》记载了这样一首民谣，顺帝末年，童谣曰："直如弦，死道边；曲如钩，反封侯。"记录的就是东汉直臣李固被权臣梁冀害死后暴尸路边，而曲意逢迎的胡广反而被封为侯爵。民谣出自悠悠之口，传的人多了，就很可怕。所以，汉和帝即位后，经常分遣使者，微服单行，观采风谣。南宋高宗时，苏东坡等"三苏"的文章很盛行，很多人模仿"三苏"的文章以博取功名。民间歌谣唱："苏文熟，吃羊肉；苏文生，吃菜羹。"

我在深入生活期间发现，只要曾经有"大肚子病"的地方，就有难以言说的凄惨民谣。

中国最大淡水湖北岸有一个伸向鄱阳湖的半岛，这里不仅有"落霞与孤鹜齐飞、秋水共长天一色"的美景，还是一个典型的"鱼米之乡"。然而，就是这样一个美丽的地方，曾上演过无数"大肚子病"的悲剧。据《都昌血防志》记载，到新中国成立时止，全县有 81 个村庄被毁灭，43 个村庄接近毁灭，毁灭总户数 3530 多户，15000 余人被瘟神夺去了生命。周溪镇泗山村位于鄱阳湖中心区域，沉入鄱阳湖的第一个古县——鄡阳县（都昌县前身）遗址就坐落在这里。仅泗山村就有 4000 余人死于"大肚子病"。泗山大屋邵家村最兴盛时有 360 多户 1400 多人，到新中国成立时仅剩 9 户 23 人。泗山有民谣：

> 居住鄱湖边，
>
> 钉螺在门前。
>
> 有人便有病，
>
> 无病空门庭。

民谣又说：

> 泗山坳坳川，
>
> 单出大肚官。
>
> 有女莫嫁泗山郎，
>
> 嫁了一世守空房。

在都昌西北的新妙湖（鄱阳湖湖汊）塘边方家村，原有 200 余户 900 多人，新中国成立时就剩下 6 个寡妇。付镇泊村原有 100 多户，新中国成立前十年仅存一外出教书先生付高发。他曾有八个儿子，都死于"大肚子病"。付高发满腔悲愤回到属于他一个人的村庄，想与天争命，买了一个河南人做儿子。不到三年，买来的儿子还是死了，自己的肚子也一天天大起来。这年春节，付高发悲从中来，在大门上自撰一联："风水不祥由天命，更悲九子遭沦亡。"血色对联颜色尚未褪去，付高发也追随瘟君的脚步走了。我想，付高发走的时候心里装的已经不再是一家香火，而是一个大大的疑问，借问瘟君，付家何辜？天命何在？

因为"大肚子病"，新妙沿湖消失了七个村庄十二个姓氏。这些村庄和姓氏的面孔再也没人能记得清，就连荒冢都难以找到，唯有断砖残瓦和一首民谣在风中讲述：

> 陈游方胡伍鲍但，
>
> 周余何李付泊湾。
>
> 但家人烟少，
>
> 李家泡肚多。
>
> 走到方家过，
>
> 芭茅颈上拖。
>
> 女人不生崽，
>
> 男人大肚多。
>
> 哪怕生来是猛虎，
>
> 不到三年成水臌。

同样的悲剧在余江县中国血防纪念馆随处可见。新中国成立前夕，余江县死于"大肚子病"多达 2.9 万人，42 个村庄灭绝了人烟，两万多亩田地无人耕种。侥幸能活下来的人，男不长，女不育，骨瘦如柴，肚大如鼓。马岗黄家村有民谣：

> 身无三尺长，
>
> 脸上干又黄。
>
> 人在门槛里，
>
> 肚子出了房。

1949 年，余江县蓝田畈竹园村 18 户人家有 19 个寡妇，78 口人中有

65 个 "大肚子病"。民谣唱道：

> 蓝田畈的禾，
>
> 一亩割一箩。
>
> 好就两人扛，
>
> 不好就一人驮。

云南省洱源县易常村原有 70 多户 300 余人，到新中国成立初仅剩 26 户，不足 200 人。洱源县民谣唱出了对瘟君的无奈：

> 人死无人埋，家家哭声哀；
>
> 有女嫁不出，有男娶不来；
>
> 屋倒田地荒，亲戚不往来。

据湖北省天门县新中国成立前三年的调查，全县毁灭村庄 115 个，绝户 1549 户，死亡 8245 人。其民谣更是充满着对瘟君的愤懑：

> 户户有病人，
>
> 人人病在身。
>
> 出门吐长气，
>
> 进门哼几声。

1948 年，美籍华人徐藩到浙江嘉兴步云镇考察血吸虫病。之后，在《大公报》上发表考察情况："嘉兴步云镇，位于县之东北隅，人口九千一百。据调查所得，该地居民约百分之六十患有血吸虫病……予曾至该镇之墙头村，此村在二十年前，有十余家约百人，现仅剩一家四口，而此四口中，又见一人已有腹水。其人口衰落原因，均系直接或间接因'日本血吸虫病'死亡。其房屋亦因住户死后无人居住，已为江北的船户拆毁，惟余地基上的旧石础，及破毁棺木数具……"有民谣唱：

> 肚胞病，害人精，
>
> 任屯村里栽祸根。
>
> 只见死，不见生，
>
> 有女不嫁任屯村。

湖北省阳新县 20 世纪 40 年代有 8 万多人死于"大肚子病"，毁灭村庄 700 多个，耕地荒芜 23 万余亩。湖北省黄梅县有个公洲湖，人称"鬼湖"。湖面积约 2800 亩，夏丰冬枯，杂草丛生，钉螺遍地。只要在湖内种过庄稼，放过牲畜，甚至下过湖的人都变得面黄肌瘦，肚子一天天胀大。湖边一村庄原有 22 户人家，最后死得干干净净。人都说湖内有"鬼"，不敢再在湖边居住，纷纷迁往他乡。浙江省常山县在新中国成立前十年间，有 9917 人死于"大肚子病"，1963 户绝户，48 个村庄灭绝。民谣一次次向瘟神发问：

> 白荡滩，害人滩，
>
> 瘟神发威人遭难？
>
> 肚大如鼓身如柴，
>
> 房倒田荒人离散。

处于深度恐惧甚至绝望的疫区百姓，不知"大肚子病"为何病，又从何而来。在医巫同流的年代，他们唯一能想到的是破坏了"风水"，冒犯了"神灵"。在中国神话体系中，专门设有司瘟疫之神，而且还不止一位。春有春瘟张元伯，夏有夏瘟刘元达，秋有秋瘟赵公明，冬有冬瘟钟仕贵，总管中瘟史文业，统称"五瘟使者"，在天为五鬼，在地为五瘟，世间诸多瘟疫皆由此五鬼作祟所致。善良的老百姓一直认为这都是上天的安排，哪怕是在死亡边缘仍然没有任何怨言，只是一遍又一遍对瘟君发问，也是对自己发问，这是错在哪呀？错了改还不行吗！但是，他们没有一个人得到过答案。

大肚子病不是近百年才有的疫病。中国古代医学也从未放弃对"大肚子病"的追问，只是叫法不一，也没有找到有效的治疗方法。在汉字中，瘟，从疒，从昷。"昷"为"热"。瘟即为"热病"，一种带有发烧症状的流行性传染病。医史学家范行准考证认为，史籍记载的"蛊"多为"大肚子病"的症状。蛊字释义，腹中有虫，虫致肚皮肿胀，称为"蛊胀"，由最初的发热，中间下痢和肝脾肿大，晚期的腹水，均与"大肚子病"症状极为相似。后来古医书上出现的"水毒""蛊毒",其症状更是可以断定为"大肚子病"。晋·葛洪《肘后备急方》记载:"水毒中人……初得之,恶寒,头微痛……过六七日,下腹浓溃,虫食五脏,热极烦毒,注下不禁,八九日良医不能疗。"隋·巢元方《诸病源候论》对蛊毒病也有介绍:"此由水毒结聚于内,令腹渐大,动摇有声,常欲饮月,皮肤粗黑,如似肿状,名水蛊也。"唐·药王孙思邈《千金要方》说:"有人患水肿,腹大四肢细,腹坚如石……此终身疾,不可强治。"唐初·魏征《隋书·地理志》记述:"新安、永嘉、建安、遂安、鄱阳、九江、临川、庐陵、南康、宜春,其俗又颇同豫章……然此数郡,往往畜蛊,而宜春偏甚……自侯景之乱,蛊家多绝,既无主人,故飞游道路之中则殒焉。"古代医者对"大肚子病"有一个共同的认知,这种病跟水有关,跟一种虫子有关,之所以水有毒,是因为水里有一种虫子。我不得不佩服古代医者精准的判断力。然而,古代医者的肉眼毕竟无法与显微镜相比,心中有"虫",眼里无"虫",哪怕是琢磨了千年,仍然是无可奈何。

水是生命之源,也是文明之泉。人类祖先很早就明白水对生命的重要,所以往往是溯水而居。尽管他们知道水火无情,但生命离不开水火。水是人类文明的母体,因此世界文明主要聚集在五大河流,非洲的尼罗河、南美洲的亚马孙河、亚洲的长江、黄河,北美洲的密西西比河。中国的"两河文明"造就了一个世界文明古国。孔子说,水有九德。普施万物,似仁。水往低处流,行则循其理,似义。浅能见底,深不可测,似智。受恶而不拒,似度。赴百仞之谷而不惧,似勇。至量必平,似正。无微不达,似察。水流必向东,似志。化浊为清,似善。

水未必能化浊为清,但其受恶而不拒的"度量"却害苦了无数生命。诱发大肚子病的虫子不仅是水之殇,而且是人类之殇。

大肚子病到底是什么样的病?中国的"瘟君"不能告诉我们,倒是一名美国籍的医生罗根(O.T.Logan)揭晓了答案。

大肚子病不是中国独有。1851年,德国寄生虫病学家比哈尔(Biharz)

在埃及开罗首次发现血吸虫病病原体，并命名为埃及血吸虫。1904年，日本学者在猫体内又发现与埃及血吸虫不同的血吸虫成虫，命名为日本血吸虫。

1905年，湖南省常德县广济医院收治了一名郑姓青年渔民患者。医生罗根经粪便检查，发现有日本血吸虫卵。这是中国发现的医学意义上的首例血吸虫患者，为此罗根在《中华博医会报》杂志发表了《湖南省一例由日本血吸虫引起的痢疾患者》，第一次向世界报道了中国血吸虫病例。这一报道引起了医学界对中国血吸虫病的广泛关注。中国部分省份在较短的时间内都先后确诊有血吸虫病患者。1909年，九江海关医生兰白悌（A.C.Lambert）发现江西首例血吸虫病患者。1910年，湖北省也发现多例血吸虫病患者。之后的十多年里，在中国的南部和长江流域又发现了大面积的血吸虫流行区域。1935年的《内政年鉴》记载："此病（血吸虫病）分布于吾国各地，幅员甚广，沿扬子江上下游各省无不波及。由江苏之吴县至浙江之嘉兴一带最为盛行，次则为安徽之芜湖至江西九江各地亦多，若扬子江上游，则以湖北之武汉及湖南之常德、岳州各交界地患者为重。"流行病学家陈方之经过认真分析研究，将血吸虫流行区域分为苏嘉区、芜湖区、九江区、武汉区、孝感曹县区、岳州常德区等六大区。血吸虫流行区域疫情越来越引起全社会的关注。

1971年，长沙马王堆一号汉墓出土女尸研究综合报告称："在其直肠和肝脏病理切片，多处发现日本血吸虫卵结节。"1975年，在湖北江陵县凤凰山168号墓出土的西汉男尸门静脉内也查出了血吸虫卵。考古界进一步证实，中国血吸虫病至少有两千多年的历史。背负千年恶名的中国"瘟君"在医学界终于走下了神坛，大肚子病真相大白于天下。

从1851年发现命名埃及血吸虫开始，全世界一共发现了埃及血吸虫、曼氏血吸虫、日本血吸虫、间插血吸虫、湄公血吸虫、马来血吸虫等六种可以寄生在人体的血吸虫。血吸虫主要分布在亚洲、非洲、拉丁美洲等热带和亚热带地区，有76个国家和地区8亿人口受到血吸虫病威胁，感染人数达 2 亿，其中超过半数不同程度发病。

血吸虫病是二十世纪中国危害性最大的传染病之一，曾在南方各省流行。新中国成立前，疫区遍布 12 个省 450 个县市，有钉螺面积达 143 亿平方米，一亿人口受到血吸虫病威胁，全国感染血吸虫病人数达 1160 多万。

江西省地处长江中游，拥有中国最大的淡水湖鄱阳湖，历来是中国的"粮仓"。水是江西人的财富，也是江西人的灾难。洪涝灾难，江西人首当其冲。血吸虫病流行，江西又成为中国最严重的省份之一。以鄱阳湖地区为例，新中国成立前 50 年间，疫区遍及 35 个县市，有钉螺面积 357 万余亩，有 600 余万人口受到血吸虫病威胁，死于血吸虫病人数达 31 万之多，毁灭村庄达 1300 多个，绝户 2.3 万户。

血吸虫病是水之殇，也是中华民族之殇，人类之殇！

小虫大围剿

中国人民站立起来了，新中国百废待兴。中国农民解除了身上的枷锁，分到土地，迫切需要种上庄稼，解决温饱问题。可是在长江流域和中国南部农村很多农民脸上却看不到一点喜悦，他们仍然在"瘟神"主宰的世界里颤抖，在绝望中滋长着更大的绝望。他们不相信这种绝望是看不见摸不着的"小虫子"带来的。

1950 年冬天，处于绝望中的上海市郊任屯村农民"斗胆"联名给中央写信，请求尽快治好他们的大肚子病。这病不治好，田就没法种。信发出不久，医疗队就进了任屯村。医疗队不分白天黑夜，查病治病，很多病人治好了。

任屯村的农民是在绝望中无意识触摸了共和国高层的敏感神经。

1953 年，抗美援朝刚结束，中国又将主要精力转移到社会主义建设上，还难以顾上南方的"小虫子"。

1955 年 11 月，中央正式成立防治血吸虫病九人小组。同月，在上海召开第一次全国防治血吸虫病工作会议。会上提出 7 年消灭血吸虫病的总体部署和"一年准备、四年战斗、两年扫尾"的具体行动方案。

在中央统一调度下，一场关系到民族生存繁衍的"小虫大围剿"战役在全国 12 个省 450 个县全面打响。

从 1956 年 1 月 27 日《人民日报》发表《一定要消灭血吸虫病》社论到 1958 年 6 月 30 日《人民日报》报道江西余江县摘取消灭血吸虫病第一面红旗，余江县只用了两年多点的时间就根除了血吸虫病，比第一次全国血防工作会议提出的 7 年提前了 5 年。多么宝贵的 5 年，真正"时间就是生命"的 5 年！

血吸虫病的传染有三大环节，钉螺和人畜是两大宿主，水是衔接各环节不可或缺的要素。血吸虫卵随感染者粪便排出体外，入水发育为毛蚴，毛蚴钻入钉螺无性繁殖为尾蚴，尾蚴入水，遇到人畜，十几秒便能进入体内，通过血液到达寄生部位，开始新的循环。血吸虫及其中间宿主钉螺繁殖能力虽然都很强，但就其生命力而言又很脆弱。钉螺是两栖动物，既喜欢水，又怕长期在水中浸泡。在南方温度适宜的环境下，有水又有陆地的地方，是钉螺生活的天堂。因此，高围水淹、深埋、垦种都是灭螺的好办法。血吸虫病流行的一大特点是感染容易、蔓延很快、难以根除，老百姓都说"神仙难治"。人感染血吸虫病后，幼不长、女不育。少数晚期血吸虫病人因疼痛难忍，用剪刀刺腹，用镰刀剖肚，宁愿一死也不愿遭受病痛的折磨。

流行两千多年的血吸虫病有那么容易根除吗？我带着当年很多人都有的疑问在一个双休日来到了鹰潭市余江区（2018 年余江由县改区）。接待我的是余江区血防站的老血防艾冬云。岁月的沧桑在他脸上刻下了很深的皱纹，头发也有些发黄，像秋天的树叶，开始脱落。寒暄中才知道他即将退休。艾冬云是一个很直爽的人，操一口很浓的余江口音问，你想了解些什么？我不是一个职业采访者，有些不适应他的直爽，还真没想好要问些什么。我有些尴尬地说，还是先参观血防纪念馆吧。

在血防纪念馆我找到了我要的答案。当年给余江下根除血吸虫病结论原来经过了一套严格的鉴定程序。

1958年5月12日至22日，江西省委血防办公室和上饶地委血防办公室组织省血防所、省血防辅导组以及23个县市血防技术人员37人对余江血吸虫病综合防治效果进行了为期十天的全面复查鉴定。鉴定组对疫区4个乡1个镇2个农场的沟、塘、田进行了检查，共发现了43个活螺，平均密度为每平方尺0.0018只。事后在发现钉螺的地方进行了复灭补课，再复查，未发现钉螺。对邓埠镇新旧沟各一条做土内钉螺调查，以近水草多处为调查点，每个点取一平方尺、深一寸泥土，未发现钉螺，甚至未发现螺卵螺壳。疗效复查，抽查了5个村159名患者，经过锑剂治疗，阴性152人，阴性率为95.6%，阳性7人，阳性率为4.4%。粪便管理效果测定，抽查了4个乡59口粪窖，全部为阴性。鉴定结论：余江县不论在消灭钉螺、治疗病人、粪便管理各方面，都完全超过了中央制定的基本消灭血吸虫病的标准，取得了根除血吸虫病的伟大胜利。这个复查鉴定结论又经过全国和江西省血防专家共同审议，1958年5月27日，由中共江西省委除七害灭六病总指挥部颁发"根除血吸虫病鉴定书"。

与此同时，全国也掀起了"送瘟神"的高潮。血吸虫病疫区绝大部分是鱼米之乡，血防工作不仅关系到群众切身利益，还关系到国民经济发展，因此把血防工作与群众生产紧密结合成为群众送瘟神的强大动力。450个县的群众硬是用"银锄铁臂"改写了血吸虫病的历史。至1959年2月中旬，全国有190多个县（市）达到消灭或基本消灭的标准。他们在"积极防治、综合措施、因地制宜"的防治方针指导下，采取"查、治、灭、管、防、教"等有力措施，把群众的发明创造与科研成果有机结合，创造了流行病学防治世界之最。从20世纪60年代初开始，一场千军万马向湖滩要粮再送瘟神的群众运动一浪高过一浪。高围、矮围、堵汊垦种灭螺、土埋灭螺、水淹灭螺、药物灭螺，全方位不留死角地在长江流域和中国南部展开。有人统计，"千湖之省"浙江和"八百里洞庭湖"围垦了三分之二，鄱阳湖围垦了三分之一。不能围垦的洼地、湖滩采取水浸药杀，有的地方甚至用上了飞机撒药灭螺。到1985年底，有271个县（市）达到消灭或基本消灭的标准。广东、上海、福建、广西四省（市）彻底告别了血吸虫病。血吸虫病人由1160万降至100万，有螺面积由143亿平方米降至32亿平方米，病牛由150万头降至20万头。

艾冬云是一位对血防事业充满感情的人，话匣子打开，走到哪说到哪。

余江打响消灭血吸虫病第一枪的准确时间应该从1956年1月17日县委在邓埠镇召开誓师大会开始。县委书记李俊九在会上做了简短的动员报告，随后，一千余名机关干部和两万多名民工便开赴灭螺战场。

李俊九，这位北方的汉子，瘦高个，动员讲话虽短，却句句落地有声。李俊九说话与做事是一个风格，不说则已，一鸣惊人，不做则已，一做惊人。上海会议之后过去快两个月，余江却迟迟不见动静，李俊九也不见踪影。三天前，李俊九一出现，便召集县委委员连夜开会，提出"半年准备、一年战斗、半年扫尾"的行动方案。把与会委员吓了一跳，中央用七年，我们用两年，是不是太超前了？李俊九说，超前有什么不好？我们等得起，老百姓的病等不起。委员们说，能行吗？李俊九说，当然能行，以为我失踪这一个多月，功课是白做的？委员们还是疑惑，功课？李俊九笑，就是调查研究。会议开了半个通宵。李俊九说，不再讨论了，明天开动员大会。不相信我，总该相信群众。一场战役决策就这样拍板了。

余江疫区主要分布在邓埠镇周围、白塔河两岸方圆50多华里的田畈上，有螺面积达960393平方米。其中蓝田畈、弓塘、马岗、马荃、邓埠镇原种场、西畈疫情最为严重。白塔河与贵溪境内的泸溪河同为一条河，是信江支流。在余江为白塔河，在贵溪则为泸溪河。泸溪河两岸是道教圣地，有龙虎山，有天师府，是神仙居住的地方。白塔河则出血吸虫，犹如人间地狱。在这里你能感受到天堂与地狱只隔着一层窗户纸。中国老百姓遇到天灾人祸不是怨天尤人，而是忏悔。余江人也坚持认为，在白塔河上游有一座状如狮子的狮子岩，不知何年，余江人凿岩引水，触怒了神灵，河水变锈水，谁沾上了锈水就得大肚子病。要消灭血吸虫病，首要问题不是灭螺，也不是治病，而是解决群众的思想问题。你还别不信，当年干部为了说服老百姓灭螺、治病，把显微镜都搬出来了。耳听是虚，眼见为实。当群众看到显微镜下挪动的小虫子就信了，有病的去治病，没病的去灭螺。

怎样才能彻底灭绝钉螺？此前，省、地区专家也充分发动群众，在邓家埠进行开新沟、填旧沟的土埋灭螺实验，取得了成功经验。这次灭螺大会战主要是围绕"开新填旧"展开，再辅之以茶枯液浸杀、药物毒杀、火烧、"三光"和改旱地改鱼塘等措施，从1956年春到1957年冬，先后进行了三次大规模的会战，四次季节性巩固战。1958年4月，又发动800多民工进行了一次灭螺补课。至此，灭螺总投工231.4万个劳动日，消灭钉螺面积96万平方米，填旧沟347条，三光沟8条，开新沟88条，填老塘503口，三光塘13口，完成土石方416万立方米，新建公共厕所227座，新建水井70口。

余江灭螺战役是举全省之力的一场大会战。从1956年3月开始，江西省卫生厅先后抽调了70余名医务人员到余江，上饶专区也抽调了30多名血防骨干深入一线治疗血吸虫病，指导灭螺。同时还培训了一批保健员，在每个村或生产小队培训了1至2名查螺员。时任江西省委书记方志纯不但亲临灭螺第一线指挥作战，而且亲自作了一首《灭螺歌》鼓励士气："消灭钉螺齐动手，血吸虫病绝根由。用火烧来用药杀，钉螺个个命难留。开挖新沟填旧沟，裁弯取直水长流。钉螺打坑深埋葬，不灭干净誓不休。"

我向艾冬云提出，能不能找到几个当年灭螺的见证人。消灭血吸虫病的见证者不好找。当年的年轻人，一个甲子之后，都变成了八十岁以上的老人。

　　艾冬云第一站把我带到了邓埠镇西畈港边金村。我见到了曾轰动一时的电影《枯木逢春》中女主角苦妹子的原型邓梅伢。邓梅伢今年86岁，白发如雪，人很清瘦，坐在斜阳里，更显得沧桑。老人完全是一口余江话，需要艾冬云翻译才听得懂。邓梅伢不满周岁死了父亲，11岁又死了母亲，随同族的叔叔生活，村里人叫她"苦妹子"。苦妹子跟地主家打长工，每天都得到西畈打猪草，染上了血吸虫病。新中国成立后，好不容易嫁到港边金村，可是结婚8年没有生小孩。公婆使脸色，丈夫也埋怨。1956年，南昌来的医生帮她治好了血吸虫病。1958年，她生下了一个男孩，之后又连生了两儿两女。老人是消灭血吸虫病后第一批受益者。我问老人，当时你的病有多严重，肚子大吗？我掉进了常人的惯性思维，仿佛只有肚子大，才能证明消灭血吸虫病的效果。老人犹豫了一下说，肚子好大啊。老人也仿佛要说明一种效果，她由血吸虫病的大肚子变成了孕妇的大肚子。艾冬云插话，别听她乱讲，都是记者们暗示闹的。如果肚子大了，必定是晚血病人，即使治好了，又有多少可能怀孕？我的确没想过这种专业问题，细想之下，艾冬云是对的。其实艺术与真实并不矛盾。共产党不消灭血吸虫病，邓梅伢肚子不大也难逃一劫，更别说生孩子。邓梅伢的真实经历就能证明共产党的伟大，为什么还要艺术夸张呢？

　　老人思维清晰，就是记忆力不大好，当年很多事都记不清。但有两件事一句话刻骨铭心。一件是她重新焕发青春之后，义务做了几十年的查螺员。一件是她当过生产小队队长和大队民兵营长，打过枪。一句话是，没有共产党骨头早打鼓去了。采访完之后，我和艾冬云送老人回家。老人边走边说，俺真享共产党的福啊！这声音似呢喃，更像拨动了心底那根低音部的琴弦，让人能感觉到信念的力量。到了老人家，发现正堂中央放了一尊毛主席的半身铜像，我再次震惊了。联想到老人念念不忘的那句话，我才真正理解了老人内心深处的情感。共产党救了她，她哪不是用一生来演绎只有共产党才能救中国的真理。这是中国老百姓特有的质朴情感，一种与生命同生共灭的情感。莫道人间无真情，只是情在心深处！

当年用酒石酸锑钾针剂治疗血吸虫病是唯一的方法。因身体素质和得病深浅程度不一等原因，早期治疗血吸虫病无法掌握用量，专家便制定了一个20天疗法（每天一针），后来逐步摸索出10天疗法、7天疗法。到1958年，最佳疗法是三针疗法。这种针剂有极大的副作用，会引起阿司综合征，严重的甚至会发生心脏骤停。艾冬云告诉我，当年就因为药物副作用死过六人。但是这种医疗风险与灭村绝户比，老百姓毫不犹豫地选择了风险。

今年88岁的齐洪翔就是打了8针锑剂治好的。齐洪翔矮个子，看上去就像六十多岁，一点不显老。他是土改干部，被分配到邓家埠安山农场。安山农场是国营农场，在白塔河东，有6500亩土地。对面河西是省公安厅管辖的劳改农场，有5000亩土地。齐洪翔告诉我，这里的村庄都绝了或者搬了，才空闲出这么多土地。齐洪翔来的时候，这里都是荒滩，钉螺随手就能捧一捧。齐洪翔还是河东灭螺试验三人小组之一，1955年在灭螺试验中染上了血吸虫病。农场很多职工宁愿不要工作，也不愿在农场待。齐洪翔没有走，治好病后又投入到灭螺大会战。我同样注意到齐洪翔老人家中堂贴的是毛主席画像。齐洪翔还告诉我，余江人不仅贴毛主席像，还将毛主席《送瘟神》诗谱成曲，人人能唱。

夕阳西下的时候，我们到了离城区6公里的余江血防圣地蓝田宋家村。余江人称这是一片"精神高地"。60年前，余江人在这片土地上铸就了"战天斗地、敢为人先、不达目的、决不罢休"的血防精神。60年后，余江人又以蓝田宋家村为核心，以"三面红旗一颗星"为主题，打造这血防圣地，全面展示余江在血防、水利、征兵和农村改革的巨大成就。消灭血吸虫病夺得第一面红旗。兴修水利，建成了白塔河工程，夺得第二面红旗。余江人身体素质好了，都踊跃参军，实现了60年无责任退兵，成为余江又一面旗帜。

新中国成立初，蓝田畈宋家村绝户 18 户，死亡 200 余人，有 22 个寡妇，离乡背井 35 人，荒田 260 余亩。如今宋家村有 176 户 698 人，有博士、硕士学位 12 人，本科大学生 150 余人。宋家村是余江区第一批"一改促六化"（农村土地制度改革、农村发展现代化、基础设施标准化、公共服务均等化、村庄面貌靓丽化、转移人口市民化、农村治理规范化）示范点，村中建有感恩广场、丰碑广场、银锄广场、村史馆、农具陈列馆、枯木逢春等 13 处景观，沥青路面贯穿全村，一排排楼房整齐漂亮，村里如花园，桃红柳绿，鸟语花香。宋家村通过土地流转，大力发展特色农业和乡村旅游，村民富了，人丁兴旺了。

在宋家村，我见到一棵树龄近千年枝繁叶茂的老樟树。当年这棵树快枯死，消灭血吸虫病后，人气旺，老树又活过来了。据说，编剧王炼就是受这棵树启发，才取名《枯木逢春》。历史往往有很多巧合，无巧不成历史。历史或许是天人感应，又或许是人类智慧的特殊表达。今天的宋家村发展更无须借喻于老樟树，其生命力肯定远胜于老樟树。

从余江出来，我仿佛经历了一次沧海桑田。与其说是采访，更像是考古，或者说在阅读一部史诗。余江早已不是一条白塔河外加两岸凄凉了。随着城市化步伐加快，当年邓埠镇的荒滩荒坡已高楼林立，西畈、蓝田畈也早已被漂亮的新农村替代，不久的将来就会融入城市一体化。钉螺被彻底埋葬在历史深处。

一代人的信念

"一定要消灭血吸虫病"已经成为血防战士一代人的信念。只要有血吸虫病的地方，血防战士就在战斗。

血防是一个复杂的社会系统工程，特别是湖沼疫区，受社会、经济、自然和生态干扰的因素众多，往往因一个环节的放松，又可导致血吸虫病死灰复燃。现在很多学者把中国血防分为三个阶段，大规模防治阶段

（1950 年至 1985 年），探索新路、反弹相持阶段（1986 年至 2003 年），以切断传染源为重点、全面快速防控阶段（2004 年至 2015 年）。2015 年是中国血防值得记住的年份，这一年中国全面达到了血吸虫病传播控制标准，可以向世界宣告，中国基本上控制了血吸虫病。这一年，中央号召"一定要消灭血吸虫病"整整过去了 60 年。用生命和艰辛换来的 60 年，中国终于有了一个让老百姓满意的阶段性结果。

我在鄱阳湖体验生活时，实实在在感受了一次生命和艰辛的洗礼。

都昌县位于鄱阳湖流域底部，承接着江西信江、饶河、赣江、抚河、修河五大河流的来水，再于西北送入长江。都昌三面环水，国土面积 2645.4 平方公里，其中水域面积达 1337.67 平方公里，占鄱阳湖面积三分之一强。水带给都昌人福利，但更多的是灾难。三年两头闹洪灾，上旱下涝，还是鄱阳湖区血吸虫病重度流行县。全县 24 个乡镇有 21 个乡镇处于鄱阳湖疫区，流行区有 122 个村委会 600 个自然村，疫区人口达 57.4 万人，历史钉螺面积 29.17 万亩。1956 年开始，都昌县逐年开展大规模群众查螺灭螺运动。至 1991 年止，累计反复查螺 351.16 万亩。在灭螺运动中，群众累计投工 297.7 万个劳动日，先后采取铲草皮、打瘟神堆、开旧填新、围堤堵汊、飞机撒药、人工喷药等办法，在鄱阳湖汊建围堤 148 座，反复灭螺 62.17 万亩，根除 14.65 万亩。从 1953 年至 1991 年，全县共计查病 220.8 万余人次，查出病人 13.6 万余人，治愈 13 万余人。不仅治人，还得治牛。查牛 29 万余头，治牛 3.6 万余头。然而，由于受生物环境的制约，特别是受洪涝灾害的影响，至 2003 年止，都昌尚有 14 个乡镇 80 个行政村流行血吸虫病。

都昌人经常用拥有三分之一的鄱阳湖来炫耀得天独厚的物质财富，用"落霞与孤鹜齐飞"来炫耀独一无二的精神财富，但炫耀的背后是苦难，是眼泪。这些数字也同样不是都昌人的资本，而是一种责任，是一种艰辛，是一条战天斗地的轨迹。

张宝龙是都昌县与瘟神打交道 38 年的人。他的人生经历非常简单，简单到只有一个单位，一种职业。他的长相也很简单，一张憨厚的脸，一双粗大的手，两片厚嘴唇，如果没有一件白大褂做行头，他就像一农民。说复杂点，他是江西省晚期血吸虫病救助内科治疗技术指导专家组成员、优秀共产党员、劳动模范，获两项科技进步奖、全省优秀医生称号。

人生有很多选择出自无奈，也有很多选择出自初心。年长多无奈，年少多纯真。张宝龙选择学医，选择进血防站，属于后者。张宝龙的初心是来自血吸虫病。他老家是鄱阳湖边的疫区村。一个小小的村庄，仅他耳濡目染就有 30 多个血吸虫病人，前前后后有十多人死于血吸虫病。1981 年高考，他毫不犹豫报了九江医专。那时基层医疗人才紧缺，毕业时，他完全可以选择条件更好的县医院，父母也极力劝说他进县医院。他却选择了满目萧条的血防站。理想很丰满，现实很骨感。他原本可以做人人敬重的"大夫"，却干起了"屎医生"，终日与粪便打交道，与瘟神对话。

我曾试图探究他的内心，你从来没后悔过？他给我看了一篇十多年前的笔记，我后悔了。做人永远别自作聪明去探究别人内心秘密，因为在探究的同时，你也把自己的浅薄和丑陋暴露给了对方。

他的笔记里记录了两件事，一件是周溪镇柴棚村村民罗文盛因晚血巨脾在他手上做了脾切除手术，罗文盛回家后成了义务血防宣传员。村里在湖滩上实施兴林抑螺工程，栽种了 600 亩杨树。他主动请缨，义务看护杨树林。一件是和合乡滨湖村一个小孩，2000 年患急性血吸虫病，很多医生弄不清楚是什么病。辗转到他手上，父母口袋里只剩下几十元回家的路费。父母原打算到血防站看看就回家，实在救不活就不救了。张宝龙问明情况后，竟然张不开口要医药费。为救活这孩子，他跑民政局找领导，讨来 500 元钱。孩子康复出院时，孩子和父母深深向他鞠了一躬。这一躬让他流下了眼泪。他在笔记后面写了一段话：

　　现实生活中，有人认为只要有钱、有房子、有各种昂贵的东西，快乐就会随之而来，还有人试着在声色刺激中找到乐趣，却不明白这是缘木求鱼。其实，能被身边的人感动，或者能感动身边的人，就是生命的乐趣。

一个人活在自己的世界里才快乐，活在别人的世界里是一种痛苦。在张宝龙的世界里，总是努力通过感动别人来获取自己的快乐，这是最高尚的快乐。相对而言，被身边的人感动带来的快乐最多算中等快乐，把快乐建立在别人痛苦之上，是最恶劣的快乐。

还是回到鄱阳湖。吡喹酮自 20 世纪 80 年代被开始使用以来，以其高效、低毒、使用方便、价格低廉等优点，使血吸虫病化学治疗有了突破性进展，大大加快了控制和消灭血吸虫病的进程。1984 年，世界卫生组织（WHO）提出控制血吸虫病的新策略，以疾病控制代替传播阻断作为防治目标，以吡喹酮为主的周期性、有计划的群体化疗作为疾病控制的一个主要手段。到 80 年代后期，广东、福建、上海、广西等地及部分县市在这一策略之下达到了消灭血吸虫病标准。然而，单纯的化疗不可能阻断血吸虫病的传播。这种策略的致命弱点是忽略了对血吸虫病复杂传染源的控制。血吸虫传染源，钉螺仅仅是中宿主，人和牛等四十多种哺乳动物是终宿主，而耕牛又是主要传染源。人和动物排出的粪便进入水中，又形成新一轮传染循环。有人提出，人畜同步化疗。但问题也随之出现，一是面对如此大的覆盖面，无法做到同步。二是吡喹酮没有延时预防作用。即便是对疫区所有人和动物每年化疗一两次，仍然不能阻止再感染。湖南曾经对疫区放牧的猪做实验，每月化疗一次，一年后，猪的感染率仍在 10% 以上。如果仅用化疗，即使每年扩大化疗数百万人次，或百万头家畜，对再感染和急性感染仍无济于事。

一项决策的失误，必定要承担相应的后果。同样在 80 年代后期，随着中国经济体制改革的深化和自然因素的变化，群众下湖频率增多，血吸虫病急速回升。1987 年，江西省发生急性血吸虫病 2257 例，成为近 25 年之最。张宝龙告诉我，当年都昌确诊急血病例就达 280 多例。那时都昌县条件简陋，病房是一层的平房。没有病床，病人就躺在自己抬来的竹床上。门卫都摆满了竹床，住满了病人。疫情用"爆发"都不为过。1989年夏，武汉市杨园地区在短期内感染急性血吸虫病1604例。武汉市民在长江游泳，就有一千多人感染了血吸虫病。当年全国急感病人数竟达13000余人。为此，中央不得不于12月在南昌召开五省湖区会议，号召"全民齐动员、再次送瘟神"。国务院重新调整了血防策略，提出控制疫情、控制传播、阻断传播三步走战略。至1995年，中国再次出现"消灭血吸虫病"曙光，浙江省成为消灭血吸虫病的第五个省。

中国消灭血吸虫病可谓是一波三折。疫区易感地带灭螺无疑对消灭血吸虫病起到至关重要的作用，但仍然是一种应急措施，仅限于人群居住的草滩湖洲。对于远离村庄长期群牧的大湖滩、大山区，显然是鞭长莫及。不仅人力、物力消耗大，而且对生态环境也有极大破坏。

谈到这时期灭螺，张宝龙无限感慨。农村实行联产承包责任制之后，再也难以大范围调动人力、物力，在政府主张的谁受益谁负担的大背景下，大湖洲滩灭螺遇到空前的困难。20世纪90年代初开始，国家为了缓解血防工作经费压力，实施了世行贷款中国血吸虫病控制项目（卫V项目），项目资金全部以药物形式下发。由于地方政府缺少配套资金投入，血防工作运转都十分困难，更无力去实施药物灭螺。药物都是请一两个民工，租一条渔船，撒在湖里，谈不上浓度，更谈不上比例。

2003年9月3日晚，中央电视台焦点访谈栏目以"瘟神为何又重来"为题曝光了湖南省岳阳县血防工作中存在的问题。2003年6月，湖南省岳阳县鹿角镇金星村村民刘富荣持续高烧被送进医院后确诊为急性血吸虫病，8月，刘富荣侄女刘媛同样因为高烧住进医院接受血吸虫病治疗。带着记者找钉螺的村支书记说，金星村曾经有过钉螺，但经过治理，九十年代初已经消灭了，没想到这几年钉螺又出现了。记者又采访了湖南省岳阳县鹿角镇血防站工作人员，发现他们不搞预防了，精力都放在治病赚钱上。预防是治根。把根挖了，没有血吸虫病，没有病源，他们便断了"财路"，所以，他们只治人，不治湖。多么残忍和荒谬的选择！上面发下来的药物也被他们卖了。为了掩盖卖药真相，他们又伪造查螺、灭螺、查病、给病人做化疗的数据和账册。记者问他们名字从何而来，他们毫不掩饰：三个汉字就是一个名字。

同年 10 月，又有新闻报道，洞庭湖几成"毒湖"。《中国血吸虫病防治》杂志也披露，2002 年，全国有血吸虫病人 81 万人，其中晚血病人26046 人。疫情最重的湖南省血吸虫病人达 21 万之多。环洞庭湖的岳阳市、常德市、益阳市是最大疫区。媒体惊呼，湖水变疫水，"瘟神"又回来了。

媒体连续发声再次引起中国高层关注。2004 年 2 月，国务院成立血防工作领导小组。2004 年 5 月，国务院下发《关于进一步加强血吸虫病防治工作的通知》，有关部委相继拿出《全国预防控制血吸虫病中长期规划纲要（2004－2015 年）》《血吸虫病综合治理重点项目规划纲要（2004－2008 年）》，提出了"预防为主、标本兼治、综合治理、群防群控、联防联控"的工作方针，明确指出血防经费由中央财政负担。2006 年 4 月1 日，国务院颁布第 463 号令公布了《血吸虫病防治条例》，将血防工作纳入了法制化管理，中国消灭血吸虫病进入了生态血防、快速防控的高速通道。

张宝龙在笔记中写道："征服瘟神，是我永远的追求。"因此，他在谈到血防工作这一重大转折时，显得尤其兴奋。过去血防站要靠医疗养活血防，现在可以全心全意搞血防了。2004 年，都昌县血防中央财政转移支付当年就达 300 多万，以后逐年增加到 500 万。江西省财政也加大了血防经费投入，由一千万增加到后来的三千万。对血吸虫病人治疗实行免费救治。查螺灭螺由政府购买服务，专业灭螺队实施。在鄱阳湖区实施封洲禁牧，以机代牛。血吸虫病健康教育从学校抓起。消灭血吸虫病由应急处理迈入了规范化管理。

搞血防最难莫过于教育群众。血吸虫病是行为性疾病。原江西省政府副省长胡振鹏提出，血吸虫病健康教育要从娃娃抓起。江西省疫区学校因此开设了血防教育课，学生之间形成了互相监督的机制，谁在湖边玩水，就举报谁。张宝龙不无自豪地说，从鄱阳湖区走出去的学生，血防意识都很强。学生好教，大人难教。一次他陪胡振鹏副省长到湖区考察血防。

胡振鹏看到一群妇女在湖边洗衣服，便问，这里有血吸虫，你们知道吗？

妇女回答，知道。又笑着说，得了有什么关系，治病又不要钱。

胡振鹏感叹地说，教育群众还任重道远啊！

后来，都昌的血防教育按对象分成三大块，学生、男人和女人。男人重点在生产，女人重点在生活。学生群体教育得最彻底，便利用学生监督父母，实行捆绑式教育，效果明显提高。

搞血防最艰苦莫过于疫情监测和大湖洲螺情调查。都昌县周溪镇柴棚村和泗山村是全国历年血吸虫病疫情监测点，每年每村粪检量不得少于 500 人份。每到血吸虫病易发期，张宝龙都要带一班人，自带被子、锅灶，吃住在村里，挨门逐户收集粪便，然后用尼龙网过滤，在网筛上刮取无渣粪便，放到定量板的眼孔里，制成卡托片放在显微镜下观测血吸虫卵。一天要处理百余人份。脏和累不算什么，气味难闻也不算什么，最难的还是收集粪便。开始一两年，群众感兴趣，也很配合。后来，群众厌烦了，远远看到血防站的人来，便把门关上了。好不容易叫开门，砸出来的却是一句冰冷的话，见过讨饭的，见过讨钱的，就是没见过讨屎的。女青年听说要她的大便，躲得不见踪影。外出务工的，守到深更半夜才讨来一包屎。一群知识分子整天上门讨屎，斯文扫地不说，人格都快分裂了。这就是我们的"血防哨兵"！

2002 年 11 月，张宝龙带队到柴棚村查病治病，由于工作没日没夜，生活又不能按餐按点，患上了严重痢疾。同事劝他回县治疗。张宝龙考虑到他一走可能影响监测数据的完整，没有回去。半个多月后，变得又黑又瘦的张宝龙回到家里，妻子竟然没认出他。

妻子问："同志，你找谁？"

张宝龙苦笑："我找家。"

妻子这才认出他，骂："走错门了吧？这不是你家。"

妻子消气后，又心疼地劝他："你好歹也是站里的支部书记，总不该每次都轮到你去一线吧？"

张宝龙说："书记该上一线，医生也该上一线，两个一线加起来，更得去一线！"

妻子又来气了："一线一线，做儿子尽孝不是一线？做父亲尽责不是一线？"

张宝龙心里内疚得在流泪，动情地说："等我退下来，就去你的一线，你退居二线。"

前两年，张宝龙在职务上退居二线，在家里却没上一线。他仍在医生一线。

很多人把鄱阳湖比作大海。春夏是水的海洋，秋冬是草的海洋。在这样的海洋里，每个季节都能找到不同的诗情画意。然而，这些诗情画意在显微镜下都变成了一个个病态的实体。不要怪这些血防哨兵没有诗人的情怀，诗和病虫原不在一个世界。

都昌县血防站的工作人员每年吃住在湖区的累计时间都有三个多月，其中还有一次"远征"草洲查螺。去年十月底，我随张宝龙等人有过一次远征。

我们坐上了一条两百吨位的铁船。船是租来的，生活工作都在船上。船行到鄱阳湖中心，一望无际，除了水和草洲就是天。到了晚上，我们停靠一个大草洲，船上没电，有手机没信号，后来手机也没电了，成了砖头。几十个人早早地把被子铺在船板上，躺在船上如睡在摇篮里，满天繁星是梦的背景。实在睡不着，就讲几个笑话，唱几首曲子。

上下草洲是通过一条冲锋舟接送。我们分成若干个组，穿着高筒套靴，上了草洲。在草洲上行走，一走便是几十公里，套靴外是泥水，套靴里是汗水。草洲上的草有一人多高，人进了草丛就看不见人。在草洲最难的是判别方向。为此，张宝龙等人在铁船上树起了一根十多米的旗杆。迷失了方向就抬头看看旗杆上的五星红旗。就是这样，一天下来，还有三个人没有回船。人走远了，红旗就看不到。草洲上唯一的参照物是太阳，可是太阳也在不断移动，早上在东，傍晚在西，具体判断起来却是失之毫厘谬以千里。后来，张宝龙想了一个办法，草洲是圆形，他用冲锋舟载人绕着草洲转圈，每隔一段路就留下三个人，并叮嘱他们向草洲中央搜索一段距离，没找到人就回原地待命。一圈下来便是五十分钟。这办法挺管用，一个多小时后，人找到了。张宝龙告诉我，鄱阳湖里的草洲形状随着水流冲击，每年都在变化，甚至发生位移。周溪棠荫岛前面有一块叫崩口的草洲，处于赣江和修河的交汇处。2002年，他远征时不到一千亩，去年去已经扩大到几千亩。草洲扩大的原因，张宝龙分析，与近年来鄱阳湖持续低水位有关。鄱阳湖草洲面积逐年扩大，这无疑增加了草洲查螺的工作量。湖洲上无草无螺，有草才有钉螺，钉螺要靠腐烂的湖草提供营养。鄱阳湖草洲化是鄱阳湖疫区钉螺面积增加的主要原因。

半个月的远征，哪怕是躺在星空下，我心里也没有酝酿出一丁点诗意，倒是从另一个角度感受到了鄱阳湖生命的律动。鄱阳湖通过这种律动在传递她的喜怒哀乐。我得出一个结论，最了解鄱阳湖情感的肯定不是诗人，而是像血防哨兵这样最不懂诗情画意的人。

张宝龙不但一直坚持在血防工作第一线，科研成果也让人刮目相看。20世纪90年代中期，他领衔的卫生部招标血防课题《鄱阳湖血吸虫病重度流行区以自然村为单元分层化疗费用与效果研究》论文被《中国血吸虫病防治》杂志采用，成果在江西省全面推广应用。他在担任卫生部疾控司、血吸虫病专家咨询委员会在柴棚村疫情监测点负责人期间，发表了不少学术论文，为国家制定血防策略提供了大量第一手资料。2006

年 3 月，他受聘为江西省晚期血吸虫病医疗救助技术指导专家组成员，为全省晚期血吸虫病人医疗救助提供了不少技术支持。他自己也在临床一线抢治晚血病人 380 多例，成功率达 100%。

张宝龙和他的同事努力没有白费。按照国务院六部委制定的中长期规划的总体目标，2008 年，都昌达到了疫情控制标准。2015 年，达到了传播控制标准。

一个甲子过去了，曾经血吸虫病流行肆虐的 12 个省（市），上海等五省（市）已达到消除标准，四川达到传播阻断标准，其余六省也达到传播控制标准。目前，长江流域还有钉螺面积约 35.6 亿平方米，患者约 5 万余人，数百万人面临血吸虫病威胁。

中国离消灭血吸虫病还有多远？

世界卫生大会列出了时间表，2025 年全球消除血吸虫病公共卫生问题。

《"十三五"全国血吸虫病防治规划》和《"健康中国 2030"规划纲要》也给出了路线图。

新时代，中国的力量已经空前强大。全面消除血吸虫病的时机到了。

第三章　人民生老病死是大政治

卫生部挨批

人民是国家的细胞。人民健康了，国家才会健康。

新中国的医疗卫生事业从千疮百孔中走来，经过十多年的艰苦努力，人民的健康状况已经有了显著改善。1986 年出版的《当代中国的卫生事业》中有一组数据：新中国成立后，霍乱很快在我国绝迹。1955 年，人间鼠疫基本上得到了控制。1959 年，性病在全国范围内基本被消灭。20 世纪 60 年代初天花已告灭绝，比世界范围灭绝天花早了十余年。结核病的死亡率从建国初期的 250/10 万下降到 40/10 万。脊髓灰质炎、麻疹、乙脑、白喉、破伤风、百日咳等传染病的发病率明显下降。1965 年，接生员队伍增长到 685740 人，产妇的产褥热和新生儿破伤风显著减少，母亲和婴儿的健康得到了一定保证。

然而，中国革命进入和平建设时期，少数共产党人开始骄奢了，甚至腐败了，忘记了一切为了人民的初心。医疗卫生事业同样暴露了很多问题，引起了中国高层的关注。

中央在不同场合用不同形式批评了卫生部门，反复强调医疗卫生事业要为人民服务，措辞不可谓不激烈。

旧中国的农村，医疗最大的问题是缺医少药。农民生不起病，小病拖大，大病拖垮。新中国成立后，人民政府十分重视农村医疗卫生问题，也采取了多种措施。但中国经过正规培训的医生很少，想在短期内解决这一历史遗留问题的确很难。

1953年过渡时期总路线明确提出以工业化为主体，第一个五年计划又提出集中力量发展重工业。10月，卫生部党组向中央报告，卫生工作应更好地为实现总路线服务，卫生工作的重点首先是要加强工矿卫生和城市医疗工作，使农村卫生工作和互助合作运动密切结合，并继续开展爱国卫生运动，防治对人民危害性最大的疾病。自此，医疗卫生工作"重工轻农"的倾向逐步形成。尽管报告提到"城乡兼顾"，但就当时的国力来说，仍然是一句空话。因此，新中国第一个医疗保障制度实际上只面向国有企业职工和国家公职人员。城镇职工、干部、教师和高等院校学生，只需个人交纳挂号费、出诊费，其他医疗费用基本由企业或国家负担。企业还为职工的直系亲属负担医疗费用的二分之一，享受公费医疗职工的子女也有相应的医疗保障措施。与此相比，尽管政府对农村也采取了很多医疗卫生优惠政策，对一些流行性疾病实行免费治疗，对贫困户实行医疗救助，但农村实行的基本上还是农民自费医疗制度。1955年，合作化运动兴起，一些地方农民自发兴办互助共济的合作医疗，但与城镇医疗保障制度完全无法相提并论。

令人愤慨的还不是这种城乡差别，而是由于制度不合理，管理不善，享受劳保医疗和公费医疗的人滥用福利，致使公费医疗中浪费极其严重。不仅经费上浪费很大，而且在医疗力量、设备和药品上浪费更大。

面对医疗卫生事业中存在的诸多问题，卫生部也在极力整改，但整改与人民的期望值仍然存在很大差距，有些官僚主义覆盖的领域整改效果甚微。如派城市的医生组成医疗队下乡为农民治病。1965年1月，中央批转卫生部关于组织巡回医疗队下农村基层的报告。很多医疗专家纷纷响应，著名的胸外科专家黄家驷、儿科专家周华康、妇科专家林巧稚都曾加入其中，深入农村巡诊。截至当年4月，全国共组织1521个农村巡回医疗队，参加巡回医疗的医务人员达18697人。临时性的医疗队，人数有限，每次去两三个乡镇，且只能轻装，医疗器械缺乏，也不可能配齐各专科医生，杯水车薪，无法达到诊疗目的。久而久之，便流于形式，根本无法解决农民看病难问题。同月，中央批评卫生部，医疗卫生工作没有面向工农兵，把医学教育年限搞得过长！卫生部立即召开党组会议，贯彻中央指示，决定在11所医学院中开办三年制医学班，为农村培养医疗人才。

医疗资源配置严重失衡和卫生部"头痛医头、脚痛医脚"式的整改，导致中国的医疗卫生问题越来越严重。

1965年6月26日，刚上任不久的卫生部部长钱信忠向中央汇报，全国现有140多万名卫生技术人员，其中70%在大城市，20%在县城，只有10%在农村；高级医务人员80%在城市；医疗经费的使用农村只占25%，城市则占去了75%。

中央再次对卫生部的工作提出严厉批评。卫生部只给全国人口的15%服务，这15%中主要还是老爷。而85%的人口在农村，广大农民得不到医疗，一无医，二无药。卫生部不是人民的卫生部。医学教育要改革，用不着读那么多年，主要是在实践中提高。这样的医生放到农村去，就算本事不大，总比骗人的医生和巫医要好，而且农村也养得起。工作中，把大量的人力物力放在所谓尖端、高、难、深的疾病研究上，对一些多发病、常见病、普遍存在的病如何预防如何改进治疗不管，没人注意，或放的力量很小。尖端的问题不是不要，只是应该放少量的人力物力，大量的人力物力应该放在农村，重点在农村。

这就是后来著名的"六·二六指示"。"狠话"如猛药，猛药去沉疴。

卫生部党组接到"六·二六指示"，经过认真调查研究，于9月3日向中央上报了《关于把卫生工作重点转向农村的报告》。在报告中，卫生部深刻检查了工作上的失误："由于卫生部领导长期把人力、物力、财力主要用在城市，以致农村缺医少药的问题，迄今未能很好地解决。据1964年的统计：在卫生技术人员分布上，高级卫生技术人员69%在城市，31%在农村，其中县以下仅占10%。农村中西医不仅按人口平均的比例大大低于城市，而且多数人的技术水平很低。在经费使用上，全国卫生事业费9.3亿元中，用于公费医疗的2.8亿元，占30%，用于农村的2.5亿元，占27%，其中用于县以下的仅占16%。这就是说，用于830万享受公费医疗的人员的经费，比用于5亿农民的还多。"《报告》提出："今后要做到经常保持三分之一的城市医药卫生技术人员和行政人员在农村，大力加强农村卫生工作。办法是：1.医疗、防疫、教育、科研等机构，均应分出成套的人力、设备，由城市伸延到农村，每个单位包一个至几个县或区，搞好一片，巩固一片。2.抽调城市卫生人员，作为'种子'，长期留在农村工作。3.继续组织巡回医疗队或其他形式的临时医疗组织，到农村工作，特别是到山区和偏僻的地方去。"《报告》还提出："大力为农村培养医药卫生人员。争取在5年到10年内，为生产队和生产大队培养质量较好的不脱产的卫生人员，为公社卫生机构一般配备四五名质量较好的医生。"9月21日，中央批转了卫生部的报告。并强调，必须把卫生工作的重点放在农村，认真组织城市卫生人员到农村去，为农民服务，培养农村卫生人员，建立和健全农村基层卫生组织，有计划有步骤地解决农村医药卫生问题。11月1日，中央领导又重申，一定要组织大中城市、工矿企业、机关、学校以及军队的医务人员，分期分批组成医疗队，到农村去，主要做两件事：一是治病，一是培养医务人员。

城市和农村医疗资源配置拉锯战终于尘埃落定。"六·二六指示"彻底改变了中国农村卫生工作的现状。卫生工作中人力、物力、财力重点逐步放到了农村，大批城市医务人员奔赴农村、边疆，走与工农相结合的道路，合作医疗逐步呈遍地开花之势。到1975年底，全国有赤脚医生150多万，生产队的卫生员、接生员390多万。全国城市和解放军医务人员先后有110多万人次下农村巡回医疗，有十几万城市医务人员在农村安家落户。高等医药院校毕业生70%以上分配到农村。全国5万多个农村人民公社基本上建立了卫生院。到 1976 年，全国合作医疗普及率达 90%以上。

把医疗卫生工作的重点放到农村去是中国卫生事业发展的一个重要转折点。因为这一转折，中国老百姓生命和健康得到了历史上从未有过的保障。《道德经》云："治大国，若烹小鲜。"唐玄宗注解："言烹小鲜不可挠，挠则鱼溃，喻理大国者，不可烦，烦则人乱，皆须用道，所以成功尔。"中国何其之大，人又都有私欲和惰性，治国如做小菜，既不能操之过急，又不能松弛懈怠，只有做到恰到好处方能成功。

在那激情燃烧的岁月，中国人日子虽然苦，但每个人心里都是暖洋洋的，因为在中国的天空飘荡着一股"王道正气"。这又应了《道德经》里另一句话，以正治国，以奇用兵，以无事取天下！

合作医疗，来自民间的中国模式

智慧往往来自群众，高手常常出自民间。

在中国改革的道路上，有无数大智慧并不都是出自精英阶层。被誉为中国农村改革里程碑式的家庭联产承包责任制就是安徽凤阳小岗村 18 位冒着"杀头"危险的农民干出来的。

在中国医疗卫生发展史上，同样出了一位敢冒"砸饭碗"危险的医生。20 世纪 60 年代的中国，农村不仅仅是缺医少药，还缺钱。这位三年私塾学历的医生创造的合作医疗模式，后来被世界卫生组织誉为"发展中国家群体解决卫生经费的唯一范例"，它以最低的成本让中国农民获得了最多的医疗需求。

他的名字叫覃祥官。

1966 年，已经是早春二月了，在鄂西的大山里，竟然纷纷扬扬下起了一场大雪。长阳土家族自治县乐园公社杜家大队就散落在这海拔 1000 多米的大山里。大雪封门，正是村民在家烤火闲聊的时候。山里的日子虽然清苦，却没有纷扰，该劳作时劳作，该睡觉时睡觉，日子过得简简单单。这里人烟稀少，长年云山雾罩，不失为山里人的"乐园"。

一天，山里突然躁动起来。村里人都在窃窃私语。

钱光书的儿子快不行了。

怎么好啊，还是个娃。

得送大医院治。

哪来的钱？有钱早去了。

救命要紧，没钱大家凑。

一阵忙乱之后，一支抬着竹床的队伍急匆匆下了山，雪地里留下一串忧伤而不安的脚印。

队伍直奔 100 多公里的宜昌。队伍里有一名医生，叫覃祥官。他是杜家大队覃家，也是孩子的主治医生，乡里乡亲，被请来帮忙。

春天总能给覃祥官带来幸运。1964 年春天，乐园公社党委研究，将他送到县中医进修班学习。1965 年春天，他学成归来，便进了公社卫生所，成了一名真正的医生。这年他 32 岁。

覃祥官就是一农民，农业合作化时还当过生产大队副队长。十年前，他做梦都不会想到会成为一名医生。1955 年，杜家大队建饲养场，覃祥官在搬运木头时，用力过猛，受了重伤，开始是吐血，后来还屙血。家里为了给覃祥官治病，卖了两匹马，请来了一个土医生。钱花完了，病却没看好。几乎绝望的覃祥官在床上百无聊赖，竟然啃起医书来。啃完医书又"啃"自己的病，没想到他胡乱弄些草药吃，居然见效了。自此，啃医书成了他唯一的嗜好。后来，他先后拜了五位师傅，成了山里有名的土郎中。

钱光书的儿子最后还是没有抢救过来。看到钱光书痛不欲生的样子，覃祥官心里也在隐隐作痛。正所谓祸不单行，一场大雪之后，一场罕见的流行性疾病降临在乐园，全公社有 1000 多人染上了百日咳、麻疹、脑膜炎等疾病。杜家大队一天就夭折了 4 名麻疹患儿。一位农妇因疥疮感染，浑身肿痛难忍，上吊自杀了。乐园每一条生命的消失都深深刺痛了覃祥官。不是每个人都能像他一样，久病成良医，更多的患者久病之后就是死亡。山里人在钱与生命之间选择，往往是选择放弃生命，因为有限的钱对家庭太重要了，或许就能救一个家庭。解决山里人的病痛，不仅需要医药，更需要钱。

恰在此时，长阳县卫生局局长带领卫生工作队到了乐园，与乐园公社领导、卫生所长讨论如何控制和救治这一突发性流行病。覃祥官作为医生，列席了会议。在讨论过程中，议论最多的话题是如何解决农民缺医少药问题。

覃祥官忍不住说："农民缺医少药，更缺钱。"

卫生所长说："领导商量大事，少插嘴！"

覃祥官说："我说的就是大事。"

局长问："目前的大事是病，为什么说钱是大事？"

覃祥官说："眼前要控制疾病流行，医药是大事，从长远看，钱是大事。农民因为没钱，小病才拖成大病。"

卫生所长说："我们讨论的就是眼前，谁让你说今后？"

局长朝所长摆了摆手，又问："说钱就说钱，你有办法？"

覃祥官说："前一阵，杜家大队钱光书的儿子去宜昌治病就是村里人凑的钱，可惜晚了。早凑说不定还有救。"

局长摇摇头说："农民缺的就是钱，凑钱不是办法。"

覃祥官还挺倔："农业都合作化了，医疗为什么不能合作化？众人抬一，用不了多少钱。集体也可以拿一点，再采些草药，常见病就没问题了。"

局长笑："合作化好。你有把握？"

覃祥官说："把不把握，试试就知道。"

局长说："你想试试？"

覃祥官说："试试就试试。"

公社领导一直在听，这回忍不住插话："你想在哪试试？"

覃祥官说："当然是回杜家大队。"

公社领导说："你回去就回不来了。"

覃祥官就像当年用自己的病试草药一样，心一横就喝下了："回不来，我还是农民。"

命运的轨迹往往因一个偶然因素改变，但偶然中未必不是必然。历史的演进也经常是把必然藏于偶然之中。覃祥官回村就意味着"皇粮"吃不成。他回到杜家大队找大队书记覃祥成。覃祥成说，这是好事。可我没钱发你工资。覃祥官说，不要工资，记工分成不成？覃祥成说，当然成，工分比我高都成。

1966 年 8 月 10 日，中国历史上第一个农村合作医疗点——"杜家大队合作医疗卫生室"正式挂牌。覃祥官主动辞去公社卫生所的"铁饭碗"，在大队卫生室当起了记工分吃农业粮半农半医的农民医生，也就是后来的"赤脚医生"。

合作医疗的运行模式经过大队、生产小队和群众反复协商，农民每人每年交 1 元合作医疗费，大队再从集体公益金中人均提取 5 角钱作为合作医疗基金。患者除个别老病需要长年吃药外，群众每次看病只交 5 分钱挂号费，吃药不要钱。药品费用不足部分由覃祥官通过采草药解决。覃祥官成了"三土"（土医、土药、土药房）、"四自"（自种、自采、自制、自用）医生，自己开辟药园，栽种常用易植药物，或自采草药，基本上保证了全大队群众"有病早治、无病早防、小病不出寨、大病不出队"。覃祥官忙不过来，就动员山里的药农采草药或在自留地种草药，他以适当价格收购。杜家大队开辟药园最多时达 500 多亩，种植药材达 100 多种。卫生室用不完，还可以送到山外出售，为农民增收，为合作医疗减负。

杜家大队办合作医疗，看病不要钱，在鄂西大山里像一束烟花炸出了满天星星。乐园公社有 19 个大队，4000 多农民，他们仰望着"星星"，都渴望"星星"早日掉到自己的山窝窝里。为此，乐园公社党委专门组织了一个调查班子，对杜家大队合作医疗进行了调查。调查数据显示，杜家大队开展合作医疗后，农民人均开支医药费仅为 0.68 元。这一调查为全公社推行合作医疗起到了至关重要的作用。在党委会上，一元合作医疗模式得到一致赞同。有人提出，因公致伤致残怎么办？大病重病又怎么办？公社党委派人带着这样的难题再次到杜家大队调研，最后形成了一个《合作医疗 50 条管理制度》。1966 年 12 月 4 日，乐园公社隆重召开了有史以来第一次合作医疗代表大会，成立了乐园公社合作医疗管理委员会，正式通过了《合作医疗 50 条管理制度》。

　　乐园公社普遍推行合作医疗制度的喜讯，迅速传到长阳，传到宜昌，传到武汉，最后传到了北京。

　　1968 年下半年，一份反映乐园公社合作医疗情况的调查报告，几经辗转送到了北京。

　　1968 年 12 月 5 日，《人民日报》以"要把医疗卫生工作的重点放到农村去"作为报眼，头版头条刊发了长篇报道《深受贫下中农欢迎的合作医疗制度》，并加了编者按，称合作医疗是一件新事物，共产党员、杜家大队卫生室赤脚医生覃祥官是一位"白求恩式的好医生"，盛赞"合作医疗是医疗战线的一场大革命"。

　　覃祥官本意是想让杜家大队的乡亲有钱看病，却无意之中触动了医疗改革的敏感神经。覃祥官一夜之间成了家喻户晓的人物，鄂西大山也成了"西天圣地"，成千上万的参观者翻山越岭，蜂拥而来，"拜佛取经"。据不完全统计，当年乐园接待来自全国 29 个省市自治区的代表多达 5 万余人。

　　短短的 6 年间，长阳"农村合作医疗"的星星之火，迅速燃遍中国大地。国家统计局发布的《关于 1972 年国民经济计划执行结果的公报》称："全国 80% 左右的生产大队实现了合作医疗。"深受老百姓喜欢的合作医疗从深山走向全国，其速度之快，覆盖面之广，创造了一个中国奇迹，而这一切却只花了全国 20% 的卫生费用。这对当年物质极度贫乏的中国来说，无疑是雪中送炭，其意义不仅仅是推动了卫生事业的发展，而且对中国社会建设做出了巨大贡献。治国之道不是用兵，出奇制胜，讲究"诡道"，而是讲究忠诚，对人民的忠诚。广大群众喜欢的事业就会长久，厌倦了就会衰退。

覃祥官的合作医疗卫生室不仅在中国遍地开花，而且"出口"到了国外。

1974 年 9 月 29 日至 10 月 6 日，覃祥官以"中国合作医疗和赤脚医生代表"身份随团出访日本。归国后，卫生部领导盛赞，农村合作医疗搞得好！它使贫下中农的健康有了保障，深受人民群众欢迎。在北京的那天晚上，覃祥官失眠了，但又觉得整个人在梦里。

1975 年元月，覃祥官当选为第四届全国人大代表。

1976 年 9 月上旬，世界卫生组织西太平洋区委员会第 27 届会议和世界卫生组织太平洋区基层卫生保健工作会议在菲律宾首都马尼拉召开，33 个国家和地区的代表参加了会议。在会上，覃祥官做了题为"中国农村基层卫生工作"的报告，接着又回答了参会各国卫生部长和记者的提问。覃祥官的报告和解答引起了各国特别是第三世界国家代表的浓厚兴趣，中国农村合作医疗成了各国代表最热门的话题。

一些国际友人赞叹，中国农村人口这么多，居然能做到看病吃药不花钱，是一个大大的创举。

在记者专访时，有记者问："中国医生看病记工分，工分是什么？"

覃祥官解释起来很吃力，便说："工分就是钱。"

记者问："工分很值钱吗？"

覃祥官说："工分就是一个大人一天的劳动报酬。"

记者又追问："那是多少钱？"

覃祥官一句话没法说清，便直接说结果："那要看年景，差的时候几分钱，一般有几角钱，最好的时候能有一元钱。"

记者惊讶地伸出大拇指："我的上帝，中国医生看一天病才几分钱，这算什么报酬，了不起！"

菲律宾《每日新闻》发表了这次覃祥官的专访，盛赞中国合作医疗制度。菲律宾总统马科斯夫人伊梅尔达·马科斯受覃祥官启发，在礼萨尔省塔乃山区也办起了合作医疗，还培训了十多名"赤脚医生"，邀请覃祥官到塔乃山区传授合作医疗经验。

从菲律宾归来，湖北省委破格提拔覃祥官为省卫生厅副厅长。覃祥官专程跑到武汉找到省委组织部负责人，向他陈述了不想任职的三条理由：一是我生在大山，不愿离开大山。二是我学医，当不好官。三是合作医疗搞起来容易，巩固起来难。组织部负责人也说了三点理由：一是你是党员，要服从组织。二是水平低，可以在工作中提高。三是你不愿离开大山，可以用三分之一的时间在省里，三分之一的时间在面上跑，三分之一的时间在乐园蹲点。覃祥官没有找到更好的理由，只好上任。但是，他一没有转户口，二没有带家属，心仍留在大山。上任之后，覃祥官除了开会，就是看文件，再就是坐着小车下去看一看。没人找他看病，也没地方采药，人如在囚笼，除了说说"官话"，便说不出一句有温度的话。在城里待的时间越长，他越觉得闲得慌，回家的愿望就越强烈。中途有人传言，覃祥官要调到北京去工作。覃祥官一笑了之。半年之后，覃祥官不但没去北京，反而"辞官"还乡了。他以"先回去看看"为由，向厅长打了声招呼，便搭班车回到长阳土家寨。覃祥官回家后，有时去乐园公社卫生院看看病，或背着药箱到合作医疗点转转，有时又随"厅长夫人"到生产队参加劳动，或帮助药农打理药园，继续过着"半医半农"的生活。1993年，覃祥官按副县级干部待遇退休，每月工资一千多元。日子过得充实与否，与钱无关。每个人都有自己的使命，覃祥官的使命是合作医疗，完成了就该谢幕了。你让他走进另一个使命，对他来说，不是快乐，而是痛苦。覃祥官一生大起大落，身份回归也许是他最好的选择。他在自己熟悉的土地上，做自己喜欢的事，或者做一些有益于身边人的事，宠辱不惊，日子过得踏实。2008 年 10 月 23 日，覃祥官因病去世，享年 76 岁。

覃祥官的人生是中国医疗卫生事业发展的一段历史。后人称他是中国合作医疗创始人，新华社记者还曾冠名为"中国农村合作医疗之父"。这些生前身后名与覃祥官对中国医疗卫生事业贡献而言的确不算什么，但一个人的名声与伟大事业比又不算什么。如果说中国医疗卫生事业发展有一串脚印，那么覃祥官就是其中一个。只有每个人都在这串脚印里走好属于自己的一步，中国的医疗卫生事业才会稳步向前。

赤 脚 医 生

"赤脚医生"是中国医疗卫生事业又一个创举。

"六·二六指示"发出后，卫生部就立即着手组织对农村一些有文化的青年进行医学培训，培养乡村医生工作在全国迅速展开。

1965 年夏天，上海市川沙县江镇公社开办了一个医学速成培训班，学期四个月，主要是学习一般医学常识和常见病的简单治疗方法。来自大沟大队的王桂珍就是第一批 28 名学员之一。王桂珍只有小学文化，却很刻苦。晚上 9 点熄灯，她用手电筒在被子里看书到 12 点。结业后，她被安排在江镇公社当卫生员。卫生员只是公社卫生院的实习医生或护理员，并不上门为农民治病。然而，王桂珍却不一样，她背起药箱，走村串户，甚至到田间地头为农民看病。农忙时，她就参加生产队劳动。开始，农民不相信她能治病。一个病人牙痛，她要给病人扎针，病人不敢，她先给自己扎，病人这才让她扎。后来，治好的病人越来越多，大家慢慢都相信她。王桂珍还在村边一块坡地种了上百种草药，建了一栋土药房，用土洋结合的办法，让乡亲治病尽量少花钱。农民渐渐喜欢上了王桂珍。见她经常赤脚上岸为老百姓看病，便称她为"赤脚医生"。在江镇公社卫生院还有一个叫黄钰祥的医生，他毕业于苏州医专，60 年代初分配到江镇。当时卫生院条件很差，就一幢平房，甚至连高压蒸汽消毒设备都没有。黄钰祥是第一批农村医学速成班的老师。他也经常下乡为农民治病。王桂珍和黄钰祥的事迹被当地政府当作"学雷锋"的典型来宣传。在 1968 年以前，他们的事迹还仅局限于上海范围内传播，"赤脚医生"更不为外人所知。1968 年，上海市派记者到川沙县江镇采访。采访中，记者敏锐捕捉到王桂珍和黄钰祥的做法正是"六·二六指示"所期待的新型医疗服务。记者临时改变决定，把一篇报道写成了一篇调查报告，首次把农民创造的"赤脚医生"直接用在标题上。上海《文汇报》在重要位置上发表了题为《从"赤脚医生"的成长看医学教育革命的方向》的调查报告。该文发表后，立即引起了中宣部的重视。9 月，《红旗》杂志第三期和 14 日的《人民日报》全文转载了这篇调查报告。"赤脚医生"正式走进全国人民的视野。

由于"赤脚医生"培训对学历要求不高，培训周期又短，一支庞大的"赤脚医生"队伍在短期内迅速形成。"赤脚医生"对常见病大都采取土洋结合，或者说中西结合的办法进行治疗，大量使用价廉物美的中草药，很快从根本上扭转了农村缺医少药的状况。农民一般性头疼脑热、创伤和简单的急救都能得到及时救治。随着农村合作医疗的建立，医疗费用大大降低，农民一年只要扣少量的工分，就能享受全年的合作医疗。农村医疗卫生事业不仅活力逐步显现，而且呈蓬勃发展之势。

1969 年 10 月 1 日,在天安门广场举行的新中国成立 20 周年庆典上,一支肩背药箱、背负草帽、挽着裤腿、打着赤脚的年轻男女组成的"赤脚医生"方队簇拥着"把医疗卫生工作的重点放到农村去"十五个大字从天安门走过时，引起了全世界的关注。中国农民还处在扫盲水平，但是他们的创造却经常震惊全国，享誉世界。这一年，全国大部分生产大队实行了合作医疗，"赤脚医生"数量已经超过了 100 万。"赤脚医生"

来自农民，又回归农民，不拿工资，与农民一样拿工分。他们无论是在山区还是在草原，无论是刮风还是下雪，只要农民有病痛，便随叫随到。他们没有知识分子的架子，与农民没有物理距离，也没有心理距离，放下药箱下地，背起药箱出诊。"赤脚医生"两件宝，一根银针一把草。他们不仅承担着医疗任务，还承担着卫生防疫保健任务，真正成了农民健康的守门人。

1969 年，以黄钰祥为主编写的《赤脚医生培训教材（供南方地区使用）》出版。1970 年，由上海中医学院、浙江中医学院集体编著的《赤脚医生手册》出版。这两本书以医治农民常见病为中心，简单易行，实用性强，不仅成为"赤脚医生"床头书，而且成为普通百姓增长健康知识、医疗自救的"传家宝"。《赤脚医生手册》后来被联合国教科文组织译成 50 多种文字，在全世界发行。这是中国老百姓由对生命的蒙昧无知走向全面的健康自觉的最好见证。

1972 年，美国斯坦福大学几位学者在中国拍摄了一部长达 52 分钟的纪录片《中国农村的赤脚医生》，专门向国外介绍"赤脚医生"。这部纪录片真实记录了当年中国"赤脚医生"穿行在乡村、就地采草药、中药炮制和使用银针治病的情况，引起了全球轰动。1974 年，世界卫生会议在日内瓦召开，王桂珍作为中国"赤脚医生"代表参加会议并做了 15 分钟的发言。以王桂珍、黄钰祥为原型拍摄的电影《春苗》成为一个时代的记忆。至 1977 年底，全国 85% 的生产大队实行了合作医疗，赤脚医生最多时达 150 多万名。后来，随着家庭联产承包责任制推行，农业经营单位缩小到家庭，工分计酬方式不复存在，"赤脚医生"和"合作医疗"也走进了前所未有的困境。

1985 年，卫生部做出停止使用"赤脚医生"称呼的决定，对"赤脚医生"进行考核，合格者可取得从医资格，转为乡村医生。1985 年 1 月 25 日，《人民日报》发表《不再使用"赤脚医生"名称，巩固发展乡村医生队伍》，"赤脚医生"正式走进历史，与之共存的"合作医疗"也随之解体。"赤脚医生"和"合作医疗"虽然不存在了，但它们仍然是亿万农民最温暖的回忆。广东药学院原院长梁仁教授说："如果把经济发展、生活水平考虑进去，当时农民所得到的医疗保障比现在可能还要好一些。那时农民的常见病、多发病都能得到治疗，而大病城市照样治不了，因此城乡医疗条件的差别非常小。"这话虽然有失偏颇，但在当时的历史条件下，一百多万"赤脚医生"自愿牺牲自己利益换取亿万农民巨大的医疗红利却毋庸置疑。

我在赣北山里大港高塘村（原和平大队）深入生活时，追踪到一位人称"扁担医生"的老人。老人叫石瑛，今年 76 岁，大脑袋，小脸，后脑等待脱落的头发像枯草，一点点黑在根部顽强地证明曾经的茂盛，又或者像一件洗褪了色的青衣，用边沿一条黑线顽强地证明曾经的本色。老人给我第一感觉像一只笑容可掬的老猴，一只朴实能直立行走的老猴。

人生有很多定数，也有很多变数。石瑛的出身是一个定数，也是一个变数。他出生在一个大地主家庭，父亲是旧政府官员，母亲是上饶师范毕业的大家闺秀，这是定数。按这样的定数，石瑛应该是掉进了蜜罐里。然而，母亲在生他弟弟时，前置胎盘大出血，去世了。这还没有构成石瑛人生的变数。后来父亲娶了后娘。后娘生了弟弟之后，怎么看石瑛都不顺眼。一次，后娘用桐油炒饭给石瑛吃，被家里一女长工看见，偷偷救了石瑛。那时石瑛家在村里请了两个男长工，两个女长工。父亲按辈分应叫这女长工婶婶。女长工是个祥林嫂式的苦命人，家里人先死小，后死老，不明不白病死了，就剩下她活着。她心如死灰，虽然与村里一老单身汉结合，但日子仍然过得没有一点生机。她不忍心石瑛被后娘害死，悄悄把桐油炒饭的事告诉了石瑛父亲。石瑛父亲很少在家，也无法掌控石瑛的命运。他呆呆地看着这位长工"婶婶"，先是震撼，后是无奈。"婶婶"看出了他的无奈，我继续帮你盯着？石瑛父亲说，哪能每次都盯得住。"婶婶"问，那怎么办？父亲呆滞了半天才下狠心，你想不想有个孙子？"婶婶"愕然，这哪是想就能想得来！父亲说，让石瑛做你孙子。"婶婶"说，少爷是人中龙，这哪成！父亲说，这是为了救他。"婶婶"也犹豫了很久，一狠心，答应了。父亲把村里三老四少请来，举行了一个简单的仪式，石瑛便正式过继给了"婶婶"。"婶婶"因一丝善念，救了石瑛，也重燃了自己早已寂灭的"香火"。石瑛叫"婶婶"奶奶，叫"婶婶"男人爷爷。"婶婶"或者说后娘是石瑛人生最大的变数。新中国成立后，石瑛成了贫下中农，没有随父亲被"专政"，也算不幸中万幸。这是"扁担医生"的因。

石瑛的爷爷奶奶老年得孙，视若掌上明珠，送了石瑛读书。1962年，石瑛初中毕业，便在山里教小学。1965年，上面还是把石瑛的家底翻了出来，说他是地主子女，不能教书。和平大队书记与奶奶都姓王，算是一家人。大队书记说，他算什么地主子女？新中国成立前就过继给了贫下中农。你不用，我用。此时正是"六二六指示"之后，大队书记把石瑛推荐到公社医生培训班学习，学了半个月，回到村里当了赤脚医生。石瑛有悟性，记忆力也很强，半个月培训再加上不停地自学，不但很快掌握了一般西医治疗方法，还学会了针灸。那时还没有合作医疗，没钱买药，他便跟山里的土郎中学会了认草药、采草药，用草药治病。有的病需要用西药治疗，他就把采来的草药卖了，再买西药。他在山里治病，治一个好一个，名声渐渐大了起来。

大港高塘地处湖口、彭泽、都昌、鄱阳四县交界处，是都昌最偏远海拔最高的村，通往各自然村的道路有48道港，96道湾，还有20多公里山峦起伏的羊肠小道。山里没有正规医生，石瑛每天清早起来，一根扁担，一头药箱，一头草药筐，到山里各村巡诊一遍，顺便还要采一筐草药回来，摸黑才能回到家里。一天下来便是四十多华里。遇到急诊，哪怕是半夜，也得赶去。那时，人不知道累，也不知道怕。后来有记者把石瑛做扁担医生50年所走过的路做了一个推算，约有36万公里，可以绕地球 8 圈。

　　1969 年 4 月 1 日，大队正式办起了合作医疗。群众每人一年向大队交一块钱合作医疗费，治病每次收 5 分钱挂号费也交给大队。挂号费按开出的处方结算。石瑛的报酬到了年关，由大队干部和各生产小队队长集体评议。一般按全大队劳动力年平均工分计算，小队长则根据一年里石瑛是不是经常下村、态度好不好、群众对治疗满不满意进行评议，好则高于平均工分，不好就低于平均工分。据石瑛讲述，他每年工分都高于平均工分，折合人民币大概在二百元至三百元之间，比一个十分的劳力收入还是要低得多。那时他爷爷奶奶都老了，不能挣工分，一家人靠他养活，他不得不一有空就到生产小队再挣一份工分。高塘大队有一个村庄与鄱阳县交界，每次去都得翻过一个高岭。再高的岭也得爬，否则到了年关评议，那小队就有意见。卫生室曾经来了一位上饶卫校毕业的"洋医生"，因为吃不了爬山过岭的苦，不经常下村。他面临的不只是工分低，山里人一气之下，直接把他赶跑了。

　　石瑛完全沉浸在回忆里，絮絮叨叨地叙说着那段艰难而又充实的岁月。他的叙说就像他的头发，总想努力从苍老的根部长出一点点黑丝，来说明它当初的辉煌。我能感受到赤脚医生当年的境遇，行医远没有新闻说得那样轻松，生活又远比报道描述的要艰难。老百姓纯朴，可以容忍远距离的漠视，但绝对不能容忍近距离忽视。赤脚医生零距离为老百姓服务，没有绝对的真诚，绝不可能换来他们的口碑。还有更重要的一条，新中国成立之初，老百姓的生命和健康失去了对"鬼神"的依靠，不靠医院和医生就没依靠了。石英用他绕地球 8 圈的真诚感动了山里人，成了大山健康的依靠。赤脚医生就是农民，他们用一个纯朴作为另一个纯朴的依靠，才把医疗卫生工作做到农民心坎上。

　　我从不怀疑石瑛的艰辛，但对他只参加了 15 天培训班就"治一个好一个"的确有过质疑。他学医的速度比上海王桂珍上的速成班还快 8 倍。当年发生在赤脚医生身上的事，很多都不可思议。这些不可思议汇集，甚至让我产生一个幻觉，赤脚医生是不是"神"的使者？只有这样的使者才能满足一个时代天下苍生的渴望。

医生真有那么好当吗？当我听完他的讲述之后，释然了。学医没有速成。石瑛参加医生培训班仅仅是启蒙，做到老学到老才是他不拿毕业证的学历。晚上他向书本学，巡诊时在民间学，遇到疑难杂症就到大医院去请教。赤脚医生不是学四年或八年，而是学一辈子。

1972 年，大港山里爆发了头皮癣（俗称痢痢头）。头皮癣是真菌感染头皮和头发所引起的疾病，有极强的传染性。一个家庭有一人染上痢痢头，全家都难以幸免。全大队 1200 多人有 120 多人患有头皮癣，儿童整天哭哭啼啼，女人头上遮一条毛巾不敢见人。痢痢头在山里引起了恐慌。当年治头皮癣主要是用西药灰黄霉素。灰黄霉素是紧缺药，要计划才能买到。村里突然这么多人患了头皮癣，一元钱的合作医疗费根本不够用。石瑛那时每天要到村里巡诊两次，帮患者洗头换药，路上顺便采一些草药到公社去卖，将卖草药的钱买灰黄霉素。即便是这样，灰黄霉素还是不够用。后来，石瑛从民间学到一个土方子，用熟石灰粉与硫黄按比例配置后，用水浸一天一夜，搅拌成泥，敷在痢痢头上。早上敷，下午用竹片刮下来，再抹上废机油。一个痢痢头要治一个多月。那阵把石瑛累坏了，忙不过来就每个生产小队培训一名卫生员，协助他治疗。经过他精心治疗，全大队 120 多个痢痢头都痊愈了，至今无人复发。当时大队计算了治痢痢头的成本，竟然发现人均花费不到 10 元钱。后来有人说，以如此低的医疗成本控制并根除了一场急性传染病，在世界上恐怕都少见。

水烫烧伤是山里常见病。患者经医院治疗脱险后，往往创面久难愈合，甚至留下伤疤。石瑛结合民间偏方琢磨出了一个既省钱治疗效果又好的办法，用复方三黄膏专治水烫烧伤。2000 年 6 月，鄱阳县响水滩一个三岁女孩背部被开水严重烫伤，经医院治疗脱离了危险，但伤口溃疡严重。患者家属找到石瑛，他用自制的三黄膏结合中草药治疗，20天以后，女孩炎症消退，伤口愈合，药费不到100元。还有一个山外女孩，才22岁，因恋爱问题寻短见，点燃了煤气罐，全身大面积烧伤。经大医院治疗了两个月，花了三四万，生命虽然脱离危险，烧伤却久治不愈。家里因没钱治，放弃了治疗。回家后，女孩伤口反复感染。花一样年华的女孩，人生才刚刚开始，就躺在床上等待生命终结。父亲虽然很无奈，却没有放弃，到处找偏方，总想出现奇迹。他访到山里的石瑛。石瑛每天先用盐水帮她洗身子，用碘伏消毒，涂上麻油，再用他的三黄膏外敷，内服中草药。一个多月后，女孩痊愈了，还能从事一些简单的劳动。石瑛只收了二百元的成本费。像这样的水烫烧伤，石瑛用三黄膏治好了六十多例。说到三黄膏，石瑛有些黯然。他说，三黄膏比中美合资的"美宝"使用效果都好，如果上面有人，完全可以申请专利号。他也曾问过卫生部门，得找到六十个病例，还要经过专家论证。六十个病例他有，但几十年过去了，患者要么老死了，要么走散了，上哪找去？弄得我也感叹唏嘘。一个琢磨和使用了一辈子的药方，说出来像一个传奇，没有亲身体验，谁会相信一个赤脚医生？在伪科学和假药纷呈的市场，假的包装得比真的还真，市场比石瑛还无奈。但我坚信一点，民间创造总有一天会吹尽狂沙始见金。

石瑛一生除常见病外，还用西医结合中草药治疗了60多例阑尾炎，治好过无数毒蛇咬伤、坐骨神经痛、腰椎间盘突出和水烫烧伤等疑难病症。在手术刀主导的当下，这些业绩也许不算什么，但在医疗条件相对落后的农村，谁又能忽视他的作用！

2015年，石瑛当选为第五届"感动九江"十大最美人物。一身白大褂一头白发的石瑛成为舞台上最耀眼的人物。

2018年初，石瑛的卫生室发生火灾，诸多医疗设施付之一炬。消息传出，山里人自发捐款两万多元要为他重建卫生室。然而，祸不单行。同年8月，他出诊摔了一跤，昏迷不醒。山里人把他送到县人民医院，经确诊，属小脑脱髓鞘病变引起的慢性出血，原因多与年轻时劳累过度，出汗过多有关。医生叮嘱他，不宜再走山路，别再做医生了。石瑛因此住进了大港镇一套四十多平方米的安置房，没事就给镇里一家药房坐诊，药房管两餐饭，不拿工资。赤脚医生在医疗卫生事业中的使命结束了，但烙上赤脚医生标签的生命却一直放不下。

　　人一生，有的事一辈子都难放下。放不下是因为它已经成为生命的一部分。

第四章　救死扶伤

从赤脚医生走出来的国医名师

每次到南昌，我都喜欢到赣江边去看夕阳。

在赣江边上的夕阳下漫步，微风轻拂，能让人找到时光穿越的感觉。夕阳渐渐收敛起光芒，变成一块血红的玛瑙，隐藏在红谷滩林立的高楼下，又把满天晚霞洒在赣江里。这时，整座南昌城便变得清晰而深沉。这不是英雄迟暮的终结，而是英雄史诗的开始。徐孺子抬头望月、王勃高阁低吟、陈友谅城下厮杀、"八一"半夜枪声……这些声音每次都能让人震撼，让人感叹，让人生出无限敬畏。南昌是一座英雄之城，也是一座人杰地灵之城，她总能在风花雪月下或历史转折点上，绽放出举世瞩目的光华。

这次，在南昌艾溪湖森林湿地公园采访，我有两个惊奇，一个惊奇是见到一个与英雄城同名的人，他的名字叫宋南昌。另一个惊奇是眼前这位江西省首批"国医名师"竟然是赤脚医生出身。我不是一个喜欢猎奇的人，在访谈中，第二个惊奇很快冲淡了第一个惊奇。

宋南昌已经是 67 岁的老人，没有鹤发，却是童颜，这也许是头发过早谢顶的原因。他有一长串头衔。江西省中西医结合医院康复科主任中医师，江西中医药大学教授、硕士生导师，首批全国老中医药专家学术经验继承人、国家中医药管理局"十一五""十二五"重点专科及国家临床重点专科学术带头人、中国针灸学会针法灸法分会常委、中华中医药学会外治分会常委、世界中医药学会联合会名医传承工作委员会第一届理事会理事。

从赤脚医生到国医名师，宋南昌经历了怎样的跨越？

我细数了他的人生简历，应该有三次大的跨越。这只是我的一家之言，未得到本人认可。

第一次跨越在 51 年前。江西省瑞金市云石山乡沿坝村一个年轻的后生，初中毕业，在家无所事事。这个无所事事的后生就是宋南昌。刚刚走出校门的宋南昌很迷茫，漫无目的在田野里闲逛。他尽管只有初中毕业，但在当时的农村算是个凤毛麟角的文化人。就此做一个农民，他不甘心。不做农民又能干什么？冥冥之中，仿佛是早有安排。一天，大队书记迎面撞来。大队书记也烦着呢！大队要派一个有文化的青年到公社学医，刚好部队转业来了一个卫生员，就派他去了。去都去了，又跑了回来，说不干了。他不干谁干？乡下找一个读书人多不容易！

书记好。

是南昌呀。

是我。

大队书记打了声招呼，继续想自己的心事。宋南昌说完客套话也继续走自己的路。突然，大队书记停了下来，喊南昌。

宋南昌跑过来问："书记有事？"

大队书记说："初中毕业了？"

宋南昌说："毕业了。"

大队书记说："愿不愿去学医？"

宋南昌还真没思想准备，犹豫了一会儿问："学医干什么？"

大队书记说："学完回大队做赤脚医生。"

宋南昌想，自己当初倒是有过做医生的念头。村里有个好友，家里藏了不少医书，他学习之余便借来看，还摘了不少笔记。现在有这样的机会，便答应了。

1968 年 10 月，宋南昌从公社培训班回来，在沿坝大队合作医疗站当起了赤脚医生，享受大队干部同等待遇。之后，他又参加了赣州地区首届"6.26"卫生人员学习班，拜当地草医草药医生梁士佑等人为师，学习中西医、草医草药、针灸医术。这一跨越让宋南昌很满足。一个农民的儿子，做起了人人尊重的医生，还享受村干部待遇，算是一代胜似一代。

人生的机遇往往是突如其来。1973 年夏天，又传来一个好消息，工农兵学员可以通过考试上大学。考试也很简单，只考语文和数学。宋南昌报名了。公社一同报名的有 7 个人，宋南昌成为两名幸运儿之一，录取到了江西中医学院中医系。1976 年 12 月，宋南昌从临床医学专业毕业，分配到南昌市第二医院中医科工作。南昌水到渠成地完成了第二次人生跨越。

宋南昌前两次跨越是身份上的跨越，他由一个农民变成了吃"皇粮"的医生，又由一个乡下人变成了一个城里人。这在沿坝村算是出了"状元"，是光宗耀祖的大事，沿坝人有人出人，有钱出钱，以从未有过的热情操办着这样的喜事，着实让宋南昌感动了一番。这在宋南昌心里也种下了一颗种子，任何时候都不能忘了这些朴实厚道的乡亲。这也许是他悬壶济世最原始的情感。

热闹之后，生活又归于平静。宋南昌也开始酝酿人生的第三次跨越。他的第三次跨越是医术上的跨越。用他的话说，四进四出江西中医学院。除上大学那次外，1981 年 11 月至次年 11 月，他参加了中医学院"江西省针灸进修班"。1984 年 9 月至次年 2 月，他又参加了中医学院的"古典医著进修班"。第四次是到中医学院附属中医院跟名老中医当学徒，时间长达三年半。他的医术由医延伸到药，再延伸到针灸，得以全面发展。

他的身份也由中医学院的学生变成了中医学院的老师。在第三次跨越中，他不仅成为名老中医药专家学术经验继承人，而且在学术研究上也取得了丰硕成果。1995年，他的论文《隔药灸治疗网球肘和腱鞘炎30例》获第二届世界传统医学大会暨"超人杯"世界传统医学优秀成果大奖赛国际优秀成果奖。2009年12月，他主持的课题《三伏灸＋贴法防治慢性支气管炎临床疗效研究》通过江西省卫生厅科技成果鉴定。2013年3月，他当选中国针灸学会针法灸法分会第四届委员会常务委员。2014年5月，又获聘南京中医药大学师承博士生导师。2015年9月，他当选世界中医药学会联合会名医传承工作委员会第一届理事会理事。2017年5月，他担任《魏稼教授针灸医论医案选》主编。2018年6月6日，宋南昌全国名老中医药专家传承工作室建设项目顺利通过专家组验收。

冬病夏治是我国传统中医药疗法中的特色疗法。冬为阴，夏为阳，"冬病"是一些好发于冬季或在冬季易加重的虚寒性疾病，由于机体阳气不足，又值冬季阴盛阳衰，以致正气不能祛邪于外，造成一些慢性疾病如慢性咳嗽、哮症、喘症、慢性泄泻、关节冷痛等反复发作或加重。"夏治"是在夏季三伏时令，自然界和机体阳气最旺之时，通过温补阳气、散寒驱邪、活血通络等治疗措施，增强机体抵抗病邪能力，祛除阴寒之病邪，从而达到治疗或预防上的目的。

宋南昌传承了中医这一古老的疗法，在1989年头伏那天，率先在南昌第二医院开展"冬病夏治"。让他没想到的是，当天找他"冬病夏治"的患者竟多达600余人，有的人还托关系走后门找他治病。宋南昌说，别找关系了，我都治。这天，把宋南昌累得腰都伸不直。之后，患者热情不减，每天人数均在二三百人。整个夏天，南昌第二医院患者人数激增六成。三十年过去了，南昌第二医院"冬病夏治"成为医院的一大特色和优势，累计接诊五万余人次，有效率达到90%以上，受益者遍及全国。2005年4月，"冬病夏治"作为江西省中医药适宜技术首次在抚州市卫生局举办的学习班上向基层医院推广，2008年5月，该疗法又在省卫生厅举办的中医药适宜技术推广（国家项目）师资培训班上推广。不久，又被列为国家、省、市继续教育项目。

兰州大学一位老师在《家庭医生报》上看到宋南昌"冬病夏治"的新闻，抱着试试看的心理给宋南昌写了一封信。宋南昌问明情况后，就给那位老师寄去药品。那位老师服用了宋南昌的药，效果特别好。病愈后，专门给《家庭医生报》写了一封感谢信。每到夏天，宋南昌除了在医院坐诊，还要花大量时间处理直接寄来或通过《家庭医生报》转来的信件，以邮寄的方式为患者看病治病。

宋南昌在讲到治病，两眼就放射出一道亮光。一天，宋南昌的诊室来了一位特殊的病人。大热的天，人都恨不得打赤膊，这位病人却穿着棉袄，戴着棉帽，把自己裹得严严实实。进来的第一句话不是问医生，而是说，你这诊室怎么凉飕飕的。宋南昌说，这还冷呀？病人说，怎么不冷？把空调关了。患者是上帝。宋南昌无奈，把空调关了。病人又说，把电扇也关了。宋南昌又把电扇关了。这一关，宋南昌身上的汗像泉水一样涌出来。宋南昌精通病理，自然知道患者此时的痛苦。经过一番针灸，患者居然脱掉了棉袄。你还别不信阴阳里面的奥妙，阴病阳治，特别是借助外部环境的阳，祛除体内之阴，效果还出人意料地好。中医的神奇不是一般人能想象的。

宋南昌喜欢买书。他说，每本书都有它的精华部分，只要你抓住了，买书的钱就"赚"回来了。他没什么爱好，除了参加一些学术活动外，工作生活基本上是家里、医院两点一线。他特别喜欢写科普文章。几十年来，他写的科普文章有几百篇。他用科普文章向读者介绍中医，讲述如何运用中医进行健康保健。他认为一个好的医生不仅要会治病，而且要会讲，会写，要把健康的原理告诉大家，让人防病，不生病。中医不像西医，治病有一套规范的流程。中医对每一个病例都要找出它的个性差异，从而辨证施治。中医没有一样的医生，也没有一样的病。哪怕是一样的师傅，只有带出不一样的徒弟，才算得上是名师。做一名中医，上要知天文，下要懂地理，以人为师，以书为师，以万事万物为师。所以，宋南昌特别尊重他的老师。在他的收藏品里保存着一张车票，那是他在江西中医学院读书时去山里看望他的老师，去时是步行，有五十多里山路。回来时，老师不忍心他长途跋涉，给他买了一张返程车票。他经常拿出这张几角钱的车票告诫自己的学生，老师是传承品德、学问的母体，敬畏学问首先要敬畏老师。

我问他，在医院接触最多的是什么？他毫不犹豫回答，是疼痛。接着又补了一句，看门诊，大多是因为疼痛而来。在一个医生的眼里，没有病人，只有病痛。医生的职责就是消除这些疼痛。医生心里如果装着病人的疼痛，才能以病人为中心，全力以赴减轻病人的痛苦，而不会夹带更多的功利想法。疼痛大到全身，小到一个点。宋南昌对治疗面瘫有专业特长，一个面瘫病人如果就诊及时，在他那里有个十天半个月就能痊愈，而且收费只要两三千块钱。很多面瘫病人在外面花了几万块钱，没治好，再来找他。虽然耽搁了最佳治疗时间，但他仍然能做到手到病除。

宋南昌是一个很健谈的人，特别是说到用中医治病，更是滔滔不绝。他认为每一个人都应该懂一些中医治病常识，了解一些穴位，并且经常按摩这些穴位，调节好自己的生活节奏，不要太劳累，放松心理，注重阴阳平衡，患病的概率就会大大降低。

我从宋南昌身上看到了一位医者的父母心。一名良医，不仅要治身，还要治心。也许世上本无病，因为人的随心所欲，才诱发了许许多多的病。有人说，西医治的是病，中医治的是人。这话不无道理。在一名中医眼里，既有病，还有人，一个按规则运行的"宇宙"。中医就是一个维护秩序的人，不但要治已病，还要治未病。

共和国名医罗发瑞

"救死扶伤，实行革命的人道主义"是新中国所有医务人员的灵魂，也是一种至高无上的职业精神。

从"悬壶济世"到"救死扶伤"，无数的共和国医务人员破茧成蝶，用革命人道主义的广博胸怀去履行为人民服务的神圣使命，用生命和热血去践行"救死扶伤"的职业精神。

2019年盛夏，我到南昌省卫健委深入生活，适逢中央电视台和国家卫健委宣传司到省人民医院拍摄"共和国名医——我从医这70年"大型访谈节目。省卫健委宣传处聂冬平处长是一位很敬业的领导，不仅对我的生活安排得非常周到，而且时刻记挂着我此行的任务。聂处长问我，中央电视台在人民医院采访，你去不去？我当然是乐不可支。在省人民医院我见到了一位从医七十多年的共和国名医罗发瑞。尽管这次我们只匆匆见了一面，没机会深谈，但我却坚定了要走进罗老内心的想法。

在江西卫视"健康江西"大型访谈上，我终于抓住了一个机会，与罗老畅谈了一个多小时。

罗发瑞今年整整九十岁，个子很高，人也很精神。我很惊讶罗老还有一头黑发，有意奉承："罗老看上去很年轻。"

罗老爽朗大笑："假的，很多人喜欢造假，我也偶然造一回假。"

我意识到罗老这是在为电视台采访做准备，有些尴尬："这假造得好，大家都喜欢！"

罗老又笑："可见，眼见为实也是骗人的鬼话。"

我也笑："到了罗老这年纪，早已是心如明镜。"

罗发瑞曾经是省人民医院的业务副院长，学术权威，没想到还这么平易近人。罗老没架子，有点见人熟的味道，这倒让我的采访进展得非常顺利。罗老到现在还坚持坐诊。每星期一，他骑自行车到医院坐专家门诊。上午看病，下午接待复诊病人，从不间断。谈到看病，罗老放得更开。现在的人，平常不注意保健，一旦患了病便不惜代价也要上大医院。千里迢迢来到大医院，有的甚至要等上好几天，好不容易见到了医生，几分钟便被"请"了出来。罗老看不惯很多医生，才听病人说了一点症状，便开一大堆检查。病人得了病，就像人遭了难。对一个遭了难的人，总要有点慈悲之心，如何再忍心割病人身上的"肉"。他看病，先是看，再认真听病人说。中医有"望、闻、问、切"，西医也有"视（看）、触（触摸）、叩（敲打）、听（听诊器）"。初检完了，他还要问病人以前做过什么检查，有近期的检查便不再开检查，能为病人节省就尽量节省。他一个上午，原则上看病不超过15位病人。

我说："现在很多医院的检查结果都不互认，为的是多开一些检查。你怎么看？"

罗老说："那是扯淡。检查结果还有姓氏之分？姓张的检查就不能姓罗？"又说，"这是医德出了问题。我看这些医生才病得不轻！"

罗老说话思维敏捷，充满热情，又总是直言不讳，一点都不像耄耋之年的老人。我现在有点明白，罗老见人熟是来自一位医者的职业习惯。医生不会跟病人端架子，自然也不会跟平常人端架子。他的平易近人又是来自他的悲悯情怀。

罗发瑞从医73年，骨子里刻着"救死扶伤"。救死扶伤既要医德，也要医术。用他的话说，做医生有两个最重要的品质，一个是医德，一个是医术。医生要有同情心、责任心，对待病人要一视同仁。他最终能成为共和国名医，到底有什么样的人生轨迹和救死扶伤的经历？这是我们聊得最多的话题。

1929年11月，罗发瑞出生在南昌县小蓝罗家一个普通家庭。南昌乡村师范学校在小蓝设了一所附属小学，他就是在附校读的小学。抗日战争爆发，才上四年级的罗发瑞随父母逃难到了抚州，在南城麻姑山脚下民国赈济委员会南城儿童教养所继续读五年级。那时，罗发瑞家里没钱，读书基本上是靠政府"赈济"。后来，父母带着他哥哥要回南昌，罗发瑞却坚持要在南城读书，便独自留了下来。我很难想象一个十多岁的小孩在这样动乱的岁月，哪来的勇气脱离父母独自在外求学？罗发瑞给我的解释是初生牛犊不怕虎。我想，小犊子还真是天不怕地不怕，这种独立的意识也许就是他与生俱来的潜质。正因为他独特的潜质，才成就他独特的一生。

1941年3月，南城遭到日军飞机轰炸，全城几乎被夷为平地。罗发瑞又随教养所的老师逃到了于都乡下，这时教养所也与中央政府失去了联系，像一叶孤舟，漂泊在硝烟弥漫的赣鄱大地，吃饭有上顿没下顿。后来好不容易联系上了，生活才算有着落。罗发瑞在教养所小学毕业后，教养所也转到了赣州。罗发瑞不适合再去赣州，便被送到宁都乡村师范初中部。在罗发瑞的少年记忆河流里，有一条突然汇入的重要支流。一次他经过一个祠堂，听到内面的学生在咿咿呀呀，不知在读什么。那时，很多学校都迁到了乡下，大都在祠堂落脚。罗发瑞问同学，那是在念啥玩意儿？同学说，读英语。罗发瑞说，我们咋不读英语？同学说，你还想读英语？你也就是小小狗，叫叫叫，小小猫，跳跳跳。罗发瑞说，那不行，我得学英语。一打听，那是铅山师范初中部，正在招生。罗发瑞便报考了这个初中部，没想到竟然录取了。罗发瑞来到铅山师范初中部就是为了一时好奇。他没想到正是这懵懵懂懂的选择，决定了他的人生格局，也决定了他未来的道路能走得更远。

这时，江西省政府也迁到了宁都乡下，很多高等学校也随之迁移。罗发瑞在铅山师范初中部毕业，直接被保送进了高等师范学校。1945年，日本投降，罗发瑞师范毕业。他第一件事是回家。十多岁便漂泊在外，他还真想家。回到南昌，思乡的热情也冷却了。他想继续读高中，但家里经济拮据，高中收费又太高，基本上没有可能。罗发瑞仍按逃难时的做法，在南昌到处找不要钱便能读书的学校。当时不用花钱的学校只有工专和医专。罗发瑞英语在学校名列前茅，数学不行，所以最后选择了报考江西省医学专科学校。医专毕业那年，南昌解放，他本来可以直接参加工作。很多同学便是这时参加了工作，后来都算离休。他则选择了进江西八一革命大学继续深造。1951年，江西八一革命大学改为江西医学院。医学院急需教学人才，罗发瑞还在医院实习，便被调到学院任助教。1952年，罗发瑞从江西医学院毕业，按国家统一分配，安排留校，在内科学系任助教。同班一位女同学患有心脏病，却被分配到医院临床一线。女同学很想与罗发瑞换换。罗发瑞说，换换就换换，我还真想去临床。就这样，他去了江西省内科医院（后改为江西省人民医院），同时还兼任学院内科学系助教。罗发瑞在求学时有过很多选择，但参加工作后却不是一个好动的人。他一辈子就待在省人民医院，从医师、主治医师、主任医师做到副院长，从兼任江西医学院助教、副教授到教授。除了1968年至1972年因工作需要调江西崇仁101后方医院工作过一段时间外，算是从一而终。有句俗话说，树挪死，人挪活。如果往深处想，树和人的死活跟挪没有关系，而是跟生命力和意志有关系。挪仅仅是改变了外部环境，生命和意志力才是事业的本源力。

在罗发瑞长达七十多年的记忆里，有很多记忆不用敲打便破碎成了残片，但最珍贵的记忆怎么敲击都会发出雄浑有力的声音。"六·二六"指示影响了中国，也影响了一代医务工作者。"六·二六"医疗队就是罗发瑞砸不烂的记忆。

1968年冬天，罗发瑞带着医院"六·二六"医疗队开赴赣西北的修水县港口公社蹲点。天阴沉沉的，北风呼啸而来。一条崎岖的山道，一支穿白大褂的队伍在艰难前行。这支队伍到港口时，所有人的棉衣都让汗水浸透，人也累得不行了。山里人没有什么好招待，唯有一堆烧不尽的干柴烈火。衣服都湿透了，快脱下来烤烤。男人自然是毫无顾忌脱得精光，身上不停地冒着热气。女人也顾不了那么多，脱得剩下内衣，任由身上热气蒸腾。他们说说笑笑，把一个冬天吵成了满屋春色。棉衣才烘到半干，一个老妈妈听说省里来了医疗队，失魂落魄闯进来。老妈妈枯草一样的头发被风吹得凌乱不堪，脸色憔悴，声音嘶哑，看上去很像哭，却流不出眼泪。医生，救救俺孙子。她近乎哀号的声音让屋里每一个人心里都禁不住发抖。在座的每一位医疗队成员都在第一时间穿上了潮湿的棉衣，再套上白大褂，甚至来不及扣扣子。你孙子在哪？在家里，快不行了。走，出诊！罗发瑞背起药箱，带着两个护士，跟着老妈妈就往山里钻。路上，罗发瑞一边跑，一边问老妈妈孙子的症状。老妈妈的孙子十一岁，父母双亡，跟着爷爷奶奶生活，目前高烧昏迷不醒，满身出血。老妈妈还把心里最担心的一件事说了出来。村里有同样症状的小孩，今年已经病死了九个。老妈妈说着说着又哭了，俺孙子不会死吧？俺孙子不能死，死了俺就没指望了。老妈妈自言自语。罗发瑞初步有个判断，高烧昏迷，皮肤有出血点，多发于小儿，治疗不及时导致死亡，可能是流行性脑膜炎。赶到老妈妈家里，经过检查，证实了他的判断，化脓性脑膜炎。脑膜炎是那个时代主要的流行性疾病，死亡风险非常大。病情不容罗发瑞多想，他先用青霉素静脉注射，再用磺胺内服。罗发瑞知道磺胺内服毒性很大，但在当时有限的医疗条件下，为了有效控制病情，他也是不得已而为之。十多个小时过去，他和两个护士一直守护在小孩身边。孩子烧退了，人也渐渐清醒了，知道喊肚子饿了。罗发瑞讲到这里，忍不住笑出声来，用带浓重南昌口音的普通话说，介不得了啦，村里死了九个，这个却活了，一炮就打响了。我们也累死了，一天到晚在山沟里转，罗大夫叫个不停。三四十华里山路，下午四五点钟还得赶回公社。一次，回来的时候，我们坐在路边歇，又有人喊罗大夫。这不是刚从你们村出来吗？

　　我从他的话里能听到记忆长河流水的哗哗声，能感觉到河流的轻松和欢畅，但这种轻松和欢畅总是很短暂，更多的时候是沉重和苦涩。

　　那时山里人日子很苦，大多时候是吃红薯丝。医疗队下村每人每顿饭配四两大米。罗发瑞说，我们吃饭的时候，总有七八个孩子围着看，一对对饥饿的眼珠子仿佛就要掉进我们的碗里。每当这时候，罗发瑞和他的队友便用白米饭换小孩碗里的红薯丝。我笑，这算不算换换口味？罗发瑞说，算个屁。那时候我们一天到晚也见不到蛋白质。罗发瑞接着又讲了一件事，让人心里想哭。医疗队为山里人看病，山里人最好的招待便是泡一碗豆茶。碗里除了几片野山茶叶，还要放三粒黄豆。队员们喝完茶，总要偷偷将三粒黄豆吃掉，多少能补充一点蛋白质。一名医生最能知道蛋白质对人体的作用。罗发瑞用"偷偷"来形容他们吃黄豆的动作，显然是知道黄豆的价值，也知道吃掉山里人有价值的黄豆是一种不厚道的行为。他现在讲出来不仅仅是忆苦思甜，而且还想表达他们深深的歉意。五十年后，除罗发瑞这个领队外，医疗队最后一名队员也于去年离开了人世。他们为新中国的医疗事业尽心尽力，没有遗憾，也许这件事是他们生命中最无奈的遗憾。

一将功成万骨枯。有人也说，名医是踩着患者尸体走来的天使。这话听起来瘆人，却也不无道理。医生的天命是救死扶伤，但人体和医疗的未知领域太多，一名成功的医生必须要从无数医疗风险中杀出一条"血路"，这种"冲杀"难以避免要付出生命的代价。罗发瑞给我讲了几个他经历的病例，让我感到医生在面对生与死的选择时，很多时候是在"赌博"，只不过这种"赌博"是建立在他的医学基础和经验之上。一次，一个两岁的小孩急性高烧，医生用注射器将安乃近推进小孩的鼻孔紧急退烧，一个不小心，针头脱落，掉进了小孩嘴里，小孩习惯性将针头吞了下去。医生会诊，一致认为应该立即做手术取出针头。小孩都上了手术台。一位医生说，要不要问问罗老的意见？问问就问问。罗发瑞来了，看到小孩不哭不闹，心里有数。罗发瑞说，按照病理生理学来说，肠胃遇到尖端刺激，会保护自己，自动收缩，没有刺激，就有可能自动排出。另一位医生说，那也只是有可能，没排出怎么办？罗发瑞问，现在检查，针头在胃部，等手术准备完毕，针头就可能挪动到了肠道。你是切胃还是开肠？那医生不说话了，总不能顺着针头挪动的方向一路切割过去。先前那位医生问，那怎么办？罗发瑞说，等。多吃流食，随时注意小孩大便。这是当时医疗界从未见过的病例，罗发瑞也是按病理生理学来"赌"。第二天，果然在小孩的大便里发现了针头。还有一位五十多岁的老太婆，患结核性腹膜炎，腹水严重，高烧不退，又无法进食，已是皮包骨头，生命垂危。尽管用了抗结核药，却无法解决高烧、毒血症等问题。当时激素类药物刚问世不久，但结核症又被列为使用激素类药物的禁忌证。激素药是一类应用广泛、治疗效果显著的药物，在抗炎抗过敏方面效果更加明显。但由于药理作用复杂，如果应用不当，就会带来各种不良反应。长期服用还会产生依赖性，对身体有副作用。医生使用激素都非常慎重，原则上尽量小剂量短疗程使用。罗发瑞建议主治医生可以考虑用激素试一试。主治医生说，结核性腹膜炎是禁忌证，你不是害我吗！罗发瑞说，禁忌是死的，人是活的。眼看病人要死，为什么不试试？主治医生说，得请示领导。罗发瑞说，那就请示领导。主治医生经请示，给老太婆用了皮质激素治疗，再用抗结核药跟上。第二天，烧退了，毒血症状也得到了缓解，病人转危为安。

对于疑难病症，做医生不但要敢"赌"，还要敢"闯"，要有"初生牛犊不怕虎"的闯劲。1958年，江西第一任省长邵式平突发急性心肌梗死。这位闽浙赣苏区和红十军的创建者与缔造者，当年与方志敏靠两条半枪闹革命，老百姓传唱"上有朱毛好主张，下有方邵打豺狼"，人称"邵阎王"。1949年6月，邵式平就任江西省第一任人民政府主席。新中国成立后，改任中共江西省委第二书记、省长。他在党内享有崇高威望，都亲昵地称他"邵大哥"。院长带着罗发瑞赶到邵式平住处实施抢救。面对这样的特殊病人，说罗发瑞不紧张那是假的。经过检查，确诊为急性心肌梗死。病人出现了长时间的心前区压榨性疼痛，面色苍白，皮肤湿冷。疼痛问题不解决，病人不是病死，而是疼死。按照医疗规范，解决疼痛问题，用小量吗啡静脉注射是最有效的镇痛方法。打吗啡要经过院长同意。罗发瑞转身找院长，院长不见了。问身边的人，说院长到医学院找专家会诊去了。院长比罗发瑞还紧张，"邵大哥"要是有三长两短，他没法向组织交代。罗发瑞牛犊子劲头上来了，反倒不紧张。抢救病人，瞬间就能决定生死，容不得走程序，先打再说。邵省长抢救过来了，罗发瑞开始怕了。这时，缓过来的"邵大哥"有气无力说，小子有我当年不要命的狠劲。做都做了，还怕什么？罗发瑞说，我越权了。"邵大哥"

又说，谁的权力能大过医生治病的权力？"邵大哥"的话救了一个牛犊子，也为共和国留住了一位名医。罗发瑞自己也说，如果领导要追究，他一生就完了，不仅没有讨饭的"拐（胆）"，甚至没有讨饭的"碗"。1965年3月24日，邵式平因不明原因高烧，在南昌逝世。罗发瑞每当说起这件事，就非常内疚。他是新中国党组织在知识分子中发展的第一批党员，也是邵省长的保健医生。邵省长既不是肺炎，又没有其他感染，怎么就让他烧死了？那时，医疗条件渐渐好了，省里还从北京、上海请来了专家，就是没能救回邵省长的命。如果他坚持用激素先退烧，也许"邵大哥"还能活几年。这年，"牛犊子"已近不惑之年，是"牛犊子"胆变小了，还是北京、上海来的专家名气太大了？他也说不清。做人都有遗憾，何况是时刻处于医疗风险中的医生。罗发瑞心里的这个遗憾就像一根刺，不断地刺痛他，也不断提醒他，医生不是天上的神，但一定要成为病人心中的神。他做到了。罗发瑞在南昌远近的名气越来越大，急难病症都找他。50年代，江西省委有一位农业书记叫刘俊秀，他跑遍了江西的山山水水，凭他对农业和农村的了解，著述了一本关于南方水稻生产《五个适时、五个合理》，对当时的农业生产起到了巨大的指导作用。毛泽东称赞他为"农业专家"。刘俊秀经常右下腹疼痛，先后住过两次院，外科诊断为慢性阑尾炎。一天，刘俊秀找罗发瑞看病。罗发瑞没有按常规消炎，而是要刘俊秀做肠造影。刘俊秀很恼火，都说小罗脑子好使，我看是让驴踢了。都说是阑尾炎，你看肠子干吗？罗发瑞说，书记经常性腹部疼痛要慎重，应该看看阑尾的充盈度和24小时排空功能怎么样。刘俊秀说，少说些没用的，做吧，没工夫跟你磨嘴皮。罗发瑞自从心里有了那根刺，还真不怕领导使脸色。一切等自己的疑虑消除后再说。经X光肠造影检查，罗发瑞发现接近阑尾的肠道有约12cm的狭窄，诊断为肠癌。罗发瑞惊出了一身冷汗。刘俊秀经过手术治疗，躲过了一劫，竟然活了81岁。

　　一次，南昌乡下给医院打电话，找罗瑞发。办公室说，没有罗瑞发。

电话里说，不对呀，都知道省人民医院有个罗瑞发。办公室说，没有罗瑞发，只有罗发瑞。电话里吼起来，人命关天，还跟我绕圈子。那就找罗发瑞。又说，病人快不行了，让他准备好，人马上到。说完电话就挂了。罗发瑞赶到楼下不久，病人送来了。罗发瑞亲自把一女患者直接背到手术室。一检查，宫外孕，人已休克。罗发瑞说，准备手术。医生在紧急状态下待久了，说话都有一个习惯，简单明了，死神不会给他们更多的时间说废话。罗发瑞的手十指柔软而细长，天生就是一双拿手术刀的手。经他这双手拨弄过的病人，都能神奇般地活过来，老百姓就信这双手。农妇活过来了，还一连生了三个儿子，现在都在昆明做厅级干部。前不久还打电话，要罗发瑞到昆明去玩。罗发瑞讲他的人生经历，经常会发自内心地笑起来。人生无常而又有常。农妇宫外孕是无常，她顽强的生命力又创造了有常。罗发瑞经常与死神搏击是无常，他沉迷于医术，又让许多无常变成有常。罗发瑞的笑经常是藏在这无常和有常的变化里。

罗发瑞能成为一代名医，还有一个重要原因是他一直是用"两条腿"走路。一条腿是医术，一条腿是学术。1952年，罗发瑞在江西医学院毕业，因为助人为乐，把留校的机会让给了患心脏病的女同学，使他的医术在临床一线得以磨炼。又因为在学校兼任助教，一步一步走上学术道路。仅仅是两条腿也没什么，关键是两条腿共有一个脑袋，脑袋让两条腿步调一致，齐头并进。他在医疗、保健、教学和科研工作岗位上，编写过《常见病的防治》《农村内科医师手册》《老年医学保健手册》等书，还在国家和省级刊物发表过40多篇重量级论文，多次赴日、美、德等国家进行学术交流。当年他的一篇《胸骨穿刺之商榷》在国家权威医学刊物上发表后，竟然一举改变了医学界的穿刺方式。检查肿瘤和血液病要做骨髓穿刺，传统的穿刺方式都是做胸骨穿刺。胸骨穿刺最大的风险是离心脏太近，稍有偏差便可能伤及心脏，导致意外死亡。罗发瑞阅读了大量的国内外医学书籍和杂志，认为完全可以放弃胸骨穿刺，改为髂骨或脊突等穿刺骨髓的方式，并在临床试验取得成功。罗发瑞这种穿刺方式很快在国内引起共鸣，从而改写了医疗界胸骨穿刺历史。他的《血吸虫病并发肠癌之商榷》发表后也引起了医疗界争鸣，很多专家还是肯定了他的观点，并付诸临床应用。还有《心源性黄疸》《双异丙吡胺对心房颤动转律的疗效》和《江西省老年病人死因分析》等论文，都在医疗界产生过广泛影响。

罗发瑞九十年的人生是一部书，每个细节都耐人寻味。他让我感受到医生不只是治病救人，更要探寻生命的奥秘，挑战生命的极限。就像他九十岁还骑自行车，还在临床一线，还用笔写科普文章。我从国家卫健委宣传司也了解到，在与共和国共同成长的名医里，大部分年龄在九十岁以上，最大的有一百多岁。山中常有千年树，世上难逢百岁人。他们用强健的体魄和良好的医德、医术树立了一个大国健康的标杆，挺起了共和国健康的脊梁。

一个记忆里的村庄

在赣北大山里有一个与世隔绝的村庄，叫麻风村。出于好奇，我曾寻访过几次，一无所获。好奇心过去了，便放下了。

2019年秋，我到山里张岭皮肤医院体验生活，又在记忆里翻出了麻风村。

"这里有麻风村吗？"

"山里上了年纪的人都说有。"

"问问袁传义。"

袁传义是皮肤医院退休的医生，张岭虎山人，70多岁，两鬓如雪，皮肤白皙，个子很高，也很瘦，一副山里人的憨厚相貌。

袁传义带我来到张岭水库。张岭水库北倚长江，南临鄱湖，西眺匡庐，东依武山，总库容1410万立方米，是第九批国家水利风景区。风景区包括两座中型水库、两个林场和一个森林公园五大部分组成。两座中型水库又称东湖、西湖，水面大气，群山环抱，水清见底。景区原始森林动植物种类繁多，被誉为"野生动物王国""小庐山"。如此景色秀丽的地方，跟"麻风村"有关联吗？

袁传义指着大坝溢洪道东南的一块荒坡说，就在那。语气非常坚定。这就是我记忆里的村庄？夕阳斜照在荒坡上，遍地枯草在秋风中摇动，寂静而凄美。房子呢？"村民"呢？早已不在了。早已是什么时候？大概有三十年吧。我有些怅惘，也有些欣然。麻风村就不应该出现在这里，消失是自然而然的事。

接下来，我和袁传义在这凄美的环境里聊着一个凄楚的话题。

麻风是一个古老的传染病，在我国有 2000 多年历史。《诸病源候论》称之为癞病、疠风，民间叫大麻风。《渑水燕谈录》记录过一个故事，刘贡父晚年得了麻风病，鬓发和眉毛掉了，鼻梁也烂了。一日与苏东坡小酌，苏东坡作诗打趣："大风起兮眉飞扬，安得猛士兮守鼻梁。"满座皆笑，唯贡父怅恨不已。这还不算完。苏东坡又说，颜渊与子路出去玩，在路边看到孔子躲进一塔中，颜渊问，这叫什么塔？子路说，避孔子塔。且不说苏东坡戏谑，麻风病是何等凄楚。

麻风是由麻风杆菌引起的一种慢性传染病，主要病变在皮肤和周围神经。临床表现为麻木性皮肤损害，神经粗大，严重患者肢体畸残，甚至死亡。麻风病曾与梅毒、结核并列为世界三大慢性传染病，给人类身心健康带来过严重危害。在过去很长的一段时间里，由于缺乏有效的药物治疗，麻风病被视为不治之症，是鬼神、天命的一种惩罚。麻风病在我国多省流行。新中国成立以来，全国共免费查治麻风病患者约 50 万例，累计治愈约 40 万人。全球约有 300－400 万人因麻风导致残疾，我国因麻风致畸人数约为 12 万人，其中有 4 万人丧失劳动力。目前，全国绝大多数县（市）已达到基本消灭麻风病，患病率≤0.01‰。世界卫生组织收到的正式报告，2015 年底，全球麻风病登记流行率为 176176 例（每万人 0.18 例病例）。2018 年 1－6 月中国麻风病发病数为 333 例，2017

年中国麻风病发病数为 301 例。国内麻风多发地区主要集中在云南、贵州、四川等地。

由于未经治疗的麻风病人是唯一的传染源，因此加强对新病人的发现和治疗是控制麻风病最重要的措施。当年，控制和消灭麻风病执行的就是"边调查、边隔离、边治疗"的方针，麻风村和麻风院便应运而生。

"什么时候有张岭麻风村？"

"1970 年。"

"什么时候废弃了？"

"1987 年。"

"为什么废弃？"

"走的走，死的死，就废弃了。"

"就没有新'村民'进来。"

"以后采用利福平化疗，能快速杀灭麻风杆菌，就不用再隔离治疗。谁还会来？"

对一个见证者来说，回顾一段惨不忍睹的经历是一件痛苦的事情。袁传义尽管说得轻描淡写，却让我感觉到他心里在隐隐作痛。通过他的讲述，一个记忆里模模糊糊的村庄终于清晰起来，村子里一群人也活跃起来。

1970 年，九江地区要在远离人群的地方建一个麻风村，最后把目光投向了赣北的大山。坐落在山口的都昌县皮防所义不容辞接受了这一任务。所长王新章是一位南下干部，扎手舞脚，大嗓门说话，模样像农民，胆子却像军人，天不怕地不怕。建麻风村缺材料或者缺钱，他便坐到管钱管物资的单位去，给了掉头就回，不给就赖着不走。后来，还要雨衣、雨伞、套靴、手套、电筒，见物资就要，不论新旧。人问，你怎么啥都要？王新章说，没办法，山里穷。人又说，破烂都要？王新章说，要。你们的破烂，在山里是宝。王新章能吃苦，所里的职工也跟着叫苦连天。建麻风村，皮防所就没请过一个小工。挖山填地基，到山里砍树，到山外去运建筑材料。袁传义那时年轻，每天天不亮，王新章便像公鸡报晓，小袁,起来。

麻风村终于建起来了,三栋平房住院部,一栋治疗室,一间食堂。麻风村很快来了六十多位病人,加上医务人员有七十多人,一下热闹起来。在麻风村,王新章是没有任命的"村长",袁传义则成了王新章的"勤务兵"。王新章出差必有收获。王新章人没进村,声音先进村。小袁,出来。袁传义便知道所长收"破烂"回来了。王新章背着大包小包,大汗淋漓,话里还带着神秘,不要钱的,好东西!袁传义打开包裹,顿时一脸失望,怎么又是雨伞套靴?王新章眼一瞪,怎么,眼界大了?败家子!王新章也不总是要些袁传义眼里的"破烂",有时也能要来"大家伙"。一次,王新章出差回来竟然要来了一辆吉普车。麻风村的人也有小车坐了,村里顿时沸腾起来。十多人上气不接下气把吉普车从山下推上来,便再也没有开动过。王新章有了这次教训,不再要吉普车,而是要来一部摩托车。摩托车跑了两回,也成了一堆废铁。王新章叹气,铁就是铁,不粘肉,还是脚贴心。

麻风村正常运转后,治病免费,"村民"每月还有 28 斤米、4 两油的保障,相当于一个吃商品粮职工的待遇。皮防所的职工每月也比其他职工多 18 块钱的特殊津贴。"村长"王新章反而清闲下来了。但他不是一个耐得住静寞的人。每天清早照样喊小袁上山去打猎,又或者到溢洪道下面的水塘去捕鱼,又或把医务人员集中起来在麻风村前后种桃树、李树、梨树,有时也种菜或者花生,"村民"因此碗里多了一些荤腥,口里多了一些零食。袁传义说,只要王新章在,麻风村就没有清闲,除了晚上睡觉。就是睡觉,也不得清闲,说不定什么时候王新章就出现在梦里。袁传义不堪王新章的"虐待",1972 年底当兵去了。到 1978 年退伍,王新章仍然把他"抓"了回来,小袁,皮防所好,还有津贴。别人想来,我还不要呢。

皮防所的津贴不好拿。皮防所除了承担全县的皮肤病防治,还要负责全九江地区的麻风病查治和麻风村患者的医疗和生活。

　　从皮防所到麻风村有十多里山路，医务人员每天轮流到麻风村看病。无论是冬天还是夏天，都得穿高筒套靴、大襟工作服，戴帽子、口罩和橡皮手套。瘤型麻风病人是狮子脸，满脸脓泡，歪嘴，鼻子让麻风杆菌"吃"得剩下两个小孔。手脚也能让麻风杆菌"吃"得像鼓槌。麻风杆菌主要是破坏皮肤和周围神经，病人患病部位没有任何知觉，哪怕是老鼠在啃都没感觉。病人最怕皮肤溃疡。只要溃疡就没救了。病人得天天换药，且不说有感染的风险，每天只要看病人一眼，一天都倒胃口。还有更倒胃口的。麻风病人性格很怪，一句话没说好或一个服务没周到，麻风病人便把痰吐到你身上，或者缠着你，你走哪，他跟哪。

　　麻风病普查是一年当中最辛苦的工作。医生要走遍全九江地区每一个村庄，跋山涉水，几个月走下来，少说也有几千里。

　　夕阳照在山坡上更加凄美，仿佛在祭奠一个消逝的村庄。秋风愈吹愈强烈，枯草这时也更加卖力地摇动，像有一群孤独的灵魂在嬉戏。这是在回应我的采访吗？

　　我似乎觉得不应该忽视这些灵魂的存在，问袁传义："你说死的死了，他们死了都怎么处理？"

　　袁传义说："火烧。"

　　我说："就没有亲属领回？"

　　袁传义说："怎么可能。亲属避之犹恐不及。"

　　我问："埋哪了？"

　　袁传义指着荒坡高处说："在那。"

　　我说："怎么看不到坟墓？"

　　袁传义说："几十年了，哪还有坟墓。"

　　我向高坡行了一个注目礼，再不忍纠缠这么忧伤的话题："走的走了，又是怎么走的？"

　　袁传义跟我说了他送麻风村最后一个女"村民"的过程。三伏天，皮防所租了一部拖拉机，送麻风女回武宁老家。从都昌到武宁，拖拉机要开十多个小时，路面颠簸不平。袁传义开始坐在拖拉机头里，后来实在忍受不了颠簸，便弄来一些稻草垫在拖斗里，与麻风女躺在一起。麻风女已经痊愈，虽然手脚像鼓槌，却能纳鞋底。麻风女一路手舞足蹈，袁传义看得出，她是以自己的方表达一种留恋和感激。

并不是所有的麻风都像高坡上的孤魂，他们中大部分都康复了。1980年，麻风病专家马海德把国外治疗麻风的新技术——强杀菌联合药疗引进中国。用这种药疗方法，病人一周内即可脱离传染期，平均两年即可治愈。治疗麻风病不提倡隔离，麻风村就没有那么恐怖了。麻风村人在村庄前还种了一片田，日出而作，日落而息，山外经常能听到麻风村的笑声。山下的村民也经常来麻风串门，津津有味吃着麻风村树上的水果，地里的花生。

张岭麻风村在最后一次拖拉机轰鸣声中结束了使命，沉静了，消逝在青山绿水之间。

当年中国建了多少个麻风村或麻风院，没人知道。但据权威人士介绍，中国尚有麻风院或麻风村593所，居住着两万多已经康复或正在康复的老"村民"。

在南昌市南郊，就有这样一个没有挂牌的"麻风村"（江西省皮肤病专科医院康复中心）。由于没有招牌，附近老百姓都不知道这是个什么院子。村里一排排风格相同的乳白色小平房藏在绿树和蓝天之间，井字形的水泥路面干净整洁。路上来往的行人悠然自得，偶尔一位老人坐在露天长椅上，遥望蓝天，脸上也是那样安详。

你绝对想不到，这里住的都是曾经患过麻风病的老人。"麻风村"有74位老人，平均年龄74.5岁。年龄最小的50多岁，最大的90多岁，其中有15位老人曾截过肢。有的老人没有鼻子，有的老人没有手指脚趾，有的老人出门要坐轮椅。"村"中方百日，"人间"已千年。他们就像东晋虞喜作的《志林》："信安山有石室，王质入其室，见二童子对弈，看之。局未终，视其所执伐薪柯已烂朽，遂归，乡里已非矣。"他们离原来的家太久了，亲人多已不在，物是人非。或者即使有亲人，却无能力照料。记忆里的家太遥远，"麻风村"就是他们的家。

这些老人大都是二十世纪五六十年代就进了麻风村，是麻风村的老村民。南郊的麻风村还不是最初的麻风村，曾经历过几次搬迁。这里的麻风病人生理上的疾病已基本消除，心理上的疾病却是一辈子的事情，需要更多的关爱和呵护。他们很多人四肢没有知觉，容易烫伤或者划伤，引起四肢溃烂，需要医护人员经常去帮他们处理伤口。所以，麻风村仍保留了免费医疗和基本生活保障政策，国家除了承担每人每月 600 元的生活费，每年还有两笔医疗费，用于医治麻风病后遗症和其他疾病。

"麻风村"里同样有一位穿白大褂的"村长"，他叫徐根保，是江西省皮肤病专科医院麻防科科长、康复中心主任。他在这个"麻风村"已经待了 30 年。2005 年，他获得马海德奖。2012 年，又荣获了全国"五一劳动奖章"、全国卫生系统先进工作者。2017 年，他当选为党的十九大代表，被评为"2017 中国十大医学新闻人物"。

1989 年，江西省皮肤病专科医院急需麻防医务人员，徐根保和他的十名同事应召而来。30 年过去，他蓦然回首，身后已空无一人。徐根保也是一条道走到黑的人。30 年来，他跑遍了江西 60 多个县（市），行程 3 万多公里，筛查 8 万余人次，累计治疗 4000 余名麻风病人，培训 4000 余人次专（兼）职麻防人员。为提高疫源村村民的受检率，每年夏季，农民在田里抢种水稻（外出农民都回来了），他则到田间"抢"检农民，为南昌市 1996 年基本消灭麻风病立下了汗马功劳。

"麻风村"现在的 70 多位老人是最后一批"村民"。徐根保已过天命之年，没有更多的奢望，就是想全始全终，送走这最后一批老人，哪怕是今后退休了，仍想单位返聘回来继续照顾这些老人，大有"地狱不空誓不成佛"的意思。徐根保有一颗"仁心"。他以"仁心"生"初心"，又以"初心"守"仁心"。这一生一守构成了他"一条道走到黑"的人生轨迹。一个想成事的人，还就是要一条道走到黑。

凡事皆有因果，徐根保的初心也有因果。这在我走进这些老人的生活之后，才了然于心。

这里的老人都有不堪回首的记忆。

来自南昌县南新乡的周庭娘老奶奶说，那一年，我才13岁。元宵节划着船去看花灯，回家后就高烧，后来，手掌没了，脸也烂了。被送到麻风村就再也没回过家。在麻风村里，她是现存老人后遗症最严重的一个，四肢残缺变形，面部惨不忍睹。一个花季少女，还没尝到人生滋味，便从天堂掉到了地狱。虽然不是生离死别，却是生不如死。

来自赣州的黄天祥老人是麻风村里"才子"。他是1959年12月12日来到麻风村，那年才21岁，正在备战高考。医院一张诊断书便让他再也不敢见人，就像做了亏心事，就连家里人都不敢进他的房间。他是自己主动要求来南昌麻风村。走的那晚，他与弟弟隔着房门告别。

弟弟说："治好了回来再做兄弟。"

黄天祥哭："怕是回不来了，来生再做兄弟。"

刚来麻风村里的日子，黄天祥经常梦见接到大学录取通知书。一个梦能让他快乐好几天，倒没怎么想家。后来，这样的梦远离了，梦里全是家。他给家里写信，可是家里人怕传染，不敢接收。家里给他的"回信"每次都是一张"查无此人"的退信单。亲情屏蔽了，家乡屏蔽了，世界屏蔽了，麻风村仿佛在另一个世界。

一年后，黄天祥拿着医院开的出院证明，高高兴兴回到家。家里人却没有因为他回来而高兴。

黄天祥开始没有意识到这一点，抱着弟弟说："我回来了，可以做兄弟了。"

弟弟很快挣脱了他的拥抱说："哥，家里人还是希望你回麻风村。"

黄天祥哭："为什么呀？我有医院证明。"

弟弟也哭："你得让家里人安心。送哥一张照片，我们在照片上做兄弟吧。"

这是一张黄天祥和弟弟的半身合影。

黄天祥吼起来："谁让我安心呀？我走！"

从此黄天祥铁了心待在麻风村，与弟弟在照片上做了50多年的兄弟。

来自南昌市的姜重阳，13岁时，突然右手肿大麻木，医生检查患有麻风病。学校知道后，便不让他读书。甚至他母亲去菜场买菜，也没人愿意卖给她。姜重阳曾想过跳赣江，一了百了。儿子永远是母亲的心头肉。母亲怕他想不开，整天跟着他。母亲说，还是去麻风村吧。姜重阳看着日益憔悴的母亲，一狠心说，去麻风村。12年前，姜重阳在麻风村农场种地，不小心弄伤了脚，溃疡引起血管破裂。徐根保诊断，不截肢就有可能引起大出血危及生命。徐根保帮他做了手术，并安装了义肢。这是姜重阳第二次捡回一条命。以前，麻风村有条不成文的规定，麻风病人不能结婚，与家人也要保持一定距离。后来，这条规定也没人提了。人啊，总不能一辈子无依无靠。所以麻风村的病友便自愿结伴，彼此照顾，不图别的，就图老了身边有个人在。姜重阳也找了一个老伴。前两年，姜重阳的老伴去世了。姜重阳经常抱着老伴的遗像流眼泪。没有前半生的爱同样完美，没有子女的家照样刻骨铭心。姜重阳不经意的一句话道出了人生许多无奈："老伴不在了，家里人也都去世了，就剩我一个人。这里的老朋友，过一年少几个。我们养了几条狗，每餐五两饭，二两给狗吃。狗就是我们最后的伴了。

"麻风村"的老人都曾有过一个渴望，回家，做一个普通人。但他们都被世俗无情拒之门外。他们就像村里橙子树上的橙子，橙子熟了没人看一眼，掉了，烂了，又回到土壤里滋养着下一轮的橙子。没人愿意吃，没人愿意带走。

徐根保的初心就是做一棵橙子树，没人吃，没人带走，他便吸收到体内，孕育来年的橙子。橙子的价值除了吃，还是一道人生风景。

麻风村也是中国医疗卫生事业的一道风景。

艰难地转折

第五章　医疗卫生 *30* 年之困局

看病贵，看病难

新中国成立 30 年，中国建立了一个以预防为主、中西医结合、低成本覆盖城乡居民的基本医疗服务体系。1978 年，世界卫生组织在阿拉木图召开会议，提出"2000 年人人享有初级卫生保健"全球战略目标。此时中国医疗制度仍然是世界各国学习的典范。

农村家庭联产承包责任制实行，拉开了中国改革开放的序幕。经济体制改革对中国医疗卫生领域带来了前所未有的冲击。首先，农村集体收入陷入困境，原有用集体积累维持的农村合作医疗成了无本之木。1980年至 1989 年，农村合作医疗的覆盖率从 63.8%降到了 4.8%，几近消失。村卫生室面临着要么解体，要么像土地一样承包。农村合作医疗的消失直接导致农民小病不看，大病看不起。社会上流传一首民谣：

脱贫三五年，

一病回从前。

救护车一响，

一头猪白养。

1990 年至 1999 年，农民人均纯收入从 686.31 元增加到 2210.34 元，增长了 2.2 倍。同期，农村每人次平均门诊和住院费用，分别由 10.9 元、473.3 元增加到 79 元、2891 元，增长了 6.2 倍和 5.1 倍，医疗费用增长幅度是农民人均纯收入增长幅度的 2.5 倍左右。医疗费用远远超出了农民的经济承受能力，农村"看病贵"初步显现。

在农村合作医疗坍塌的同时，医疗资源配置的天平也在向城市倾斜。1991 年，中国农村卫生费用占全国卫生总费用的 33.73%，到 2000 年，占比下降到 32.07%。全国平均每千人拥有卫生服务人员 3.63 人，而农村不足 2 人。农民"看病难"初露端倪。

2016 年，单位挂春桥乡官桥村精准扶贫。春桥乡是典型的江南丘陵地区，与"桥"完全搭不上边，除了泥泞的山路，石板桥都难得一见。而挂点村地名里居然有两座"桥"，我百思不得其解。后来到了官桥，看到清一色低矮的小瓦房和闭塞得没有一条完整的车道时，我似乎有了感悟，这两座"桥"是想象出来的，希望有一天，"桥"能连接山里山外，又或"桥"能连接贫穷和富贵。

官桥村原有一百多户贫困户，后来经过精准识别，还有七十多户。这七十多户无一例外都是因病致贫。我帮扶的一户贫困户，户主叫余寿，一直难以见面。余寿家居然是个小两层，院子里芳草萋萋，楼房斑驳的墙面依然能见证昔日的辉煌。我问村干部，余寿人呢？村干部回，在九江打工。我又问，家里人呢？村干部说，老婆早年病死了，儿子疯了，媳妇带着孩子回娘家了。这样一个贫困户，要想脱贫真有点难度。几次到村里走访，总难遇到余寿，钱和物都是托村干部转交。这算什么事？帮了半年还没见到"真神"。一次，我忍不住说，今天非得见到余寿。村干部说，那得去九江。我说，去九江就去九江。

那时已近年关，天总是阴沉沉的。我和村干部在九江一个建筑工地上找到了余寿。年近古稀的余寿并不像我想象的面黄肌瘦，而是矮矮胖胖，头上光秃秃的，给我第一印象是穷命生了富贵相。余寿在工地上做小工。余寿第一句话是，活长了寿啊，该死的没死，不该死的死了。这不是说他的名字吗？不该死的又是谁？那天我和余寿在北风呼啸的工棚里聊了一个多小时。不该死的是他老婆。

20 世纪 80 年代，余寿还就是富贵相富贵命。他脑子活，除了种责任田，还开了一家油坊，一家小卖部，家里买了拖拉机，是一个真正的万元户。家里的楼房就是那时盖的。可是好景不长，老婆得了一种怪病，把家里的钱财耗尽了，就走路了。这还没打垮他，他还有儿子。儿子大了，娶了媳妇，生了两个孙子。日子正有盼头的时候，儿子疯了。儿子是乡下人说的"武疯子"，打人砸东西。媳妇跟儿子没法过，就回娘家了。余寿儿子指望不上，只能指望孙子，趁还有点力气，挣点钱帮帮孙子。我与余寿聊着聊着，便没话了。生命很脆弱，家庭也很脆弱。我真没想好怎么去帮他，除了叹息，就没话了。临别时，我问，快过年了，有什么小心愿？余寿早知道我是他的帮扶干部，也不客气，家里的棉衣棉被都让疯子撕碎了，有旧棉衣棉被就拿点给我吧。那时我真想哭，我不是哭余寿，而是哭命运，哭人生，怎么就有这么多蹉跎来折磨一个平凡的生命。

后来，我想方设法找到了余寿的儿子，把他放到了县里精神病医院实行长期免费救治，又帮他孙子免了学杂费。剩下的帮扶就只能交给时间了。但愿时间能让他的孙子快快长大，重整一个破碎的家庭。

这次帮扶让我真切感受到，中国农村从 20 世纪 80 年代开始，随着一种医疗保障体系崩溃后，这样的悲剧太多了，它甚至让很多家庭变得彻底没有希望了。

随着经济体制改革的深化，企业公费医疗也成了企业提高效率、压缩成本的刀下祭品。对于经济效益差的企业，医药费用只是理论上可以报销支出，看病都得职工先掏钱，能不能报销还得看企业效益。

对城镇居民而言，尽管有了医保，由于医疗费用增长过快，同样存在看不起病的问题。2003 年，第三次国家卫生服务调查显示，全国城乡将近 60% 的医疗费用是个人自己掏腰包。

由于改革，使得传统就业方式发生了根本改变，很多自由职业者、中小私企人员、非正式单位就业人员都游离城镇医保系统之外。至 2005

年 3 月底，全国城镇医保参保人数仅为 1.2708 亿人。

"看病贵、看病难"由农村蔓延到城市，成为一个突出的社会问题。

社会在变革，卫生体制也到了非改不可的地步。怎么改？一直是困扰卫生部门的一个难题。

1979 年元旦，卫生部部长钱信忠在接受记者采访时，提出"运用经济手段管理卫生事业"，这是卫生部门高层的第一次公开表态。钱信忠说这句话的本意是想鼓动卫生系统"放手干"。为此，他在头年 3 月的南昌会议还进行过一次"预热"，明确要对医院实行经济管理。但真正向全国发出信号却等到了 1979 年。钱信忠的想法很前卫。1979 年，中国改革刚刚举步，农村家庭联产承包责任制开始风行，城市改革还是冷冷清清。他吃这第一只螃蟹，还是有点心怀忐忑。但是，改革的诱惑很快冲垮了他的心理防线。同年，卫生部等三部委联合发文《关于加强医院经济管理试点工作的通知》。接着，又围绕"五定一奖"（定任务、定床位、定编制、定业务技术指标、定经济补助、完成任务奖励）和对医院"定额补助、经济核算、考核奖惩"展开试点。

卫生部刚刚用手去触摸改革的魔杖，便招来不少非议。卫生部下属《健康报》在 1979 年 11 月 16 日的《情况反映》中，汇编了 7 篇持"不同意见"的文章。这些"不同意见"主要是强调医疗卫生应该是社会公益事业，不应该强调其经济属性。

1984 年 10 月，中共十二届三中全会通过了《中共中央关于经济体制改革的决定》，改革从农村到城市，从加强经济管理到经济体制、政治体制全面展开，医疗卫生体制改革已是大势所趋。素有超前意识的卫生部早在 1984 年 8 月便起草了《关于卫生工作改革若干政策问题的报告》，提出"放宽政策，简政放权，多方集资，开阔发展卫生事业的路子，把卫生工作搞好"。1985 年 4 月，国务院批转卫生部这个报告，由此拉开了医疗卫生体制改革的序幕。

医改史把 1985 年定为医改元年。卫生部一位老干部说，之前的改革只能算是医院改革,这次医改的核心思路是放权让利,扩大医院自主权,基本上是复制了国企改革的模式。这一时期,有两个改革典型备受全国卫生系统推崇,一是"协和经验"。实行各种形式的承包责任制,转换经营机制。二是"昆明经验"。实行院长任期目标责任制,推行"护理包干"等后勤社会化服务。这一改革措施有人形象比喻为"透透气对策",前门堵死,后门不开,我们只好多开窗户透透气。也有人将之浓缩成六个字:"给政策不给钱。"俗话说,有用的儿子自己赚钱,没用的儿子坐吃山空。尽管文件也强调,中央和地方要逐步加大对卫生事业的投入,但既然开了"窗户",就各显神通吧。实际情况是,政府投入正在发生着微妙的变化。从当时的统计数据来看,医院的效益、卫生总量在持续增长。1985年,县及县以上医院病床使用率为87.9%,并维持到90年代初。农村大批卫生室承包给乡村医生经营,村或群众集体办的村医疗点只占35.7%,个体办的村医疗点占45.8%。这期间,财政对卫生的投入开始逐年减少。以江苏省为例,省财政补助占医院工资总额比例,1985年为60.39%,1988年降至31%。全国的情况同样如此。1980年,政府卫生投入占卫生总费用三分之一。1990年,降为四分之一。

80年代,中国的各个领域都在进行"摸着石头过河"式的改革,没有固定模式可以参照,没有成功经验可以照搬。对医疗卫生体制承包式的改革争论也并不激烈。卫生部原医政司司长于宗河回忆说,有的部委领导看到医院服务不好,就对陈敏章部长发牢骚。陈部长说,这是市场化还不够彻底。

1989年春节后的一天,《健康报》驻地记者在云南禄劝县则黑乡一条山路上看到一个场景。一位重病患者躺在一副自制的担架上,由几个村民抬着,行色匆匆在赶路。担架后面还跟着十多个村民,有的肩上扛着米,有的手里拿着鸡,队伍里不时传来悲泣的声音。这支队伍的目标是五十多公里外的撒营盘镇中心卫生院。然而,患者没能坚持到卫生院,就在这崎岖的山路上画上了一个无奈的记号。记者出于职业的敏感,用相机拍下了这一镜头。4月11日，《健康报》发表了这一图片新闻。陈敏章看到这则图片新闻，心里非常震撼。他在不久后的一次国务院召开的医改会议上，拿出了这张报纸，动情地对国务院领导说，城市卫生改革不能代表中国的卫生改革方向，缺医少药在边远地区还十分突出。但可惜的是，什么是中国卫生改革方向？农村看病难、看病贵应该如何去解决？陈敏章自己也没有想好。他的这次情感冲动，随着一次更大的改革浪潮到来，被冲得无影无踪。

1992年春，中国新一轮改革春潮涌动。卫生部也在酝酿着新一轮卫生改革。卫生部长陈敏章在华东七省市卫生厅局长座谈会上苦口婆心地说："如果等一二年，其他部门、行业各种产业都搞起来了，甚至你自己的领地都被人家挖走了，市场、群众就不需要你的产品了。"1992年9月，国务院又下发了《关于深化卫生改革的几点意见》。卫生部在贯彻文件时提出，建设靠国家，吃饭靠自己，医院要在"以工助医、以副补主"方面做出新成绩。在这之后，医院创收的点子层出不穷，点名手术、特殊护理、特殊病房等新生事物像雨后春笋，有钱就是大爷。老百姓惊呼，医院是不是掉到钱眼里了？

1993年5月，在全国医政工作会议上，卫生部门内部一场针锋相对的争论终于集中爆发。在卫生部，政策法规司负责起草文件，制订政策和法律法规，是部长的秘书班子，也是部长决策的参谋部，部长的宏观思路往往出自这些"秘书"的奇思妙想。医政司主要抓医院管理，负责具体业务。政策法规司主张医疗卫生应由市场主导，医政司则主张政府主导。原医政司司长于宗河反对医疗服务市场化，他认为经济领域的做法不能简单移植到卫生服务上，这将导致什么环节赚钱，资源就往哪里投，谁钱多谁就能享受最好的医疗服务，医疗的大众属性和起码的社会公平将无从谈起。时任卫生部副部长殷大奎在会议报告中明确表示，反对医疗服务市场化。殷大奎的表态，无疑对这场争论起到了推波助澜的作用。于是，两派观点在会议上吵得不可开交。之后，殷大奎还被扣上了思想保守、反对改革的"帽子"。

这场争论还有一个小插曲。会议争论传到国外，哈佛大学教授萧庆伦闻讯，专程从美国坐飞机到北京，向陈敏章部长进谏："中国千万不能走美国的路，美国医疗业的商业化太严重了，普通美国人苦不堪言。"

这些争论后来不仅仅局限于卫生系统内部，有的观点还发表在新华社内参，呈上了国家领导人的案头。

医疗界究竟出了什么状况，竟然引发了这么一场大争论？且看几个事例。一位曾在河南一家公立医院工作的医生说："那个乱啊，办民营医院就像办乡镇企业，公立医院到处合作办专科，医生专家到处走穴。"一位做医疗器械生意的老板，适逢药品流通渠道市场化。他按"行规"给医生和医院提成，医生和医院又为他的产品大开绿灯，他转眼间暴富，身家数千万元。医学专家丁会文时任西安医科大学第一附属医院业务院长。他回忆说，那时政府的财政补贴已经只占医院总收入的10%左右。像他这样的三甲医院还过得去，一些中小医院日子就难过了，几乎到了工资都发不出的窘境。

整个90年代，市场化的声音一直处于主导地位。在卫生事业投入严重不足的情况下，市场化使中国的医疗呈高速发展的态势。然而，这种发展是一种无序发展，是一种"有奶便是娘"式的发展。1980年，全国卫生机构18万家，到2000年，已发展到32万家。在此阶段，尽管民间"看病贵、看病难"呼声很高，但与滚滚而来的医改大潮轰隆声相比，却是小得可怜。尽管很多濒临关门的县乡医院在困境中苦苦挣扎，但与改革带来的巨大利益相比，几乎可以忽视。

2000年是一个世纪的分界线。当新世纪钟声敲响的那一刻，很多中国人为之疯狂。他们坚信，新的一天将承载着一个世纪的荣耀和好运，带他们走向辉煌。

医改同样带着对新世纪的憧憬，像烟花一样率先在中国天空绽放。

春节后不久，国务院办公厅转发体改办、卫生部等八部委数易其稿的《关于城镇医疗卫生体制改革的指导意见》，拉开了医院产权改革的大幕。意见"鼓励各类医疗机构合作、合并""共建医疗服务集团"。

现实比虚构更出人意料。国务院文件下发不到一个月，在西楚霸王的家乡宿迁传出爆炸性新闻——公开拍卖卫生院。宿迁在三年多的时间里，将全市 134 家公立医院拍卖了 133 家，基本实现了政府资本完全退出。

宿迁位于江苏北部，是国务院批准组建不久的地级市，下辖宿城区、宿豫区、沭阳县、泗洪县和泗阳县，常住人口 491 万。1999 年，宿迁市政府人均卫生事业支出仅为 5.97 元，全省最低，仅为苏北其他四市平均水平的一半。乡镇卫生院病床利用率只有 31%，列全省倒数第二。乡镇卫生院亏损高达 70%，三分之二的卫生院人员工资不能正常发放。2000年 3 月，宿迁市在沭阳县条件好、中、差各挑选一家乡镇卫生院进行股份制改造试点。8 月 25 日，沭阳县 30 家乡镇卫生院实行产权改制，公开拍卖。改制主要有三种方式：净资产转让、无形资产竞拍、股份合作制和兼并托管，其中拍卖是首选方式。2003 年 7 月 10 日，金陵药业股份有限公司以 7013 万元收购宿迁市人民医院 70%的股权。人民医院开了头，全市更多的医院纷纷跟进。宿迁决策层有一句时髦的话："跟着娘家吃不饱，还不如找个好人家嫁了。"

2003 年 8 月，SARS 疫情刚结束，卫生部派了三名官员到医改市场化最彻底的宿迁调研。宿迁市卫生局局长葛志健兴致勃勃介绍卖医院的经验。

一名官员忍不住问："你还是不是一个卫生局局长？"

葛志健没明白官员的意思，继续说："宿迁之所以没有保留公立医院，就是为了彻底营造一个公平的竞争环境。"

官员又问："宿迁解决老百姓看病贵、看病难问题了吗？"

葛志健说："解决了。通过竞争，医疗价格下降了。医院私有，医生也不敢收红包了。"

官员说:"单项收费可能下降了,但医院业务总收入大幅度提高,钱是哪来的?"

这番对话注定没有结果。

通过竞争来控制医疗价格的思路,短期内可能有效。但长期来看,这只是一厢情愿的想法。医院竞争的手段主要不是价格,而是通过扩大规模、引进设备、提升档次、做大手术等方式提供更多的医疗服务,在"非价格竞争"中获取更大的利润空间。他们可以通过诱导病人消费,过度检查,过度医疗,以服务量扩张谋取整体医疗费用上升。这样不仅浪费了医药资源,危害患者健康和生命,而且最终导致老百姓看病更贵。很多人感叹:"没啥别没钱,有啥别有病。"医疗开销已成为继吃饭、教育之后的第三大消费。看病贵、看病难已不是一种感觉,而是实实在在的负担。

宿迁医改一石激起千重浪,在社会上引起了两种截然不同的反响。

一些专家深表忧虑,政府卫生投入绝对值虽然逐年增加,但占卫生总费用的比重却在不断下降,至 2002 年,只占 15.2%,24 年下降了 17个百分点。卫生费用主要来自地方财政,地方不愿投入正在加剧中国医疗资源分布的不平衡。地方财政卸包袱的冲动,是医改市场化方向的重要动力之一。

有一段时间,社会上甚至风传,各级政府将只保留一两家提供基本医疗服务的大型医院,其他医院将逐步对业外资本开放。一位医疗投资咨询专家甚至在媒体上欢呼:"让医院改革来得更加猛烈些吧!"

一位受雇于美国医疗投资集团的专家喜滋滋地说,这太让人摩拳擦掌了,至少有 60 亿美元的资本在等着收购中国的医院!

中国医疗机构投融资论坛也在 2004 年底向媒体透露,有近百亿元民营和外资即将介入中国近百家医院改制。还有人预测,到 2005 年,中国医疗产业的总市场价值将达到 6400 亿元。

多么诱人的大蛋糕。一场蛋糕盛宴真的要开场了吗?

SARS，开始让一个大国反思

中国进入新世纪后，改革开放的道路越走越宽广。中国人都热血沸腾，以站在月球看地球的大气魄，书写着民族复兴的宏伟篇章。

恰在此时，历史给中国乃至世界开了一个不大不小的"玩笑"。在中国改革开放的前沿广东毫无预兆爆发了一种"怪病"，医生对这种病的病原体一无所知。症状像感冒，又像肺炎，易传染。"怪病"不但在普通人群中传染，还在治疗的医生中传染。有一定防范意识的医生都莫名其妙传染了，谁还敢治这种病？"怪病"开始是引起广东恐慌，不久恐慌像瘟疫一样在全国范围内传播。

2002年12月17日，广州军区总医院接到河源市人民医院的求助，要求将一名重症病人转到医院呼吸科。下午快要下班的时候，一辆救护车疾驰而来。护送医生对呼吸科主任黄文杰说，患者已经高烧了整整7天，实在没办法，只好向你们求助！

患者黄杏初是河源市山里一名农民工，只读了5年书，做过矿工，后来学做厨师，在深圳一家酒楼做客家菜。

河源市是东江流域客家人的聚居中心，有"客家古邑，万绿河源"之称。河源属南越。秦国平定百越后，迁陕陇之民居粤，带来了黄河文化。岭南一直是中原战乱的避风港，南迁之民与当地土著相互同化，形成了河源独特的客家文化。此时的河源，经济还相对落后，山里人多数靠打工谋生。黄杏初在深圳打工有11年历史，做的客家菜也别具特色，深受顾客欢迎。

广州军区总医院是一所集医疗、教学、科研、预防、保健、康复为一体的现代化大型综合性医院，还是全国、全军首批三级甲等医院，拥有一批顶尖医学人才，医院服务严谨，医疗操作规范。2017年秋天，我左眼视网膜脱离，上天有意安排我到该医院眼科"深入生活"，医院的医疗服务让我一个"老卫生"折服。7天，我不但康复了，还与眼科主任邹玉平成了好朋友。我介绍这段生活经历是为了说明一个因果。广州军区总医院的黄文杰从"怪病"治疗到后来的抗击"非典"是有贡献的。他的一个"绝招"后来得到很多专家的认可。广州军区总医院在对"怪病"一无所知的情况下，首创了医务人员无感染的记录。

病情就是命令。黄文杰检查发现，患者高烧39.8度，呼吸困难，全身发紫，神志不清，躁动不安，护士都无法打针给药。他叫来几位医师帮忙，把患者按住，打了适量的镇静剂，患者才安静下来。这时参与抢救的医务人员对这种病是否传染没有一点认识，只是按照重症肺炎病人采取了必要的防护措施。

"上呼吸机！"

"插管！"

黄文杰发出一连串指令。抢救有条不紊。黄文杰甚至让医务人员把广州军区总医院最贵的呼吸机和监护仪都搬来了，科室的呼吸专家轮流看护，严密监测生命体征。

第二天，病人神志清醒，呼吸困难有所缓解，情绪逐渐稳定，但面对如此重症的"肺炎"，他们仍不敢有一丝懈怠，继续对症下药，采用抗病毒、抗菌药物进行系统治疗。第五天，情况出现好转。第七天，体温恢复正常。就在黄文杰觉得可以松口气的时候，接到广东省卫生厅通知，让他立即和地方5名专家赶到河源市人民医院。到了河源，黄文杰出了一身冷汗。河源人民医院与黄杏初接触过的11人无一幸免遭遇感染，其中8名是医护人员。黄文杰意识到黄杏初得的不是"重症肺炎"，是什么病，他不知道，通过什么途径传染，他也不知道。患者是医生的战场。既然走进了病房，明知道是"雷区"也得义无反顾。但他毕竟有过一次经历，疾病传染途径也就那几种。他叮嘱身边的医务人员："进病房一定要戴口罩、手套，做完一次检查或治疗都必须消毒，病房要随时保持通风……"

　　黄文杰和他的同事们边治疗，边总结。黄杏初救治获得成功，首先是上了呼吸机和插管，改善了病人的通气，也有利于气管里含有病毒的痰液及时排除。这一点，在后来救治各例"重症肺炎"病人中得到了验证，也得到了包括著名呼吸病专家钟南山院士在内的专家们一致认可。这条措施在没有找到有效治疗办法之前，几乎成了"绝招"。为避免有些"重症肺炎"病人气管插管后带来的损伤和继发感染，黄文杰又大胆采用无创通气法、营养支持、静脉注射胸腺素和免疫球蛋白等措施对症治疗，使许多病人转危为安。黄杏初在 10 天后拔下呼吸管，脱离了死神的纠缠。23 天后，康复出院。广州军区总医院参与抢救的医务人员无一人感染"怪病"。

　　黄杏初不是"怪病"传染链的开端。黄杏初在深圳没有传染一个人，在河源也只传染了包括医务人员在内的小部分人，到广州军区总医院后，就没有再传染给别人。黄杏初是全球首例报告的病人。后来通过追溯，在此之前，广东顺德、佛山也都出现过类似病例，官方也已经正式认定佛山那名病人是首例回顾性非典病例。

　　2002 年 12 月底，广东民间便出现了一种流言，广州出了一种能致命"怪病"，医生都没法治，已有人死亡。坊间还流传吃醋、喝板蓝根可以预防怪病。广州市民一度疯狂抢购白醋、板蓝根和口罩，广州买不到，就致电香港或内地亲友帮助买，致使流言不胫而走。而广州市和广东省政府为了避免引起民众恐慌，一直没有发布相关信息。怕什么，来什么。信息越封闭，民间流言传播得越猛。至 2 月 9 日，广州市已出现一百多病例，两例死亡。卫生部开始关注广东发生的病情，并派出专家组赴广州协助查找病因，指导防治。2 月 10 日，中国政府将该病情况通报给世界卫生组织。这时，广州有关熏白醋、喝板蓝根能预防怪病的传言愈演愈烈，市面上 10 元一包的板蓝根飙升到三四十元，白醋从 10 元涨至 100 元，有的记者甚至拍到了标价 1000 元一瓶白醋的照片。2 月 11 日，广东省主要媒体才正式报道部分地区先后发生非典型肺炎病例的情况。报道称，截至 2 月 10 日下午 3 时，共发现 305 例，死亡 5 例。其中医务人员感染发病共 105 例，没有一例死亡。305 例病人中，已有 59 人病愈出院。广州市政府召开的新闻发布会还特别强调，对于有千万人口的广州，300 多人染病是一个很小的比例，前阶段没有公布情况是因为河源、中山等地的患者大多已康复或好转，非典型肺炎不是法定报告传染病。

可以说，此时很多人还没有意识到这场突如其来的"怪病"有多么可怕。2 月 12 日，中国足球队和世界冠军巴西足球队在广州举行的友谊赛照常进行，现场球迷超过 5 万人。2 月 14 日，媒体还报道，非典型肺炎疫情影响不大，广州旅游市场淡季不淡。原定 2 月 18 日在天河体育场"2003 罗大佑广州演唱会"也没有推迟。

2 月 21 日，已染病的中山大学附属第二医院退休教授刘剑伦去香港出席亲属婚礼，将病传染给七名旅客。他也于 2 月 22 日到广华医院急症室求诊，3 月 4 日不治身亡。2 月下旬，一名常驻上海的美国商人在途经香港到达越南河内后，确认染病。河内医院多名医务人员也因此感染。2 月 28 日，医生乌尔巴尼在这位病人身上发现了一种非常规病毒。他认定，这是一种非同寻常的疾病，引起这种疾病的病毒与以往导致感冒、肺炎等疾病的病毒完全不同。他随即向世界卫生组织报告，世界卫生组织建议称这种疾病为"严重急性呼吸系统综合征（SARS）"。至此，一个来无影去无踪的疾病名字诞生了。它的到来，让全世界谈虎色变。它对步入改革"深水区"的中国提出了"涟漪性"挑战，迫使中国人不仅重新审视医疗事业和社会保障体系，而且还把目光转移到更广阔的民主政治、市场经济和公民社会诸多领域。

3 月 5 日，出席全国人大的广东代表提出议案，建议传染病预警治疗在不影响国家安全的前提下考虑寻求国际援助。

3 月 6 日，第一个输入性非典病例正式进驻北京。

3 月 12 日，世界卫生组织发出全球性警告。

3 月 15 日，世界卫生组织正式将该病命名为"SARS"之后，世界多地出现"严重呼吸系统困难症（SARS）"报道，从东南亚到澳大利亚、欧洲和北美，印尼、菲律宾、新加坡、泰国、越南、美国、加拿大等国家陆续出现非典型肺炎病例。截至 2003 年 5 月 18 日，中国有 24 个省市出现"非典"疫情，统计病例 4698 例，其中医务人员感染 917 例，死亡 284 人。截至 7 月 11 日，全球有 32 个国家和地区感染"非典"，统计病例 8069 例，死亡 774 人。

北京市后来居上，成为 2003 年"非典"重灾区。据 5 月 18 日统计，发生病例达 2434 例，居全国之首。此时的广州只有 1514 例，居第二位。4 月初，北京被外媒指责隐瞒疫情。4 月 13 日，中国决定将"SARS"列入《中华人民共和国传染病防治法》法定传染病进行管理。至此，"SARS"进入公开防治。4 月 17 日，中央召开会议，研究应对"SARS"面临的威胁，采取了包括人事任免在内的各种必要的紧急措施。4 月 20 日，北京公布病例从原先有所隐瞒的 37 例增加至 339 例。全国实行"疫情一日一报制"。5 月 9 日，国务院颁布第 376 号令，施行《突发公共卫生事件应急条例》。

4 月 21 日，在北京"非典"疫情最为严重的时候，北京市断然决定建立世界上最大的一级传染病医院——小汤山"非典"定点医院。小汤山位于北京东北，距四环路 20 公里，距昌平县城 10 公里。原有一所疗养院，已经具备一定的医疗条件。4 月 22 日晚，北京市建委连夜部署，抽调 4000 人和 500 多台机械设备进场施工，北京六大建设集团全部上阵，最多时达 7000 人。医院采用轻型建筑材料，基本为一层病房。整个医院病房分作东西两区，每区建有 6 排病房。病房南侧是 X 光室、CT 室、手术室。病房北侧为重病监护室、接诊室、检验科。七天七夜，168 小时，小汤山建成了一所建筑面积为 2.5 万平方米、拥有 1000 张床位的传染病专科医院，创造了世界建筑史上的奇迹。小汤山"非典"定点医院建成后，中央军委下令在全国军队医疗机构中紧急征召 1200 名医务人员进京抗击"非典"。江西到 5 月 3 日晚 21 时，才首次发现 1 名输入型非典病例，是全国防治"非典"较好的省份之一。军委命令下达之后，江西武警医院 40 多名医务人员报名请战，最后选定了张春蕾、吴琴琴、高健三名医务人员赴京参战。临行前，他们有一句话让送行者流下了眼泪。最坏打算，留在北京。送行者都知道，这个"留"字的含义。抗击"非典"在当时不仅仅是治病救人，还要直接面对死亡。6 月 20 日，当最后一批 18 位"非典"治愈患者走出北京小汤山医院时，宣告了这座全国最大的"非典"收治定点医院在高速运转 51 天之后，以病死率世界最低、医院零投诉、医护人员零感染的战绩圆满完成了历史使命。就是这座临时搭建的医院，收治了全国七分之一的"非典"病人，创造了人类医学史上一个范例。"中国小汤山"因为"非典"而举世瞩目。6 月 18 日，江西武警医院三位英雄没有"留"在北京，顺利完成使命回到了英雄城南昌，英雄城给予了他们应有的鲜花和掌声。

　　"非典"让世界记住了很多人的名字。中国工程院院士钟南山就是其中一位。他所在的广州医学院第一附属医院接到第一例非典病人，钟南山非常震惊。多年的行医经验告诉他，这是一例非常值得关注的特殊传染病。随后他参与专家组去中山市调查，并在给广东省卫生厅的报告中，将其命名为非典型肺炎。2003 年春节后，非典病例剧增，广东告急。大年初三，钟南山临危受命，出任广东省非典医疗救护专家组组长。这时他对这种怪病茫无头绪，只能凭经验一边尝试着各种治疗方法，一边寻找病因。北京传来消息，在广东送去的两例标本切片中，发现了典型的衣原体。中国疾病研究中心宣布，引起广东非典型肺炎的病因基本查清，建议使用抗生素治疗。钟南山听后摇摇头，抗生素他早用过了，证实无效。当晚，广东紧急召集钟南山等专家开会。钟南山直言不讳："非典的元凶不是衣原体，而是病毒。"4 月 11 日，国家有关部门召开新闻发布会，称疫情已得到有效控制。钟南山又毫不客气地说，什么叫得到有效控制？根本就没有控制！病原都没搞清楚，怎么控制？全国疫情都在蔓延，我的呼吸病研究所医生都倒了 20 个，实在不能这么扯淡。4 月

12 日，钟南山牵头的联合攻关组宣布，冠状病毒的一个变种可能是非典型肺炎的真正原因。4 天后，这一结果得到世界卫生组织正式确认。钟南山有一句名言，真话和真药一样重要。

在非常时期，假话一样能"毒"死人。

"非典"首先在中国爆发，首位确认 SARS 为一种全新疾病的医生却是一位外国医生，这不能不说是一种讽刺。2003 年 2 月 28 日，乌尔巴尼在河内一个华裔美国商人约翰尼·陈身上发现了一种非常规病毒，并及时报告给世界卫生组织，最后以"SARS"命名。卡洛·乌尔巴尼出生在意大利一个沿海小镇。他是"无国界医生组织"意大利分部的主席。1998 年，乌尔巴尼开始为世界卫生组织工作，是世界卫生组织里的传染病专家。1999 年，乌尔巴尼代表"无国界医生组织"领取诺贝尔和平奖。领奖时，他说过一句话，他的职责就是离病人更近一些。他发现约翰尼·陈这不同寻常的病人后不久，医院许多医生和护士都病倒了。乌尔巴尼要求对所有患这种神秘疾病的人进行集中隔离治疗，还建议越南卫生部立即召开会议，向公众通报有关信息。乌尔巴尼本人也兑现了自己的诺言，从发现病人后就一直在病人身边。由于乌尔巴尼的努力，肆虐在越南的 SARS 之火很快被扑灭，自 3 月 22 日起，越南就没有发现新的病例。可惜的是，3 月 29 日，乌尔巴尼也死于他一个月前发现的疾病——"严重急性呼吸系统综合征"。乌尔巴尼去世后不久，意大利总统授予乌尔巴尼公共卫生金质奖章，以表彰他在卫生防疫方面做出的杰出贡献。

中国大陆一共经历了三次 SARS 侵袭。第一次最是凶险，从 2002 年 11 月至 2003 年 7 月，持续了九个月，发生 5327 个病例。第二次从 2003 年 12 月至 2004 年 1 月，仅在广州发现 4 例获得性病例。第三次是 2004 年 3 月，北京一起实验室事故导致 9 人感染。从此，世界上再也没有报告新的 SARS 病例。臭名昭著的 SARS 从何处来，又去了何方？一直是医学上一个悬案。

2003 年 SARS 在全球流行，不仅极大地威胁着人民的健康，而且因

SARS 所造成的直接和间接经济损失难以估量。如当年 5 月份，北京市经济增速下降了 1.8 个百分点。SARS 直接治疗费用也十分高昂。有人估计，北京市用于抗"非典"的费用超过 20 亿元人民币，SARS 在全世界至少造成 300 多亿美元的经济损失。

不少专家在十年后回顾中国抗击非典这场伟大战役时，更多的是痛定思痛。第一例 SARS 在 2002 年底就在广东出现，世界卫生组织却到 2003 年 2 月才接到报告，造成了这一传染病不可避免在全球蔓延。其实在乌尔巴尼之前，中国的科学家已经看到了这种新型的冠状病毒，却选择了保持沉默。中国科学界体制弊端暴露无遗。"非典"给广州，给中国乃至全世界都上了一课。有人甚至认为，21 世纪初的 SARS 给中国社会带来了一场以人为本的社会变革。政府信息走向公开透明，给党政机关带来了全新的效率，国家应急管理体系被激活。

一个国家在危难中有所失，必然会在进步中有所得。在处理这次 SARS 事件中，政府主导成为事件的转折点。从后来的历史走向看，SARS 让中国医疗卫生事业航向转入了"以病人为中心"乃至"以健康为中心"。

滴血的问号

中国的改革开放不仅仅是一种体制的改变，而且是一种观念的"颠覆"。

譬如说钱，中国人对钱一直没什么好印象，既爱又恨，恨往往更多一些。钱几乎成了铜臭、唯利是图、贪婪的代名词，是一切丑恶的源头。中国的传统教育都是"钱财如粪土、仁义值千金"。这种教育本身就是一个伪命题，既然钱财是粪土，又把中国人心中最神圣的"仁义"比作"千金"，千金也是粪土，那么仁义又是什么？中国人就是在这种矛盾中生活了几千年。人离不开钱，这是肯定的。很多人把钱比作水。打麻将拿钱不叫拿钱，叫"上水"。打麻将最忌讳撒尿，那叫"放水"。这个比喻好，人离不开水，又最怕水，水火无情。

中国健康档案

改革开放之初，中国人不缺精神，就缺钱。中国有几千年的文明，形成了一整套的传统观念和价值体系，坐而论道，一千零一夜都讲不完。既然缺钱，那就去赚钱。在很多人心里，改革开放汇成一个字是"钱"，汇成两个字是"赚钱"。因为钱和水的关系，很多人把"赚钱"叫"下海"。下海是有风险的。最初中国人的风险意识是怕下海会淹死，也就是血本无归，并没有想得更多。下海后，小心翼翼地往海中心游，实在是没信心了便往回游，身后有他们的村庄和家，怎么说都能找到属于自己的精神家园。然而，精神和钱好像是一对生死冤家，总是有你无我。这种有你无我还不是简单的你死我活，而是一种迷失。下海的风险不是怕"淹死"，淹死了或许还能魂归故里，而是怕"精神"全面失陷。到了海上，大海茫茫，找不着方向，正在弄潮的反而如痴如醉，连"村庄"和"家"都想不起来了。即便是"回家"了，人也变了。出门时是"钱财如粪土"，回来时变成了"有钱能使鬼推磨或磨推鬼"。有的人没钱时尚知道施舍乞丐一碗粥，有钱了，宁愿把钱贴满女人的肉体，也不愿施舍穷人一句话。

大海白浪滔天，小塘小湖也不是一潭死水。譬如说读书，南边的人教育子女，不好好读书，将来让你去当干部。北边的人听了不可思议。朝为田舍郎，暮登天子堂，说的是读好书的人。南边的人没文化，话里都带铜臭味。但话听多了，也就接受了。东边的人说，小学文化怎么了？小学生管的都是大学生、研究生。西边的人说，看你狂的，别看现在世界是你们的，迟早世界是我们的。但说归说，还是争相到小学生那应聘。又譬如说女人，女人就应该藏而不露，藏是美，露是欲望。南边的人说，不对，露才是美。食色，性也。没有欲望，美就没有价值。后来北边的人也接受了。

如果仅仅是这些改变也不叫"颠覆"。或许人都要经历从陆地到水里，再由水里到彼岸的过程。很多人到了水里，不仅仅是湿鞋，湿身，甚至脑子都浸水了，人让钱主宰了。我们常常教育孩子要扶老携幼。孩子看到一位老人被人撞了，便去扶。老人的儿子却说，小子，我爹伤了，得赔钱。原来钱还能这么"赚"。精神失陷的人"赚"钱的方式远远不止这些。鸡蛋不用鸡下,用海藻酸钠、明胶和色素,人就能"下"。牛奶也不用挤牛奶,用香精、糖和添加剂就能"挤"出奶。

与新世纪一同诞生的除了SARS,还有一个让医疗卫生界为之头疼的热门词"医闹",或者叫"医患纠纷"。或许称"医患纠纷"更人性化。医闹侧重一方,医患纠纷却侧重双方。医患纠纷也像SARS一样,没人知道哪里是源头,说来就来,不是接触传播,不是飞沫传播,更不是尘埃传播,而是一句话就能传播。这种传播比SARS还广泛,几乎波及全国。闹了十多年,人们才恍然大悟,医闹,在医,在闹,最后还在钱。医是成因,闹是手段,钱是目的。人没有到达彼岸,还在水里,没人能逃出"恶鬼"缠身。当然,在具体的医患纠纷案例中,谁被"恶鬼"缠身又另当别论,可能是医生,可能是患者家属,还可能是可恶的"第三者"。

医者在古代,北方人称"大夫",南方人称"郎中",都是与官衔同名,为百姓尊崇。医生是关乎人命的职业,是最高尚的职业。病有所医,病家求医,寄以生死,医者仁心。古人告诫,若有疾厄求救者,不得问其贵贱贫富,长幼妍媸,冤亲善友,华夷愚智,普同一等,皆如至亲之想。

21世纪的中国人怎么了?为什么要这样对待医生?我带着这样的问题找到了赣北一位相交多年的朋友,他叫邱来孙,是一个县里的司法干部,也是2008年10月份之后该县医患纠纷的"操刀手",医患纠纷调处中心办公室主任。

"什么时候开始有医患纠纷?"

"不知道。"

"什么时候闹得最凶?"

"成立中心的先一年。"

问者不得法,答者很普通。但想想又在情理之中,体制内有很多头痛医头的机构，不是闹得凶，哪来调处中心。凶到什么程度？以一家医院为例，2007年一年，有案可查的纠纷120多起，三天两头闹，小闹科室关门，大闹医院关门，卫生局干部成了它的"救火"队员。医院全年赔偿金额达130多万，几乎是有闹必赔。俗话说，老乡见老乡，两眼泪汪汪。这家医院的一名副院长竟然被自己的老乡打断了三根肋骨。

我们的话题先从"恶鬼"缠身的医生开始。2009年，湖区一名患者因左尿路结石在医院手术治疗。B超、CT确认结石位置后，医院为了减轻患者痛苦和提高手术成功率，建议请上级专家通过微创手术取出结石。上级专家能来不是面子，那时面子已经不值钱，最多算"介绍信"。请专家事先得与患者商量，患者同意后，医院负责车接车送"一条龙"服务，患者负责"红包"，喝酒凭家属心意。专家的时间表也有严格规定，什么时候来，什么时候走，专家说了算。这本来是一桩完美的"生意"。专家一来，看了片子，便上了手术台，那种得心应手的样子让基层医院的医生眼馋。专家在患者的右腹部画了一个记号，那种规范操作也让围观的医生受益匪浅。洞打开了，没发现结石，专家又缝上了，那种权威更是让底层的医生毋庸置疑。专家轻松自如拿着红包走了。患者用红包换来了专家一句没有结石的话，皆大欢喜。但结石不会因为专家的话凭空消失。第二天，患者腹部依然疼痛，再检查，原来是专家片子拿反了，左边看成了右边。湖区人直来直去，事先说好要红包，一分不少。兴趣上来了，还请你喝酒。折腾了半天，专家没把左右当回事，他们不干了。他们把医院围了。政法委来了怎样，公安来了又怎样，十多个女人照样把一名副院长的衣服扒了剩下一条裤衩，脸在女人疯狂的指甲下变成了纵横交错的河流。女人扒的不是副院长的衣服，而是专家的遮羞布。副院长脸上流的也不是血，而是红包带来的屈辱。这场官司最后以重做微创手术、赔偿5.2万元告终。这5.2万元还是调处办像菜市场买菜，讨价还价才得来的结果。

"你调处依据什么？"

　　"三条原则，一是医疗机构医疗行为是否存在过错，二是是否给患者造成实际损害，三是过错行为与实际损害是否存在因果关系。"

　　"如何判断医疗行为存在过错？"

　　"卫生部制订的诊疗规范。"

　　"医院说，医院就是死人的地方。老百姓说，进了医院就进了保险箱。你们不是老鼠进了风箱？"

　　"一语道破天机。调处难度最大的就是寻找因果关系。"

　　对于只懂法律不懂医学的邱来孙来说，他的确抓住了医患纠纷的"牛鼻子"。十多年来，他们的调处是成功的，县里的医患纠纷数量由年一百多起降至了十多起，医闹由大闹变成小闹，最后变成不闹。但我还是提出了一个让他尴尬的问题，不闹就调好了吗？

　　一名40多岁的年轻患者腰椎骨折，手术上了钢板，两年后到医院取钢板。取钢板没出事，取出钢板两小时后，一弯腰就没再起来，死时肚子胀得像孕妇。老百姓用患者尸体把医院堵了。老百姓说，好好一个人，身强力壮，在家能吃三大碗，就是取个钢板，站着进去，躺着出来。他也认为老百姓说得在理。医院说，可能是动脉血管瘤破裂。家属说，你照到了血管瘤？医院说，没有。可能是让钢板遮住了。家属说，你都说了两个可能，我也说一个可能，血管瘤是让钢板上的螺丝钉刺破的。医院说，怎么可能？取钢板血管瘤破裂，患者就下不了手术台。双方各执一词，闹得不可开交。老百姓把调处办的同志"软禁"在会议室，不能喝水，不能撒尿，到凌晨两点才被公安解救出来。家属大概是觉得医学也没那么复杂，血管不就是流水的沟？一锄头下去，水就出来了。家属联系省里医学鉴定机构进行了尸体解剖，专家把尸体一层层剥给家属看，证明最近的螺丝钉离血管还有两寸。家属想得还是太简单了，医疗行为与后果没有因果关系。有了权威认定，医院也强硬了，坚决不赔钱。但是来自方方面面的压力还是让医院"扶贫"了几万块钱。闹有闹的代价，不闹也有不闹的代价。

调处中心是介于民间和法律之间的一个官方机构，也是一个十分尴尬的特殊角色。调处结果民间认可了，法律就睁一只眼闭一只眼，民间不认可，法律再上。民间还就喜欢这样的调处方式。你让他走法律途径，他们还不干，一是法律门槛太高，二是法律太复杂，三是法律熬的时间太长。这里尽管乱哄哄的，但直观，说不好就闹，闹完了再来说，说累了，闹累了，见好就收。邱来孙也是到了双方都筋疲力尽，自己也筋疲力尽的时候，就抛出一句话，就这意见，调处终结，不同意走法律途径。这时家属便说，再加一万。邱来孙说，五千。家属说，就五千。调解成了。后来，有的家属拿了钱再去找法院。法院不耐烦了，就说，调处中心得改个名字。邱来孙问，改什么名字？法院说，改成人民调解委员会，调解协议就能得到司法确认。改个名字自然比调解任何一起医患纠纷都轻松。

医生真的那么容易出错吗？其实也不是。县医院让老百姓闹苦了，出台一条"严规"，谁手里闹出了医患纠纷，医院赔偿的钱根据医生承担的责任轻重，按比例在医生的工资里扣除。这个比例由班子集体评议决定。有一年，县医院一名医生一年到头硬是没有领到一分钱工资。有了这样"血"的教训，谁还不小心翼翼！尽管卫生部门诊疗规范多，每个治疗环节都得留下手板脚印，那也比学医来得容易。每一次医患纠纷都得花钱，花钱就能买教训。

一位患者割阴茎包皮，手术太小，医生就没让他花"冤枉"钱做各种检查，直接上了手术台。就是这一马虎，害了医院，也害了自己。患者有白血病，事先不知道，术后大出血死亡。久病成良医，久闹也成良师。医患之外的第三方说，他凭什么上手术台？医生验过血吗？如果验了血还敢做手术吗？如果验了血，患者会死吗？一连串问题，一针见血。医生还是不服，验了血就能活？第三方说，白血病死，他服！这样死，能闭眼吗？医院没话说了，赔钱吧。据说，患者家属为了感谢第三方，给了他几千块钱报酬。原来钱还能这样赚，于是医闹便诞生了一个鹬蚌相争、渔翁得利的新角色——第三者。他们穿梭在医院、太平间和田野乡村，来无影去无踪，可惜我没能追踪到。邱来孙也是摇头叹息，找他们太难了。

在全院医务人员大会上，院长气得拍桌子，你们这些猪脑子，开个检查单能花你多少时间？医院多了收入，你也不用赔钱。有了这次教训，医院医技收入猛增。有的医生甚至想，湖区有句话叫堤外损失堤内补。这边赔钱，那边为什么不能补回来。药品有回扣，检查有提成，要"疯"大家一起"疯"。一位医生为了规避开大处方，一天竟让一患者挂了六次号。这位患者扛着大包小包走出医院时，脸上还喜滋滋的，活像自己捡了个大便宜。

这不是医院过度检查、过度医疗的源头，任何一个源头都是相对存在，但医闹肯定让更多的人疯狂。

调处中心或者叫人民调解委员会就任由这些人疯狂？回答是否定的。一位肺癌患者在医院化疗，因体质太差，在第二次用药后便不幸死亡。这该不用赔钱吧？不赔他们把尸体放在门诊大厅，挂横幅、放花圈、烧纸、放鞭炮，甚至还砸医院。那你的调处中心干脆改成赔钱中心。当然不能改。邱来孙明显兴奋起来，像压抑很久后终于扬眉吐气。公安上了，一百多人，钢盔盾牌，风卷残云。

医院是许许多多病人的家，是健康的脊梁。医院垮了，还有谁来保障生命的安全？死人不是闹的理由。医院是生命的终结地，也是生命的诞生地，难免出错，也难免有唯利是图者，但仁心者还大有人在。

说到出生，邱来孙又想起一个案例。某地妇保院一产妇产后出现妊娠子痫，一直昏迷不醒，变成了植物人。赔钱吧，总不能赔个媳妇。钱能解决就不是事。家属把患者放在医院，医院专门请人服侍，十多年了，患者成了医院里的人，家属反而成了串门的亲戚。

邱来孙给我的感觉，基层公立医院太难了，一边是每天那么多医生护士要吃饭，政府给的钱粥都喝不上，一边是那么多患者像宝剑悬在头上，说不清什么时候掉下一把。乡镇卫生院让医患纠纷闹怕了，宁愿在门外晒太阳也不愿看病。年轻人宁愿再寒窗苦读十年，也要考进城市大医院。年纪大的没法考，也是能不看病尽量不看病，看一百次病抵消不了一次闹。县级医院这根神经要是再崩断，患者都得转城市户口了。

我还是纠结，医院怎么就让医闹缠上了？邱来孙说，得问老邵。这时老邵来了。老邵是原卫生局退休干部，被聘请为人民调解员。老邵是1990年进卫生局。老邵说，那时医患关系还很和谐，医生是人们最尊重的职业，医生也还没有受到社会不良风气影响，一心看病。我问，什么叫不良风气？老邵笑，一切向钱看。老邵是三句话当一句话说了，但浓缩得恰到好处。开始还不是钱，是土特产，是烟酒，后来觉得麻烦，这些都得变成钱，不如直接拿钱。我说，老邵继续说。老邵又继续说，那时医院也死人，家属哪怕是哭得再伤心，抬遗体回家时，还不忘记向医生告别，死鬼就这么长的寿，麻烦你了。80年代中期，农村医疗条件差，医生基本上是靠物理检查，没有CT、B超。老邵在乡镇卫生院做医生，儿童流行脑膜炎爆发，死亡率高达30%，孩子死便死了，没一个人闹。到90年代后，卫生系统才开始启动世界银行贷款"卫Ⅲ"项目和日本援助项目。随着项目实施，县医院才有500毫安的X光机、生化分析仪、日本东芝救护车，后来又有了B超。到90年代末，医院条件才初步改善。2000年后，医疗设备在变，老百姓的观念在变，医疗模式也在变。有钱的享受高医疗水平消费，特殊服务，看病领导批条子，进"绿色通道"，找好医生看病要送礼。没钱的说，我也送礼，行不？不行，谁认识你呀！社会上很多潜规则像瘟疫一样在医疗系统传播，净土不再干净。医院市场化后，作为一门职业，市场看不见的手很多时候在牵动着开处方的手，灰色交易游移在医院的走廊上或社交场，一个体面的职业在谋取一份不体面的收入。

"礼"是构成中华文明的一个重要元素。道德仁义，非礼不成。然而，钱让"礼"失身了，被钉上了历史的耻辱柱。

医疗系统除了向钱看，还有一种比钱更可怕的"病毒"在侵蚀医院肌体，这种"病毒"叫"资源"。物是资源，钱是资源，人情是资源，关系是资源，权力是资源，医疗也是资源。土特产是物，烟酒是物，但这些都是原始资源，见了钱如小巫见大巫。人情、关系是原始资源，见了权也是小巫见大巫。老百姓有土特产，不产烟酒，但缺钱，有人情，也能找关系，但没权。因此，在医疗资源竞争这场大比拼中，老百姓完全处于劣势。老邵说，有大资源的不用闹，要闹的就是小资源或没资源。他也跟我讲了一个案例。有个公安的小干部，没土特产，人情关系也很少，父亲住院了。那时对医疗服务的评判已经不是医院一家说了算，只要你不是完全说外行话，或者能把一种医疗行为演绎成一种"人之常情"，你就有发言权。小干部说，你用的药今天刚好到期，我父亲有反应了。他找来一帮兄弟，把科室堵了。今天不把问题解决，谁也别想看病。医院自然不会束手就擒，找他的领导。领导看不透药性，更不知道他父亲是真反应假反应，便说，这事不能管，自己协商吧。小干部让科室关了三天门，最后拿着一万块钱赔款回家了。

老邵给我的感觉又是老百姓心里的怨气太重，好像他们闹不是为了钱，或者说主要不是为了钱，就是为了闹。医闹的源头到底在哪？还有必要再追寻下去吗？

江西是全国第一个出台医疗纠纷地方性法规的省份。2014 年 5 月 1 日，江西针对老百姓投诉渠道不畅、医务人员无法安心工作，出台了《江西省医疗纠纷预防与处理条例》，创造了医疗纠纷调处"江西模式"。为了在一个更大的范围了解医疗纠纷的全貌，我找到了省卫健委医政医管处的喻茂林主任。我问了同样一个问题，什么时候开始有医疗纠纷？喻主任说，医学出现，医疗纠纷就出现了，自古至今，从未断过。这倒是让我大开了眼界。接着，喻主任用两组数据证明了"江西模式"产生的效果。一组是医疗纠纷的发生量。2013 年发生量为 4681 起，2018 年发生量为 2571 起。五年内门诊量增加了 37%，医疗纠纷下降了一半。另一组数据是扰乱医疗秩序事件。2013年有1045起，2018年仅为41起。绝大部分医疗纠纷通过法律途径得到合理解决。江西除出台了一个法规，还围绕医疗纠纷预防、调解、处置、保险、责任追究各个环节出台了相应的配套文件，疏通了事前预防、事中调解、事后整改三条通道，做到了有错必赔、有违法必打击、有失职渎职必查，大大减少了伤医、闹医事件，医院的服务水平、保障水平、安防能力和医务人员的职业信心也有了很大提高。

喻主任尽管没有给出我需要的答案，但江西在医疗卫生事业最艰难的时候首创江西模式，为深化医疗卫生体制改革创造了一个安定的环境，这一点是毫无疑问。

从古时千里寻医到今天的医闹，甚至伤医、杀医，一个个滴血的问号无不在追问，这种伤害仅仅是医院和医生吗？有一组社会调查数据显示，48.5%的医务人员对执业环境不满意，28.4%的医务人员在选择自我保护性诊疗方式，39.8%的医务人员有过放弃从医的念头，78%的医务人员不希望子女从医。

明天，还会有医生这个职业吗？

九院士炮轰医改

历史的车轮往往会在人们意想不到的地方、意想不到的时候突然出现一个大变道。2005年，就是中国医改的一个大变道，医改史称为"变奏"。

90年代的一场由谁主导的大争论被如火如荼的产权改革淹没了。到了2005年，公立医疗机构公益性已淡如轻烟，医疗领域正在一步步走向欲望的深渊。医院是通往健康的道路，也是通往贫困的陷阱。小病小灾，大病大灾。无数人在发灾难财。业外资本面对中国医疗市场这只巨大的蛋糕，更是垂涎三尺。正当公立医院处于风雨飘摇的时候，2005年5月

24 日，卫生部下属《医院报》头版头条刊发了卫生部政策法规司司长刘新明的一篇文章《市场化非医改方向》。这篇"陈词滥调"在系统内部报纸发出来，并没有引起社会的关注。这一问题在卫生系统内部已经争论了 20 多年，业内人士早已司空见惯。早在 5 月初，卫生部副部长马晓华也说过类似的话，产权制度改革，不是医疗制度改革的主要途径，我们决不主张民进国退。这话同样被当成了笑话。2004 年 7 月，国务院法制办公室科教文卫法制司副司长宋瑞霖曾公开表态："国资将逐步退出公立医院。"还说，《医院体制改革指导意见》正在制定，有望几个月内出台。

6 月 20 日，《中国青年报》引用《医院报》5 月份的报道，又将刘新明的"市场化非医改方向"观点传递给大众。《中国青年报》一向以"推动社会进步，服务青年成长"为己任。80 年代后，《中国青年报》报道了大量改革中存在的深层问题，成为改革先锋报。青年报这一信息传递，被迅速解读为卫生部的表态，一时间引起了全社会的普遍关注，"看病贵看病难"、医疗服务的社会公平性差、医疗资源配置效率低等问题引起了社会热议，但还不足以引爆医改的话题。

7 月 28 日，《中国青年报》又刊出由国务院发展研究中心负责的最新医改研究报告。报告通过对历年医改的总结反思，得出一个结论："我国医改基本不成功。"医改困局的形成，是将近二十年来医疗服务逐渐市场化、商品化引起的。之所以出现这种情况，和政府对医疗卫生事业的主导不足、拨款不足有关。所以，"核心问题在于强化政府责任"，医改路向选择上应以政府主导，公有制为主导，坚持医疗卫生事业的公共产品属性。一句话，医改撞"南墙"了。这还不是一般的"撞"，而是南辕北辙。并且将"看病贵、看病难"也归咎于这惊天一"撞"。

不撞南墙，很多人对医疗卫生工作中存在的问题视而不见。这一撞，许多问题都暴露无遗。一是新老传染病问题形势严峻。全国结核病患者有 450 万，仅次于印度。每年新发生结核病人 150 万，占全球 15%。乙肝病毒携带者占世界三分之一。血吸虫病患者仍有 85 万。艾滋病感染者

65 万。手足口病、SARS、禽流感时刻在威胁着中国人的健康。二是慢性病问题突出。全国每年约有 300 万人死于心血管疾病，每年新发心肌梗死 50 万，偏瘫患者 200 万。高血压患者每年以 700 万递增，预计全国有高血压患者 2 亿。糖尿病已成为全球增长最快的国家之一，按照现今的递增速度，2050 年将达到 5930 万。全国每年大约有 1000 万农村人口遭遇慢性病，陷入"因病致贫、因病返贫"的困境。三是影响妇女儿童健康的疾病居高不下。每年约有 20－30 万先天畸形儿出生，先天残疾儿童总数高达 120 万，宫颈癌、乳腺癌成为威胁妇女健康的主要疾病。婴儿死亡率达 15.3‰，孕产妇死亡率达十万分之 36.6。

医改的盖子再也捂不住了，矛头直指"市场化"。市场已经失灵了，政府再要失灵，医改这条"航空母舰"就要彻底沉没。中国医疗卫生事业暗流涌动。明眼人都知道，这已经不是一场耍嘴皮子的论战，而是事关改革成败。7 月 1 日，卫生部部长高强在中宣部组织的形势报告会上，对医改方向的措辞是：既要坚持政府主导，又要引入市场机制。高强又在中国医院协会报告会上剖析了老百姓反映强烈的"看病难、看病贵"问题，认为"病因"有六个方面，一是医疗资源结构失衡。全国 80% 的资源在城市，20% 的资源在农村。高新技术、先进设备和优秀人才都集中在大城市大医院。二是财政投入严重不足。卫生支出只占政府总支出的 2%。中国医疗卫生事业大部分贡献来自老百姓的税收，老百姓治病是第二次掏腰包。三是医疗保险发展缓慢。农民医保不到四分之一。四是药品流通秩序混乱。药品价格节节攀高，老百姓无法忍受。五是公立医院逐利明显。医院 90% 以上的收入靠自己挣，有钱大家分，上下都高兴。六是医疗市场监管不力，造成医疗无序发展。高强又说，"病"冻三尺，非一日之寒，解决这个医患矛盾也不要指望"毕其功于一役"。所谓"病"来如山倒，"病"去如抽丝。老百姓的病能等得起吗？但不管怎么说，云缝里总算透进了一缕阳光。

这期间，政府高层也郑重表过态，本届政府在医疗改革上一定有进步。有消息说，卫生部正在会同相关部委制定新的医改方案。但何时出台，没有时间表。

2005年9月，联合国开发计划署驻华代表处发布《2005年人类发展报告》，指出中国医疗体制并没有帮助到最应得到帮助的群体，特别是农民，所以结论也是医改并不成功。这一结论不是与国务院发展研究中心课题组结论的简单重复，而是直接把视角投向了中国最弱势的群众——农民，从更高层面审视中国医改的成败得失。

2006年5月22日，社科文献出版社和中国卫生产业杂志社再次联合抛出《医疗卫生绿皮书》，列举了十年医改的五大窘状：一是医院越建越气派。二是贵重药品越"卖"越好。三是高端设备越来越抢手。四是医疗费用越来越昂贵，有病不敢就医。五是医生变成了商人，眼睛只盯着病人的口袋。

强大的国际和国内舆论压力，迫使中国医改这条"航母"不得不掉转航向。2006年9月，一个由国家发改委主任和卫生部部长共同出任组长，11个有关部委组成的医改协调小组成立，新一轮医改正式启动。2007年初，医改协调小组委托6家机构对新一轮医改进行独立、平行研究，为国务院决策提供参考。为了减少医改失误，委托机构后来增加到9家。

古人说，上医医国，中医医人，下医医病。很多专家认为，现在的医学史就是一部下医学史。在世界上，医改失败的教训总是多于成功的经验。中国能不能开创一门现代上医学史，在很多人心里仍然是一个大大的问号。医改航母在缓缓掉头，航母将驶向何方，没人知道。

2007年3月，全国两会召开。政府工作报告中明确提出，要加快卫生事业的改革和发展，着眼于建设覆盖城乡居民的基本卫生保健制度。政府工作报告再次引爆医改话题。中国医改就像一个火药桶，到了老百姓极不满意无法忍受的临界状态，只要有一点火星就能引起连环爆炸。

巴德年委员就是这一点火星。时任浙江大学医学院院长巴德年，免疫学家、中国工程院院士、全国政协委员。巴德年是医学界德高望重的学者，也是一个"炮筒"，性格直率，说话尖锐。他在网上看到长春某医院干部病房十分豪华，毫不客气说，这是腐败的一种变相反映。有人说，医改是世界难题。他说，只要心里有老百姓，世界难题就不难了。

3月11日上午，巴德年代表钟南山、李连达等9位医疗卫生界中国科学院、中国工程院院士委员做联合发言。发言题目是"加快覆盖城乡居民医疗保健制度的建设，及早解决'看病贵、看病难'问题"。巴德年直陈医疗体制弊端，为医改世界难题开"中国药方"：

新中国成立以来，我国的卫生事业得到空前发展，许多传染病得以控制，性病被根绝，人均寿命、婴幼儿死亡率等指标都有了明显改善，曾被世界卫生组织（WHO）、世界银行等机构誉为发展中国家的典范，赞誉中国只用了世界上1%的卫生资源，解决了占世界人口22%的卫生保健问题。遗憾的是，时隔20年后，中国的医药卫生总体水平被WHO排在第144位，而卫生公平性竟被排在第188位，全世界倒数第4位。这与我国的大国地位，与我国飞速发展的经济状况，以及与我国的国家性质相差甚远，医药卫生事业的严重滞后已成为我国社会发展的瓶颈。

究其原因，主要是在社会主义市场经济体制下，淡忘了医药卫生事业的公益性质，忽略了"以人为本，健康第一"的理念。我国政府向世界宣布的"人人享有卫生保健"的承诺，没有兑现。

世界上无论发达国家还是发展中国家，都把卫生投入列入国家财政支出的重要科目，姑且不说发达国家用于医药卫生开支均占GDP的10%以上，就连巴西也为7.9%，印度为6.1%，赞比亚为5.8%，中国只为2.7%。而且，中国政府的卫生投入在整个医药卫生总支出的比例，也逐年减少。1985年政府预算卫生支出占卫生总费用的比例为38.58%，1995年为17.97%，2000年以后只剩下15%左右。相反，让老百姓自己掏腰包、支付医药费的比例却逐年增加，1985年为28.46%，1995年为46.40%，2000年以后竟一直接近60%。

其实，贵不贵是一种"感觉"，一种"心态感受"。只有当自己不得不消费，而自己的经济条件又难以承受时，即刻就感到贵。老百姓有病看病，是一种不情愿消费，但又不得不消费的极特殊的消费形式。消费多少不是由患者自己决定的，而是由病情决定，由医院决定。如果像大多数国家那样，病人的医疗费大部分甚至绝大部分由医疗保障体系承担，病人只是去看病、拿药或者动手术，他们就不会感到贵了。

多年来，我国某些部门以"中国国情"为由，宣称中国不能走国外全民医疗的老路，要走一条自己的"改革路"，走的结果是走到了第 188 位，走到了老百姓极不满意，并且无法承受的地步。

……

当前卫生部的职权范围和权威性已彻底地今不如昔。管人口的不管健康，管医的不管药，管西医的不管中医，管城市医保的不管农村，政出多门。这样不仅效率低下，还容易酿成推诿扯皮、失误和腐败。

小康不小康，关键看健康。我们期待并为之奋斗的目标是：我国人口数量适中、人口结构合理、全体国民都享有医疗保障，国家有完整、系统、高效的卫生服务及应急体系，有较好的医疗水平和科研能力，大多数国民身心健康。

巴德年的发言多次被鼓掌打断。

巴德年等九位院士为医疗改革开出了三剂"药方"：一是中央财政主要投向建立健全覆盖全国城乡居民的医疗保障体系，包括新农合和农村城市居民医疗保障体系的建立和运转。地方财政也应当主要投向医疗保障体系、乡镇卫生院的装备、社区医疗服务的装备和人才培训。二是国立、公立的大医院要加强管理，不得资产流失，确保医疗水平不断提高和服务质量明显改善。逐渐实行国立医院国家管，公立医院地方政府管，收支两条线，平衡预算，合理收费。三是建议下届政府设置国家人口与健康委员会，统筹管理国家的人口与医药卫生事业，及早颁布实施《中华人民共和国人民保健法》。

巴德年的发言把十三亿中国人的思想搅动了。新闻媒体也直击医改五大关键词，新型农村合作医疗能不能让 9 亿农民负担再轻一些？社区医院能不能承担更多的医疗服务？医疗保险能不能覆盖更大一些？传染病防控能不能储备更多的技术和人才？医疗投入能不能与 GDP 增长同步？

从九十年代到现在的跨世纪之争以市场主导惨败而告终，全民医保也不再有悬念，中国医改将拿出一个什么样的模式正等待揭晓。

医改体系是一座大厦，也有"四梁八柱"。"四梁"包括公共卫生体系、医疗服务体系、医疗保障体系、药品供应体系，"八柱"包括医疗管理机制、运行机制、投入机制、价格形成机制、监管机制、科技和人才保障、信息系统、法律制度。其目标就是要建立一个人人享有基本卫生医疗的服务体系。

2007 年 5 月底，国家发改委等部门组织召开了中国医药卫生体制改革国际研讨会，对医改方案进行了一次评审。10 月份，开始征求专家意见。此后，正式医改方案一直处于酝酿之中，没有公布。由此可见，这个引起亿万民众关注医改方案出台是何等地慎重。同月，中共十七大召开。十七大报告又进一步指明了方向，要坚持公共医疗卫生的公益性质，并首次完整提出中国特色卫生医疗体制框架由公共卫生服务体系、医疗服务体系、医疗保障体系、药品供应保障体系四部分组成。

2008 年 10－11 月，国家发改委公布酝酿已久的《关于深化医药卫生体制改革的意见（征求意见稿）》，公开向社会征求意见。与人民切身利益息息相关的医改还是让人民做主。2009 年 3 月，中共中央和国务院正式发布医改意见和实施方案。中国人盼望了二十年打破城乡壁垒实行全民覆盖的新型基本医疗卫生制度横空出世。近期目标，到 2011 年，基本医疗保障制度覆盖城乡居民，初步建立基本药物制度，进一步健全城乡基层医疗服务体系，普及基本公共卫生服务，公立医院改革试点取得突破，切实缓解"看病贵、看病难"问题。中期目标，到 2020 年，基本建立覆盖城乡居民的基本医疗卫生制度。

新一轮医改转眼又过去了十年。时间是检验是非成败最好的标尺。中国人可以自豪地告诉世界，中国只用了很短的时间建立了世界上规模最大的基本医疗保障网，居民参保率稳居 95% 以上，城乡大病保险制度覆盖了 10 亿多居民。看病难、看病贵问题得到有效缓解，超过 80% 的居民 15 分钟内能够达到最近的医疗点。逐步形成"国家、省、地市、县、乡"五级远程医疗服务体系，84% 的县级医院达到二级及以上医院水平。全国已有 21.5 万名医生注册多点执业，大医院专家到基层看病已经成为常态。基本药物数量由原来的 520 种增加到 685 种。实行了进口药品零关税，大幅降低抗癌药等药品价格。2018 年大病专项救治病种范围扩大至 21 种，1212.7 万人得到分类救治，覆盖 95.26% 的大病和慢性病患者。2018 年个人卫生支出占卫生总费用比重下降至 28.7%。中国人主要健康指标总体上优于中高收入国家平均水平。

世界难题难就难在观念转变。国民不禁要反思，一个观念转变为什么转了二十年，真的就这么难吗？这二十年，中国付出了多少生命的代价，又给老百姓造成了多少心灵创伤？其实转变观念不难，难就难在驱除心里魔障。

第六章　使命召唤

光明与微笑同行

光明诞生于黑暗，又把黑暗照亮。渴望光明是人的天性。对于生命来说，光明意味着可知、可及和希望，黑暗意味着恐惧、孤独和终结。人一旦失去了光明，世界便会变成一片死寂。《灵枢·经脉》上说，人体小腿外侧，腓骨前缘有一处经穴，叫光明穴。它掌管着人的光明。

微笑是人类共同的语言，也是最美丽的语言。它是光明在人体激发出的一缕阳光，不但能照亮可视世界，还能照亮情感世界。马克·吐温说："人类确有一件有效武器，那就是笑。"微笑有一种魔力，只要嘴角微微上扬，世界便如沐春风。世界精神卫生组织在1948年就确立了一个唯一庆祝人类行为表情的节日——世界微笑日，日子是每年的5月8日。一笑化纷争，一笑解千愁。

光明和微笑对人类而言，就像水和空气一样重要。

有一种病让人慢慢失去光明，它叫白内障。有一种病让人天生就不会笑，它叫唇腭裂。

南昌市蒋巷镇有一位80岁高龄的老人，叫罗春花。2009年9月的一天，老人突然对儿子说："娘怕是陪不了你们多久。"

儿子望着满头白发的老娘，心里凄苦而又紧张："咋了，是不是哪里不舒服？"

这些年，家境也没个宽裕的时候。娘都八十了，还是跟自己饱一餐饿一餐，没过过一天好日子。他就怕娘病，这一病又不知道上哪找钱去。但人吃五谷杂粮，哪能不得病？

娘感受到儿子的紧张，说："没啥，就是眼睛完全看不见了。"

儿子咬紧牙关说："去医院。"

娘叹了口气说："算了，土都埋了半截的人，不花冤枉钱。"

娘已经是第三次跟儿子说眼睛的事。娘唯一的爱好是看电视。看电视也不是看电视里的情节，而是看热闹。很多人说喜欢安静，其实错了，热闹才是人最好的陪伴。有时，老人看着看着就睡着了。醒来时一脸歉意，咋又睡着了。儿子尽管心疼电费，但也只有电视能孝敬娘，看吧，花不了两个钱。娘其他都节省，唯有看电视不说节省。看了睡，醒了又看。前几年，娘离电视越来越近，说看电视好吃力。儿子没理会。一年前，娘又说，眼睛好难受，恐怕要瞎了。儿子仍没理会。儿子不是不知道娘想去医院看眼睛，这一去，几年的积蓄都未必够。娘看电视也就是听个响声，不看就不看。这次不一样，娘完全看不见，衣服都穿反，再不上医院，邻里怎么看自己？

罗春花经不起儿子劝，来到医院。医生告诉罗春花，患的是白内障，要做手术。罗春花听说做手术，拉着儿子就往外走。儿子心里也犯怵，脚不由自主跟着娘往外移。孝心很脆弱，刚刚与艰难碰撞就碎裂了。这时，医生递给老人儿子一张申请"光明·微笑"工程的表格说，把表填了就能免费手术。填一张表格就能免费？儿子不敢相信。医生微笑着重复，填表就能免费。

一个月后，罗春花视力恢复正常，一个明亮的世界又回到了她的眼前。

这样的故事同样发生在一位 103 岁的老人身上。老人五代同堂，不见儿子和孙子已有二十多年，曾孙以下更是"不见其人、只闻其声"。老人经过白内障摘除手术后，一只眼睛视力恢复到 0.5。哪怕是一只眼睛的世界，同样带给百岁老人无限精彩。

一对夫妻双双患白内障，失明多年。在"光明·微笑"工程普惠之下重见光明。

妻子揭开纱布之后，深情望着丈夫说："你老了。"

丈夫也揭开纱布望着妻子说："就是老，也想看着你老，陪着你老。"

德兴市爱心幼儿园有一个叫小婕的小姑娘，白皮肤，圆脸蛋，大眼睛，小嘴巴，脸上不时露出甜甜的微笑。你很难想象她曾经是一位唇腭裂患者。几年前，当小婕用她第一声啼哭跟世界也跟父母撒娇时，没想到自己的声音是这么破碎而无力。她没有看到一张灿烂的笑脸，只看到一双双惊愕的眼神。她止住了哭声。这世界是怎么了？对一个新生命竟然如此冷淡。她想用更响亮的哭声表示抗议，但哭声刚冲出喉咙便碎裂在并不算大的空间里，她无奈收起了啼哭，用冷漠应对冷漠。当小婕含着母亲的奶头时，她明白了这世界为什么没有笑脸，因为她无法笑，甚至无法吮吸母亲的乳汁。声音破碎是因为嘴唇破裂。她很感激母亲没有嫌弃她，不能吸奶，就拿勺子一口口地往嘴深处喂。每次喂奶后，还不能马上躺下。有几次因为躺下，奶从鼻子里又呛了出来，气得她大哭。哪怕是破碎地哭，也要让世界知道，再残缺的生命都有脾气。感谢母亲每次都能很快领会她的意思，并且及时纠正错误做法，有时为了纠正一个错误而彻夜不眠。母亲就是有一个毛病无法改，她虚荣心太强，从不敢把她抱出去见人。我都不怕人笑话，你怕啥？残疾就不能见人？这个世界还残缺不全呢！但这种想法等她做完唇腭裂修复手术一年后，就彻底改变了。残缺不可怕，一个人不能没有歌声，不能没有笑容。现在她不但能自由自在地笑，还能放开喉咙唱，快快乐乐地跳。

小婕也是"光明·微笑"工程的受益者，仅手术费就花了两万多，这对尚不富裕的父母是一个天文数字。

"光明·微笑"工程是江西省整合新农合资金、医疗保障基金、医疗救助资金、国际援助资金和其他财政性资金在全国首创的第一个重大民生工程。这项工程源于一次普查。之前，江西组织专家和医务人员行程万里，对全省白内障和唇腭裂患者进行了一次普查。普查得出的结论，江西有 20 万名白内障患者，1.2 万名唇腭裂患者，并且患者正以每年 8% 到 10% 的速度递增，这些患者绝大多数无钱医治。普查结论摆在省政府领导案头，让领导揪心。一个让无数老百姓渐渐失去光明、让无数孩子无法用微笑面对人生的施政者如何去面对苍生！有没有可能解决？如何解决？领导是在问自己，也是在问肩负同样使命的同事和部下。

江西是中部地区一个经济欠发达省份。从经济实力来说，江西像小学生。但江西省历任领导在这块红色土地上，一直传承一种不屈不挠的红色基因。小学生又怎么样？小学生做不了高等数学，加减乘除还不会？如果等到江西上了"大学"再来管老百姓的死活，老百姓能答应？再说没有全省人民参与，这个"大学"还怎么上？就是这个"加减乘除"让江西在保持经济持续增长的同时，各项民生工程不弱于经济发达省份，有的甚至超过发达省份。

譬如说江西的地形地貌像一个手掌，鄱阳湖是掌心，五大河流是五根手指，手指连着掌心。在保护"一湖清水"，江西先做的是"减法"，走绿色崛起之路。在鄱阳湖流域不搞危及生命安全和人民健康的项目，不搞严重污染和破坏生态环境的项目，坚决不搞"黄赌毒"项目。接着再做"加法"，构筑高新矿产产业，发展低碳与生态经济，同样做到了百花争艳，一枝独秀。

又譬如说，原江西省卫健委主任丁晓群就是一个做"四则运算"的高手。在补齐医疗卫生服务体系"短板"上做"加法"，实施"提升县级医院综合能力三年行动计划"，促使县域内就诊率达 86.6%、医保资金使用占比达 60% 以上。在控制公立医院规模扩张上做"减法"，建立公立医院床位规模分级备案和公示制度，合理控制了公立医院数量和规模。在深度创新医疗服务上做"乘法"。实施新一轮改善医疗服务行动，突出贫弱人群优先受益原则，实行集中救治或专项救治。在构建整合型医疗卫生服务体系上做"除法"。远程医疗服务体系覆盖所有县域，社区卫生服务中心均与二三级医院建立了稳定的技术帮扶和协作关系。

"光明·微笑"工程对一个省的发展来说，做的就是"减法"。只有老百姓的疾患减少了，才能凝心聚力干事业。决心下了，办法就不难找。省政府很快整合了 3.04 亿元资金，建立了由省政府领导牵头，卫生、宣传、民政、财政、残联等八部门为成员单位的联席会议制度，省、市、县三级联动，各级定点医院调集实施手术的精兵强将，对所有视力≤0.1 的白内障和唇腭裂患者实施专项免费救治，首开全国重大疾病免费救治先河。自 2009 年 5 月至 2012 年 9 月，江西共免费救治白内障患者 201568 人，唇腭裂患者 9121 人，为 21 万人带来了光明和微笑。整个工程没有出现一例医疗事故。这是一场声势浩大的丰碑式工程，也是一场温暖民心的持久工程。"光明·微笑"工程启动当年，就被中国卫生杂志评为年度全国最具影响力的医改新举措。

随着人口老龄化加剧，世界卫生组织预测，到 2020 年，盲人总数将增加到 2000 万。江西"光明·微笑"工程历时十年，已经让 33.23 万名白内障患者重见光明，为 1.25 万名唇腭裂患者带来微笑。这在世界总量里占的比例尽管很小，但在世界光明行动中不失为一个典型范例。

改革没有现成的路可走，摸着石头过河也许是最好的路。江西做重大疾病免费救治的"减法"并没有到此止步。在之后的十年里，江西省先后投入 56 亿元资金用于重大疾病救治，一个接一个重大疾病救治项目陆续在全省落地，挽回了一个个鲜活的生命，成就了一个个幸福的家庭。2010 年，对儿童先天性心脏病、儿童白血病实施免费救治。2011 年，对贫困尿毒症患者实施免费血透救治。2012 年，对贫困家庭重症精神病患者实施免费救治。2013 年，对农村贫困家庭妇女乳腺癌和宫颈癌患者实施免费手术治疗。2014 年，启动重度聋儿人工耳蜗救治康复项目。2015 年，对贫困家庭艾滋病机会性感染患者实施免费救治。2017 年，在启动实施了 15 种重大疾病专项救治工作的同时，还启动了免费婚前医学检查，目前婚检率已稳定在 95% 以上，筑牢了预防先天性疾病的第一道防线。江西做"减法"保健康促发展的医改经验连续十年登上了全国年度"医改十大新举措"荣誉榜。

江西有一位德高望重的老人，叫龚全珍，今年96岁，全国道德模范，农民将军甘祖昌的夫人。人都尊称她"老阿姨"。她的人生脉络和人格风范就是《感动中国》2013年度十大人物的一段颁奖辞：

> 少年时寻见光，青年时遇见爱，暮年到来的时候，你的心依然辽阔。一生追随革命、爱情和信仰，辗转于战场、田野、课堂。跨越万水千山，脚步总是坚定，而爱越发宽广。人民的敬意，是你一生最美的勋章。

2019年3月底，龚全珍到萍乡市人民医院检查身体，终于忍不住对医生说："我想看书"。萍乡市人民医院首席眼科专家何建中立即给老人检查，双眼视力均不到0.1，均患有最重度"5级核"白内障。白内障又称"白老虎"，就是人常说的"老眼昏花"。人眼就像高精密的照相机，晶状体相当于照相机的镜头，镜头变污浊了，视力就会下降，白内障就发生了。对于80岁以上的老人来说，发病率几乎是百分之百。白内障按晶状体核硬度分为5级，"5级核"白内障，从外观上看，晶状体呈棕褐色或黑色，硬得像石头。"老阿姨"的白内障已经到了非常严重的地步，加上年纪大，又患有高血压，手术难度非常大。

江西实施"光明·微笑"工程已整整十年，江西任何一位患白内障的老人都能免费得到救治，"老阿姨"为什么才想到做白内障摘除手术？负责老人保健的医生没弄明白，一直活在愧疚里。倒是"老阿姨"的女儿说出了老人的心事。老人隐瞒了病情。自己不说，还不让家里人说，怕给大家添麻烦。老人一生都是如此。她是西北大学教育系毕业的知识女性。1957年，随丈夫甘祖昌将军回到江西老家，除了将一生奉献给山乡教育，还赤脚下田，荷锄上山，与乡亲同甘共苦，从不给人添麻烦。凭她的性格，十年前不可能与乡亲争"光明·微笑"资源。十年后，乡亲们都病有所医，她终究没经受住书的诱惑，这才想做手术。

　　"老阿姨"尽管不是江西"光明·微笑"工程的最后一人，却用她的道德力量证明工程取得了巨大成功。

　　截至 2019 年 8 月，江西先后对贫困家庭儿童先心病等十种大病实行免费救治，对食道癌、肝癌等 20 种大病实行集中救治或专项救治，累计救治 123.7 万余例。在回顾江西重大疾病救治项目走过的十年历程时，省卫健委一位中层领导无限感慨："我们不仅是把'光明·微笑'工程做得最持久的省份，而且是实施大病免费救治和专项救治项目救治病种最多、救治范围最广、救治人数最多、质量保障最好的省份，也是最富有生命力的省份。"这话说得好，只有健康才能赋予一个省、一个国家的生命力。

　　江西的生命力来自做"四则运算"，来自对全民健康的呵护。56 个亿也许只能办一家大型企业，一家企业的效益是有限的。但用在老百姓头上却换来了百万人的健康。且不算这百万生命为江西带来多少财富，仅就他们的疾病而言，就可以拖垮百万个家庭。江西如果失去了这百万家庭，这只"手掌"还能举起来吗？如果站在这个角度算账，56 个亿产生的效益几乎是几何级数增长。

　　同样一批种子，落在江西的红土地上，长出来的苗不同，开出来的花、结出来的果也不同。医药卫生体制改革是世界性难题，推进公立医院综合改革更是深化医改的难中之难，也是解决老百姓看病难、看病贵的最后冲刺。江西人有勇气，有智慧，还有兼济天下之德，曾经能为新中国贡献红色基因，在公立医院综合改革上，同样能闯出自己的路子。

　　"5、4、3、2、1"。2017 年 9 月 9 日零点钟声敲响，江西省全面推开公立医院综合改革"零点行动"。随着原省卫计委主任丁晓群的一声令下，江西医改迈入了一个新时代。全省医疗机构信息系统在老百姓的睡梦中成功切换，完成了数据无缝对接，彻底告别了"以药补医"的旧时代。

　　这一夜，对普通老百姓来说，也许就是一个梦。但对公立医院而言，却完成了这个梦的梦想。

到 2019 年，江西医疗卫生支出年均增幅达到 19.13%，占财政支出的比重从改革前的 6.85% 提高到 9.51%。其中，公立医院财政补助收入占总支出的比例由改革前的 8.1% 提高至 13.2%，超出同期全省财政支出预算增幅。江西以综合性医疗服务价格改革为杠杆，加快了构建公立医院经济运行的新机制。2018 年，全省公立医院药占比降至 30.2%，医疗服务收入占比达到 31.5%，公立医院取消药品加成后的实际补偿率达到 100%，医院改革内在动力不断增强。江西还围绕降低药品虚高价格，实施了新一轮药品集中招标采购，全省 944 个"双信封"中标品种比原中标价平均下降 23.6%。组织开展抗癌药省级专项集中采购，235 个中标品种比原采购价平均下降 9.3%。全省居民个人现金卫生支出占卫生总费用的比重降至 26.94%。

这次"零点行动"是江西医疗卫生一次净化灵魂的行动，它用事实见证了红色基因没有变异。人民健康就是一名医务人员的最高使命，读懂老百姓的愿望就是一个医者不平凡的人生。

精神有一座高峰

在江西卫视三套的演播室里，我见到了一位身患绝症的医生，她叫郭璐萍。

三年前，南昌市第三人民医院下的结论是，好则活个三五年，不好超不过八个月。郭璐萍显然已经熬过了最糟糕的情况，但生命仍然进入了倒计时。陪她同来的丈夫刘君一脸忧伤地告诉我，她再躺下，就可能永远起不来了。

郭璐萍是一个成熟而漂亮的女人。她穿着一身碎花红色连衣裙，皮肤洁白，身材苗条，柳眉细长，两眼明亮，戴着一副金丝眼镜，一头黑发盘踞在脑后。我甚至在她的眼角都找不到一条鱼尾纹。她除了没有女人傲人的双峰，堪称完美。这是一个身患绝症的女人吗？她眉宇间没有丁点忧愁，脸上也看不到半点悲伤，甚至说话都听不出一丝凄婉。

编导让她讲从医经历。她波澜不惊，娓娓道来，平静得像在讲别人的故事。

郭璐萍，1976年2月出生，井冈山医专医疗专业毕业，新余市妇保院妇产科副主任医师。她在妇保院工作的14年半时间里，做了4000多台妇产手术，平均每天有一台手术。妇产科是妇保院最忙的科室。或许是忙的原因，她结婚16年，一直没有要孩子。

温风入南牖，织妇怀春意。春天在孕育生命之前，总是先把脉脉的春情传递给人间万物。2014年3月的一个晚上，郭璐萍早早就回到家里。或许是接到春天传递的信息，她与丈夫刘君一个粉面含羞，一个情意满怀。刘君紧紧抱住郭璐萍，卧室里顿时春意盎然。

刘君说："春天做证，让我们都记住今天的日子。"

郭璐萍嘤呜细语："今天是什么日子？"

刘君说："一个生命诞生的日子。"

郭璐萍被丈夫的柔情融化了，疯狂地吻着丈夫，像是要让暴风雨来得更猛烈一些。可惜的是，轰隆隆的雷声刚过，便让郭璐萍一句话惊散了满天风云。

郭璐萍说："我申请了援外医疗。"

刘君有些恼怒："这么大的事，为什么不跟我商量？"

郭璐萍轻声说："这不是和你商量吗？"

刘君说："没商量。不同意。"

郭璐萍也紧紧抱住刘君："就两年。两年后，我第一件事就是生宝宝。"

刘君说："不反悔？"

郭璐萍咯咯地笑："不反悔。反悔你就吃了我。"

刘君气还没消，狠狠咬了郭璐萍一口，很是无奈："还不知道是谁吃谁。"

春天里一个"生命"就这样流产了。

　　2014 年 11 月 29 日，经过长达 7 个月的培训和 4 天的日夜兼程，郭璐萍随中国第 21 批援外医疗队 11 名新队友一起抵达了北非突尼斯西迪·布济德省。

　　西迪·布济德省位于世界上最大的沙漠撒哈拉大沙漠边缘，受南北信风影响，阳光炙热，降水稀少，气候干燥，绿色植物很少。

　　到西迪的第二天，时差还没倒过来，郭璐萍便一头扎进了妇产科。郭璐萍学历不高，但长期在妇产科一线工作，几乎成了一名全科医生，门诊、B 超、做手术"一条龙"式服务。每天下来，她要做完 20 个 B 超，还要上少则四五台、多则十多台手术，一天要站十多个小时。坐门诊对她来说，是一种最奢侈的享受。她很少能按餐按点吃饭，常常吃几口干面包，喝一杯水，又接着上手术台。她在援非期间，累计完成手术 600 多台，迎接了 1436 个非洲新生命。她成功抢救过前置胎盘大出血、产后大出血至休克的产妇。打破常规，20 分钟内独立完成产妇大量脐带脱出抢救手术。采用子宫动静脉上行支高位结扎术加子宫背带式缝合手术，有效治疗了妇女子宫收缩不良。

　　2015 年 3 月 16 日凌晨 4 时，突尼斯西迪大区医院一名孕妇频繁子宫收缩，胎心音只有 60 次/分钟。按常规，这么低的胎心音基本都是放弃胎儿，确保母亲安全。郭璐萍在极短的时间里做出了自己的判断："急性胎儿宫内缺氧。"也就是说，胎儿被死神用脐带扼住了喉咙，必须在胎儿能承受的最大限度前将生命从死神手中解救出来，否则就是死亡。

　　郭璐萍冷静地对当地麻醉师发出指令："Locale！（法语：局部麻醉）"

　　两位麻醉师似乎没反应过来，这个中国医生是要和死神打架吗？

　　郭璐萍容不得手下人迟疑，大声吼起来："Locale！Locale！"

　　麻醉师吓了一跳，但还是迅速执行了局部麻醉方案。郭璐萍连刀柄都顾不上装，直接抓起薄薄的刀片切开了母亲的腹部。胎儿取出来了。子宫里只有十几毫升羊水，胎儿颈部被脐带紧紧缠绕。郭璐萍以最快的速度帮婴儿挣脱了死神的纠缠。一声响亮的啼哭划破西迪空旷而干燥的夜空，像是向死神发出的怒吼，又像是对帮助过他的一双中国医生的手发自肺腑地歌唱。麻醉师算算时间，从孕妇进手术室到胎儿取出，仅仅用了三分钟。之前，医院同种情形下抢救都是零成功。

麻醉师抓住郭璐萍小巧玲珑的手看了又看："这是一双什么样的手？"

郭璐萍笑："是一双长了'眼睛'的手。"

麻醉师情不自禁伸大拇指："中国医生，顶呱呱！"

回国后，郭璐萍跟人说起这个成功的病例。有人就问："你想过失败吗？"

郭璐萍说："在病人危急的时候，医生不自觉会选择一条最佳化解危险的途径，只想如何做好，没时间想失败。"

我相信郭璐萍这样的表达。成功和失败只是一种功利的价值判断。生死关头想得越多，死得越快。郭璐萍是一个简单的人，有时简单得像一张白纸。除了医疗规范，一切都是率性而为。你不要问为什么，问了她也是一句话，我没想那么多。因为简单，她从医二十多年，没有出过一次医疗事故。因为简单，她的言行有时候像孩子。

4月12日12时30分，郭璐萍已经下班。突然，接到妇产科打来的电话，一名产妇脐带脱垂，胎儿生命危在旦夕。她没多想，迅速回到医院。

这时，产妇在哇哇大哭。

生命的关联是一种奇妙的感觉。从母亲感觉肚子里有一个小东西在律动，这种关联就开始了，时间越长，关联度越高。一旦要失去，就像剜母亲身上的肉。郭璐萍没有做过母亲，却在她有限的从医生涯中迎接过两万多个新生命。这两万多个新生命看到的第一张笑脸都是她的笑脸，这种生命关联同样很微妙。

郭璐萍没有迟疑："上手术。"

护士说："妇产科只有一间手术室，正在做手术。"

郭璐萍一急声音就大了："去外科手术间。"

护士说:"按规定,外科手术间不能做剖宫产手术。"

郭璐萍大声喊:"规定重要,还是人命重要?找总医监来说话。"

总医监来了,仍是那话。

郭璐萍心里急,还是无法把声音压下来:"再不做手术,胎儿就保不住了!"

总医监没想到一个温柔的中国女人急了,也会张牙舞爪。他摊开双手说:"要去就去喽。外科护士可不懂剖宫产操作程序。"

郭璐萍管不了那么多,竟然一个人完成了医生和护士所有手术操作程序,迎来了一个活蹦乱跳的新生命。如果郭璐萍不简单,就绝对不会越过外科那道红线。整个剖宫产手术只花了 20 分钟。手术室内顿时一片欢呼。

"très bien(很好很棒)!"

经此手术之后,医院在外科开辟多个妇产科手术间,用于缓解产科手术押台、产妇抢救不及时的窘况。也是在此之后,郭璐萍开始了一个人同时在多个手术室做手术的先例。就像走象棋,一位职业高手可以同时与几人甚至几十人对弈,同样能保持不败记录。西迪大区医院相当于国内的省级医院,不但产妇多,而且多是危急产妇。在这样的妇产科,医院恨不得把一人当十人用,医生也恨不得把一天掰开当两天用。郭璐萍的"分身术"解决了医院医生少的难题,也挽救了无数胎儿的生命。郭璐萍的杰出表现,不但受到了当地卫生部门和医院的高度赞赏,还得到了西迪大区医生协会的表彰。

持续的高强度工作,郭璐萍的身体被严重透支。早在 2015 年 3 月,郭璐萍的左胸就有些疼痛。她是妇产科的医生,自然知道乳房可能出了问题。但西迪没有相应的检查设备让她做进一步检查,无法判断病情的严重程度,加上工作确实忙,病就搁下了。2015 年 7 月,郭璐萍的左胸又开始一阵一阵地疼痛,并能摸到明显的肿块。她仍然想扛过去。援非医生都是一个萝卜一个坑,甚至一个萝卜几个坑。就是休探亲假也要等卫生部和大使馆下达官方文书，同时由当地医院将病人分流到几百里外的其他医院。在西迪这样的医院仅此一家，妇产科也就这几名医生，她不可能因为自己的一个猜测而向国家申请回国检查。

有一位新余的队友悄悄打电话给刘君："璐萍可能身体出了状况。"

刘君："怎么可能？"

队友："她一个人做了我们5个人的工作，不累垮才怪。你得劝劝她。"

刘君心急如焚给郭璐萍打电话。

刘君再也无法做到含情脉脉："能不能回来？哪怕是检查完就回去。"

郭璐萍也直截了当："不能。每天有那么多病人，我一步都挪不开。"

刘君问："什么时候能回来。"

郭璐萍说："等到国家安排休探亲假才能回去。"

事后刘君才知道，这个不到两分钟的电话决定了爱人的生死。如果那时回来，郭璐萍最多是乳腺癌早期。刘君是一个很爱妻子的人，因为爱，他放弃了要孩子，因为爱，他迁就了妻子的固执己见。尽管如此，刘君还是没有放弃幻想。他找到一名老中医，凭妻子说的症状，开了一个处方。之后，刘君把大包小包的中药寄到突尼斯，也把他的焦虑和幻想寄到了突尼斯。郭璐萍胸部疼痛时，也在这大包小包的中药里寻找希望和安慰。她把熬好的中药装在矿泉水瓶里带到办公室，有空就喝上几口。

当地人问："这是中国 tea（茶）吗？"

郭璐萍说："中国 tea。"

当地人伸出大拇指说："中国 tea 是这个。能让我喝一口吗？"

郭璐萍说："这个 tea 你不能喝，下次回国我带给你。"

2016 年 1 月 25 日，郭璐萍休探亲假，乘机回国。刘君在昌北机场接到郭璐萍，直接把她带到南昌市第三医院接受检查。诊断结果，乳腺癌，中晚期。之前，刘君夫妇曾经有过很多猜测，最好的结果，胸部肿块不是病，最坏结果是乳腺癌早期。现实比他们所有的猜测都残酷。让刘君揪心的是主治医生的一句话："如果早来三个月，肯定不会是这种结果。"刘君可是五个多月前就有让妻子回国的念头。

刘君拉着妻子的手说："是我害了你。下辈子你找个强势的男人，他能让你活得更长久。"

郭璐萍依然很简单："你没有害我，跟着你我没遗憾呀。"

接下来，郭璐萍对主治医生说出了一句惊人的话："非洲还有很多病人在等我，能不能半年之后再来治疗？"

主治医生说："已经晚了，不要命了？"

刘君自然不会再迁就郭璐萍，他让医生尽快安排了切除病灶手术和化疗。手术后的第七天，郭璐萍又做出了一个惊人的举动，让人觉得，这个郭璐萍是不是缺心眼？主治医生在她手臂装化疗"输液港"。

郭璐萍问："'输液港'是不是还可以装在胸口？"

主治医生说："一般化疗病人的'输液港'都装在手臂上，疼痛轻。"

郭璐萍说："我要装在胸口。"

主治医生很惊讶："为什么呀？"

郭璐萍说："'输液港'不能影响我的手，我的手还要捉手术刀。"

主治医生说："你还想捉手术刀？先保住命再说吧。"

郭璐萍说："那不行。我的援非任务还没完成。"

主治医生心里有气："装在胸口等于再做一次小手术，还要自费。"

郭璐萍说："自费就自费。"

在郭璐萍想法里，既然知道是乳腺癌，在哪治都一样，还不如把她牵挂的事先做完。

主治医生没见过这么不听话的病人，都病成这样了，还想去援非。这人是谁呀？捉手术刀，肯定是医生。援非，是援外医生？他把这些零碎的词汇连接起来，确认她是一名援外医生。他把这名"不听话"的病人情况逐级向上报告。最后惊动了卫生部和大使馆，这才制止了郭璐萍的疯狂念头。

没听过郭璐萍讲述的人，肯定会认为这个女人是疯子，怎么会有这么多奇怪的想法？她在回国后的日记中这样写道：

> 我的返程机票还在，我还与几十名孕妇约好了到她们分娩的时候为她们做接生手术。我非常想念我的工作，我的队友，我想早日归队，重返雁群。

郭璐萍的丈夫尽管说不再迁就她，但一旦妻子提出"奇怪"的想法，又不忍心拒绝她。他说："她太想重返突尼斯，回来前连返程机票都订好了，还让我买了好些雨伞和风油精，准备送给那里的患者朋友。"对此，郭璐萍的解释是，她承诺了那里的患者朋友。非洲长年高温，毒虫又多，他们都很喜欢中国的雨伞和风油精。来的时候她答应一定要多带些回去。来之前就订好了一万多块钱的返程机票，她没想过自己回不去。在她的探亲行程里，最可怕的乳腺癌只简单化到做一次检查。但恰恰是简单的检查改变了她的命运。在她的人生设计中，只想不留遗憾地做完每件事，简单的背后并没有复杂的想法。只是她的事传开后，一切都变得复杂起来。

郭璐萍所在的病区都是癌症患者。她看到有些早期癌症患者整天活在恐惧里很惊讶，你怕什么呀？只要配合治疗，没事的。患者问，你是谁呀，医生吗？她说，是医生，也是患者。患者又问，也是早期？她说，晚期，在国外工作耽误了。患者说，你不怕？她说，为什么要怕？她们聊着聊着，身边的患者便多了起来。她讲她的经历，也讲她期待，甚至讲异国风情。她的情绪很快感染了周围的人。因为她，病区有了阳光，有了笑声。

郭璐萍是一个不懂生活的女人。在新余，她没逛过一次街，没陪刘君看过一场电影，甚至没拍过一张婚纱照。她与一切应酬和娱乐"绝缘"，生活轨迹只有从医院到家里的"两点一线"。就是这个家也非常简朴，40多平方米的房子，也仅仅是维系吃饭、睡觉两大功能。她一直是用一百多块钱的老式直板手机，不会玩 QQ，也不会用微信。近一两年，她迫于形势要用微信与外界沟通，才换了一部廉价智能机。中央电视台焦点访谈采访她时，见她家里这么寒酸，随口问了一句，你的钱做什么用了？她在抽屉拿出一包发票。记者连忙回避，我没查你账的意思。她说，查也没关系。记者这才认真查看一张张发票，发现全部是捐款发票。

在演播室里，郭璐萍讲了一个火车上的故事。援非的前一年，她乘动车从南昌回新余。列车广播响了，车上有一名重庆来的孕妇出现紧急情况，需要医生处理。郭璐萍毫不犹豫赶往六车厢，发现孕妇疼痛难忍，这是产前分娩迹象。列车还有 15 分钟就要进新余站。

郭璐萍问孕妇丈夫小张："愿不愿意到新余分娩。"

小张说："我们去广东打工，去新余干吗？"

郭璐萍说："你老婆的情况到不了广东。"

小张急得头上直冒汗："人生地不熟，身上的钱也不够。"

郭璐萍说："我是妇保院的医生，钱不是问题。"

小张跟郭璐萍下车了。小张的老婆需要做剖宫产手术，钱不够，郭璐萍为小张补交了 400 元的费用。小张老婆在新余妇保院平安生下了一个男娃。

小张心里感动，对郭璐萍说："帮我儿子取个名字吧。"

郭璐萍笑："取名字是做父亲的权力。"

小张说："就叫'路平'，行吗？"

郭璐萍笑了笑，什么也没说。之后，郭璐萍在非洲，也有很多父亲取郭璐萍名字里一个字或两个字，放在儿子的名字里。父亲的这种至真至诚，郭璐萍同样没法拒绝。

很多人想出名，却苦于无门。郭璐萍的事传开后，想不出名都难。2017 年 1 月，她上了中央文明办的"中国好人"榜。同年，人社部、原国家卫计委联合授予她"白求恩奖章"，还荣获"全国最美医生"称号。2018 年 3 月，全国妇联授予她"全国三八红旗手"。2018 年 12 月，她被国家卫生健康委员会评为"全国援外工作先进个人"。

2017 年，中央电视台在"寻找最美医生"大型公益活动颁奖典礼上，专门为刘君和郭璐萍这对并不浪漫的夫妻导演了一出浪漫剧。刘君拿着电视台为他准备的绣有一朵栀子花的白纱巾献给妻子，主持人现场为他俩拍了一组"结婚照"。这朵栀子花背后就有一个动人的故事。郭璐萍看病、做手术从不收红包或礼物。一次，她为一名难产孕妇接生，连续工作了十多个小时，心力交瘁。孕妇的婆婆无比感激，又不知道如何感谢郭璐萍。几个月之后，婆婆看到满山盛开的栀子花，便摘了上千朵，紧接着又坐了几个小时的班车来到新余市，守在郭璐萍上班的路上。栀子花不仅香，还能做菜，她要把最新鲜的栀子花送给郭璐萍。郭璐萍看到婆婆伤痕累累的一双手，流出了眼泪，哪还忍心拒绝，硬塞给婆婆五十块钱。

在晚会上，两名来自非洲的孩子肯尼迪和迪安娜代表郭璐萍接生的非洲 1400 多位孩子向"中国妈妈"送来祝福。郭璐萍因为他们不能要孩子，他们都是郭璐萍的孩子。两名孩子用非洲古老的谚语表达了来自遥远国度的思念："善良的人的眼睛，是星星做的。当我们思念她时，可以凝望夜空的星星。"

星星也会散发光芒，郭璐萍的爱何尝不是时刻照亮着这些孩子的心灵，让一个中国在他们心中闪亮。

郭璐萍的颁奖词是："她是'撒哈拉的玫瑰'，关照着撒哈拉母亲和孩子生命安全。"撒哈拉的玫瑰来自千姿百态的沙漠，花朵大而艳丽，犹如一团团燃烧的火焰，哪怕是在干热的强风和炙热的阳光下，依然给荒凉的沙漠带来勃勃生机。

2017 年 5 月 14 日，郭璐萍作为江西省和中国援外医生代表受邀出席"一带一路"国际合作高峰论坛的开幕式及高级别会议。之后不久，郭璐萍受国家卫健委邀请，参加了一个国际妇幼项目。这是一条"健康使者"之路。把中国的医疗资源送到国外，又把国外的医务人员请进来，培养一支不走的援外医疗队。她虽然离开手术台，却比以前更忙了，恨不得把一分钟掰成三分钟用。她以前从不用微信，现在的微信好友里不是非洲总统或大使，就是国内领导人或名人。她心里一直有一个遗憾，没能把雨伞和风油精送到突尼斯。现在她通过"健康使者"之路，或许能填补心中的遗憾。

郭璐萍是一个每次见面都不敢说再见的人。但是，我还是用魔鬼般的残忍发问，什么力量支撑着她没有倒下？

或许在人精神里也有一座高峰，会当凌绝顶，一览众山小！

世纪绝症与生命英雄

在人类医学发展史上，因为有无数生命英雄的前仆后继，很多绝症变成了小病。然而，新的绝症仍在不断出现，呼唤和考验着生命英雄。

20世纪，运动神经元症（渐冻人症）、癌症、艾滋病、白血病、类风湿被世界卫生组织列为人类五大绝症。其中艾滋病死亡率99%，居首位。癌症死亡率98%，白血病死亡率95%，渐冻人症（运动神经元症）死亡率93%，类风湿关节炎死亡率50%。这些绝症绝大多数无法根治，在人心里投下无比巨大的阴影，让人感觉死神近在咫尺，生命无常。

1981年6月5日，美国疾病预防控制中心在《发病率与死亡率周刊》上刊登了5例艾滋病病例报告。这是世界上第一次出现艾滋病的正式记载。艾滋病，全称"获得性免疫缺陷综合征"（AIDS）。曾被译为"艾滋病""爱死病"。这种病可以通过性生活传染，一度让人对男女之间圣洁的爱情产生怀疑，爱情还有一张狰狞的面孔吗？

人天生具有免疫功能，就算遇到细菌、病毒入侵，依靠人体免疫系统，也能自愈。然而，艾滋病病毒（HIV）所攻击的正是人体免疫系统中枢细胞—T4淋巴细胞，致使人体丧失抵抗能力。HIV自身并不引发任何疾病，而是当免疫系统被破坏后，人体感染其他疾病，造成各种复合感染致人死亡。HIV 在人体内潜伏期可长达八九年，主要是通过血液、母婴和性行为传播。艾滋病被称为"20 世纪瘟疫""超级癌症""世纪杀手"。

目前全世界有 3690 万人感染艾滋病，死亡人数达到 1200 万。国家卫健委最新数据显示，中国报告存活艾滋病感染者 95.8 万。中国疾控中心的数据也显示，中国青少年艾滋病感染率近年不降反升，其中 15 岁到 24 岁的青年学生报告发现病例每年都在 3000 例左右，感染者低龄化趋势明显。艾滋病易感染和高死亡率让人谈"艾"色变。

在人类健康遭受最严重威胁的时候，在与疾病搏击的战场上，"白衣天使"就像战场上的士兵，无论你愿意或不愿意，都得冲锋陷阵，与病毒为伴，与死神为邻。

有数据显示，江西自 1994 年发现首例艾滋病病例以来，累计报告艾滋病感染者及病人 21822 例，存活 16586 例，疫情处于全国低流行水平。江西的低流行水平得益于 20 年前的一次破冰之举。

2000 年 12 月，南昌市第九医院被确定为江西省艾滋病防治定点医院，打响江西治艾的第一枪。此后，以省、市、县三级艾滋病抗病毒治疗"定点医院"模式为主的医疗救治体系逐步形成，一场旷日持久的抗艾战役在没有硝烟的战场全面展开。

有着 19 年"以爱治艾"经历的胡敏华就是这支治艾大军里的一名普通士兵。19 年，她用柔弱的双手和慈悲的胸怀救赎了 2000 多个病残的身躯和苦难的灵魂，被誉为"抗艾天使""世界艾友的心灵导师"。

不是谁都有当英雄的机会，也不是谁都愿意得到这个机会。机会突如其来，往往让人战栗。

2001 年的春天，胡敏华坐在南下的火车上，仍心有余悸。她的恐惧来自医院领导的一次谈话。

"组织上想让你参与组建感染二科。"

这时胡敏华还没有感受到危险来临，心里甚至有些感激。她 1988

年从南昌卫校毕业后，被分配到九院，先后担任过妇产科、泌尿生殖科和发热门诊的护士长，组织上总算看到了她，这是要重用？

"感染二科是什么科？"

"它还有一个不能对外说的名字，艾滋病防治科。"

胡敏华像突然掉进了冰窟窿。这哪是重用，分明是在整她。她泪如泉涌，声嘶力竭喊："为什么要把人人都不敢接的烫手山芋塞给我？"

领导也大声说："这是什么话？都不接烫手山芋，难道要让组织抱在怀里？"

领导大概觉得这话不妥，又说："谁说这是烫手山芋？患者是医院的上帝，怎么能说是烫手山芋？这是什么态度？"

胡敏华仿佛像说错了话的孩子，止住了哭声说："算我说错了，领导能不能换个人。"

领导岂能放过这大好机会，缓和了语气："组织决定了，哪能说改就改？先去吧，有机会再说。"

机会是一条鱼鳅，不是人人都能抓得住。胡敏华就这样坐上了去深圳的火车，转道香港，参加"艾滋病预防与控制——关怀与护理"培训班。临行前，又与丈夫吵了一架。这不是欺负人吗？你老婆天生就是让人欺负的命。咱不干了。以为医院是你家开的？你想干就别回来。不回来就不回来。

心里怄气仅仅是开始。在香港，她第一次见到艾滋病患者，几乎精神崩溃。眼窝深陷，骨瘦如柴，有气无力，还散发着阵阵恶臭。她的内心在噩梦中挣扎。

一个善良的人往往会被苦难感动。在香港的八天，胡敏华一边被苦难感动，一边也打开了医学的另一扇窗户。在这扇窗户里，她看到了丑陋，也看到了阳光，听到死神的冷笑，也听到了爱在召唤。

胡敏华回到九院，甚至有了些许期待，就像士兵期待一场胜仗，九院一定能成为全省艾滋病治疗的一个制高点。

她没想过成为英雄，但英雄所经历的艰险和荆棘丛生一路都在等着她。

2003 年 8 月 31 日，又是一个星期天。难得休假的胡敏华被急促的电话紧急召回到医院。

病房的一幕让她触目惊心。一位男子，赤身裸体，全身肿胀，五官变形，四肢扭曲。最吓人的还是他的阴囊，竟然肿得像一个椰子塞在他两腿之间。还有他身上的血管布满了密密麻麻的针孔，让人毛骨悚然。躺在床上的男子比一具尸体还可怕。

胡敏华没想到她些许期待的第一位病人竟是这般模样，心又掉回了冰窟。患者阿杰，有吸毒史，深度软组织感染，需要做静脉穿刺。要静脉穿刺，只能做静脉切开术。这在行内叫"职业暴露"，有极大可能沾染患者的血液或组织液，感染艾滋病。同事都站在床前，一副看病人呻吟而满脸凄苦的样子，就是没人上前切开静脉。胡敏华走进病房，同事都齐刷刷看着她，好像这份"待遇"非她莫属。胡敏华被众人的目光推上了前台，也只能自己给自己壮胆："别怕，有我们在！"其实，除了她，剩下的都是目光。她忐忑不安地协助医生为病人消毒，切开静脉、抽血、输液，一步一步地完成规定动作。天知道 HIV 什么时候会钻进她的体内，把她也变成一具行尸走肉。

几天过去了，恐惧渐渐消退。但一件更让她恐惧的事又发生了。阿杰突然变得非常狂躁，拔掉针头，撕光了自己的衣服，躺在病房的走廊上，呼天喊地要出院。他这是毒瘾发作了。这时的阿杰就是一个张牙舞爪的魔鬼，谁靠近就可能变成下一个阿杰。胡敏华经历了几次，除加了一分小心，也没那么害怕。她拨开围观的人群，蹲在阿杰的身边，用纤弱的手轻轻抚摸着阿杰，口里哼唧着什么，像唱摇篮曲。一会儿，阿杰便不狂躁了。胡敏华又帮他穿上衣服，送进了病房。

或许是胡敏华天使般的温柔触怒了魔鬼，魔鬼对胡敏华无奈，便把灾难降临到她家人头上。同一天，胡敏华的丈夫突然遭遇车祸，性命虽然保住了，左臂却粉碎性骨折。这时阿杰的治疗也进入了关键期，各种突发状况随时可能出现。在接下来长达两个多月的时间里，胡敏华只能在阿杰和丈夫之间来回穿梭，甚至陪伴阿杰的时间更长一些。

一次，手术后恢复中的丈夫发火了："敏子，问你一句话。你心里只有那个狗屁阿杰，是吧？"

胡敏华笑："你还吃阿杰的醋？"

丈夫冷笑："他配？"

胡敏华说："不配就听话，好好养伤。"

丈夫说："你不在，我能好好养伤？"

胡敏华又笑："又耍小孩脾气，还要我天天哄你。"

丈夫说："我受伤了，你就得天天哄我。"

胡敏华把丈夫的头抱在怀里说："好，我保证天天来哄你。"

丈夫用右手推开胡敏华："笨女人，谁要你哄。这是心疼你。"又说，"还有一条，别把艾滋病带回家。"

胡敏华本以为自己已经彻底告别了对艾滋病的心理恐惧，没想到因为丈夫的一句话，她每次回到家第一件事是反复清洗双手。在与丈夫和年幼的儿子爱抚之前，更是要全身大扫除。尽管她知道这是多此一举，但骨子里的恐惧仍是一座翻不过的高山。即使她能翻过去，家里人能翻过去吗？家里人虽然不天天把艾滋病挂在嘴上，但她能感觉到，他们心里的阴影能挤出水来。

正常人把艾滋病患者视为魔鬼，艾滋病患者何尝不是把正常人视为"仇敌"。阿乔是因为吸毒感染艾滋病病毒，被家人强行送进医院治疗。阿乔一来就把胡敏华当作仇敌，完全不配合治疗。某一天，胡敏华去病房看阿乔，阿乔正背对着她打电话。阿乔打电话的语气异常温和，与对她的态度有天壤之别。胡敏华没有惊动阿乔，仔细听，阿乔像在跟儿子通话。每个人心里都有一处最柔软的地方。这是胡敏华脑子里闪过的第一感觉。这次她没跟阿乔说治疗，而是笑呵呵地跟他聊家常。她站在妻子的角度说期盼，站在儿子的角度说父爱，说着说着，把阿乔说哭了。阿乔从此就认胡敏华，不但肯配合治疗，病情也控制得很好，还加入了她的志愿者队伍，帮更多的艾滋病病人走出了心理阴影。

有了这次经验，胡敏华突然觉悟，病人在躯体患病的同时，心理也会跟着"患病"。在治病过程中，患者的心理需求往往超过了对药物的需求。心理疏导是护理的第一道门槛。胡敏华作为二科的护士长，过这第一道门槛往往落在她身上。她那点靠生活经验积累的心理直觉显然不够用，为此，她挤出时间学习心理学，并取得国家二级心理咨询师资格。同时，在二科率先建立了恐艾、抑郁、有自杀倾向的病人心理咨询档案。这一工作启动，一下将她的护理工作延伸到了家庭和社会，工作压力山大。一位病人向她倾诉，母亲歧视他，疏远他。胡敏华便找他母亲开导，普及防艾知识。母亲开启了防艾窗户后，母爱终于战胜了恐惧和羞辱，母子重归和睦。一位病人绝食轻生，甚至拿针管与医护人员对抗，在胡敏华强大的心理攻势之下，最后也重拾了生活信心。

当胡敏华深入融进艾滋病人圈子之后，她明显感觉到一种信号。2008年之后，染艾者中吸毒人士渐渐减少，而通过性接触传播的患者在逐年增加。吸毒者心理早已麻木，能让她有足够的时间去疏导。性接触染病心理脆弱，有时几乎不给她机会。这意味着她的心理疏导走到了一个新的瓶颈，她曾像艾滋病患者一样绝望过。

正是这个倒霉的2008，胡敏华与秋梅相识。秋梅的丈夫因贩毒被判刑，4岁的儿子和8岁的女儿相继患上艾滋病，最终不治身亡。医生推断为母婴传播，秋梅可能系丈夫传染。秋梅虽然不是元凶，却是罪魁祸首。确诊报告出来后，秋梅痛不欲生。胡敏华陪着秋梅坐，陪她一起哭。然而，胡敏华所有的安慰和开导完全不能打动万念俱灰的秋梅。在胡敏华帮她把一切都安排妥当、取药的工夫，秋梅人去床空。

两年后，胡敏华再次与秋梅见面，秋梅已是一个活死人，大小便失禁，整个病房弥漫着刺鼻恶臭。经过抢救，秋梅这才慢慢恢复生命体征。

这次，说什么也不能让秋梅再逃了。胡敏华打来热水，将她身上的粪便一点一点擦洗干净，又为她修剪一个个残存着粪便的指甲，帮她梳理凌乱的头发。经过一番悉心照料，秋梅终于有了人样。忙到深夜的胡敏华刚回到家，护士的电话便打了进来。秋梅又把针头拔了。胡敏华哭了。这一夜，胡敏华彻夜无眠。她对秋梅绝望了，也对自己的心理疏导绝望了，含着眼泪在微博上写了一篇博文：

致秋梅：

早上见了你，看见你骨瘦如柴、毫无力气地躺在病床上，我心如刀绞。我无法想象这么些年来你是如何生活，如何熬到比苦更苦！

还记得20世纪90年代末的时候，你风华正茂，嫁给了一个大你几岁的男人。你以为那是你幸福的起点，不想，那之后的你却步入了痛苦的深渊，并且这个深渊没有穷尽……

刚刚护士说，你又一次强行拔下了针，你拒绝吃饭。眼泪布满了我的眼睛，你看到了吗？眼泪布满了医生和护士的眼睛，你又看到了吗？我们该怎么办啊？……

秋梅，还有很多个"秋梅"。你们要知道，这个世界还有爱，这个世界不会因艾滋病而抛弃你们！可是，这爱，同样也是来自你们自己啊！若没有你们作为载体，我们的爱如何延续？记住，为了爱你的人，你也爱一回自己——请珍惜来之不易的生命。

……

绝望意味着峰回路转。胡敏华在绝望中无意激活了自己的爱心存储卡，爱的河流奔涌而出，不断冲刷着沉寂的河床，引起了塌方效应。《致秋梅》被众多网站转载，数以万计的网友在情感中沦陷。第二天上午，胡敏华从冬日的阳光里醒来，习惯性打开手机，她吓了一跳。昨晚刚发出的微博浏览量超过了十万，回复达数千条。这些回复像无数篇《致秋梅》《致胡敏华》，又把胡敏华激活了。正如她微博中的寄语，爱出者爱返，福往者福来。之后，秋梅引起了媒体的广泛关注，数十家媒体争相报道。爱心人士到医院看望秋梅，送来爱心捐款，鼓励秋梅活下去。当年的 12 月 1 日，世界艾滋病日，热心的媒体还联系到监狱，让秋梅服刑的丈夫来医院看望她。秋梅脸上终于露出了灿烂的笑容。

胡敏华的"以爱滋病为邻"的微博也成了公众关注的热点，她的心理疏导也从医院拓展到一个更广阔的网络空间。她的背后有强大的粉丝团队支持，再也不用绝望。微信开通后，胡敏华又申请了一个"与艾滋为邻"的微信公众号，创建了一个"艾友"微信群。她以三个网络空间为依托，打造 24 小时咨询服务平台，构建了一个知冷知热的艾友大家庭。在这个大家庭里，胡敏华有一个温暖的名字——"大姐"。

艾友：我感染了艾滋病毒，又传染了老公和孩子。刚告诉了老公，却不知怎样安慰他。孩子才两岁也感染了，最近咳嗽、气虚、出虚汗，不知道能活到几岁？不想一下子就失去孩子，怎么办？

大姐：建议一家人明天及时来医院就诊检查，尽快开始抗病毒药物治疗，我们这里还有志愿者可以帮助你们。只要规范诊治，及时服药，在艾滋病全程管理的模式下，我们有充分的数据及临床支持帮助患者战胜艾滋病。

网友：家里老人查出感染艾滋病毒，因为孙辈出生后一直由老人拉扯到大，且喜欢粘着靠着老人。现在家人不让孙辈和老人接触了，老人特别难过。虽然知道传播途径，可是大家还是很恐惧，害怕会有小概率地传播。哎，难过，家人是恐惧大于现实。日常不会传染，而家人就是不相信。

大姐：恐惧会传播，但幸运的是，爱亦会蔓延！约翰·米尔顿说："一个人如果能控制自己的情绪、欲望和恐惧，那他就胜过国王。情绪就是心魔，你不控制它，它便吞噬你。"

艾友：我体内病毒已降到最低值，出院了，但人都像躲瘟神一样躲着我，用厌恶的目光看我，还让不让人活？

大姐：《简·爱》里有句话："我贫穷、卑微、不美丽，但当我们的灵魂穿越坟墓站在上帝的面前时，我们是平等的！"人没吃饱只有一个烦恼，人吃饱了就有无数烦恼。你认为对吗？

艾友：艾滋病有希望根治吗？

大姐：艾滋病已从"世纪绝症"发展为慢性病，2030 年前终结艾滋病将成为可能。我们正处于阻击艾滋病的关键时刻，相信自己，也相信我们，更要相信我们的科学家。

进入胡敏华的网络空间，不仅能找到温暖，找到信心，还能洞达人生。2015 年 12 月 1 日，在胡敏华的微博"与艾滋病为邻"开通五周年之际，她编著的《在一起——防艾护士长的微博日志》正式出版，再次引起社会轰动。

胡敏华以爱治艾，捧着一颗心来，不带一分利去，用爱心塑造自己的灵魂，照亮了一条苦难的道路。

2017 年 5 月 10 日，49 岁的胡敏华登上了中国艾滋病防治领域最高奖——第十八届贝利·马丁奖的领奖台，成为当年全国唯一的获奖者。胡敏华当场捐出全部奖金，用于建立艾滋病防治基金。她有一句话让无数人感动："每个人心里都有一分力量，来自他人，也可以传递给他人。"她就是通过这种传递，将她的抗艾志愿团队发展到一千多人，她也是通过这种传递，给无数艾滋病患者以生存的希望和力量。

同年 12 月，她还获得中国医药卫生界"生命英雄"的称号。

19 年，足以让一个柔弱的女子脱胎换骨。

第七章 小康关键看健康

穷 根

没有全民健康，就没有全面小康。

中央为什么要把人民健康放在优先发展的战略地位？全国各大媒体纷纷与专家联手，进行解读。有的专家解读为，医改进入深水区，到了啃硬骨头的时候，这是要以改革创新为人民健康助力。这仅仅就是为医改"啃硬骨头"吗？小康与健康到底有着什么样的联系？这还得从小康说起。十一届三中全会之后，中国在规划社会发展蓝图时提出建设小康社会，又称之为中国式的现代化。1980年国民生产总值人均250美元，第一步翻一番，达到500美元，解决人民温饱问题。第二步到20世纪末，再翻一番，人均1000美元，达到小康水平。这时也有专家解读，小康是指介于温饱和富裕之间比较殷实的一种生活状态。

小康是一个体现经济和社会全面协调发展的新概念。进入新世纪，人民温饱问题和达到小康水平两个目标已提前实现。十六大再次提出，到2020年，要全面建成惠及十三亿人口经济更加发展、民主更加健全、科教更加进步、文化更加繁荣、社会更加和谐、人民生活更加殷实的小康社会。到十八大，离全面建成小康社会只剩下八年的时间，为确保在规定的时间节点实现这一目标，中央提出要更具明确政策导向、更加针对发展难题、更好顺应人民意愿的新要求。

人民意愿是什么？

有数据显示，到 2013 年底，中国有 8249 万农村贫困人口。有人说，实际远远不止 8000 万，这个数据是国家统计局根据全国 7.40 万户农村住户调查样本数据推算出来的，全国没有一个统一的扶贫信息系统。谁是贫困户？贫困原因是什么？怎么针对性帮扶？这些都是盲点。由于扶贫制度设计上的缺陷，以往的扶贫都是粗放式扶贫。扶贫对象乱点鸳鸯谱，扶贫资金天女散花，扶贫数字造假。人情扶贫，关系扶贫，扶贫不是雪中送炭，而是锦上添花。应扶未扶、扶富不扶穷的乱象充斥着扶贫领域，以至于年年扶贫年年贫。干部说，扶贫陷进了泥潭，欲罢不能。老百姓说，扶贫得了癌症，再多的钱也填不平欲望。到 2020 年，这些人真的要让他们掉队吗？这样的小康社会还是小康社会吗？

2013 年 10 月，中央首次提出，要精准扶贫。2015 年，又提出六个精准：对象要精准，项目安排要精准，资金使用要精准，措施到位要精准，因村派人要精准，脱贫成效要精准。扶贫能否精准已经成为全面建成小康社会的最后一道屏障。这时中国还有 7017 万农村贫困人口，在不到 6 年的时间里，要如期脱贫，每年要减贫 1200 万人，每个月要减贫 100 万人。2015 年 11 月，党中央决定在"十三五"期间全面打响脱贫攻坚战。不久，便颁布了《中共中央国务院关于打赢脱贫攻坚战的决定》。一场以精准扶贫方略为依托的脱贫攻坚战开始了，一支支脱贫攻坚工作队肩背行囊、自带伙食开赴农村贫困的主战场。

小康路上一个都不能掉队！

脱贫攻坚，对象精准是关键。精准脱贫，寻找"穷根"是关键。从全国建档立卡贫困户的情况看，2013 年，因病致贫、因病返贫的贫困人口占总贫困人口 42.2%。2015 年底，因病致贫、因病返贫占比不降反升，达到 44.1%。患大病重病有 240 万人，患长期慢性病达 960 万人。到 2016 年，因病致贫、返贫贫困户仍占总数的 42.6%。

中国农村最粗的"穷根"是什么？健康。

健康对人类而言，就像水和空气。我们天天喝水，呼吸空气，却没人在意水和空气，甚至肆意践踏水和空气。只有到了干涸的沙漠才知道水重要，到了真空中才知道空气重要。人健康的时候，谁都不把健康当回事，甚至"出卖"健康也在所不惜。但一旦病倒了，却悔之晚矣，即使不惜重金"购买"健康，也是杯水车薪。"辛辛苦苦几十年，一病回到解放前"，不是一句调侃，而是饱含无数人无奈和辛酸的痛点。健康是生命中最不确定的因素。今天你在贫困线以上，明天可能因为一场大病掉到贫困线以下。基本医疗保障网虽然能缓解中国人身上因疾患带来的不能承受之重，但农村仍有很多老百姓在不能承受之重中一蹶不振，甚至彻底倒下。老百姓有一句俗语，健康是福。身不健康万事休。老百姓最关心的是健康，甚至关心与健康有关的空气、水和食品等所有领域。因病返贫、因病致贫才是脱贫攻坚的硬骨头，才是全面建成小康社会的"拦路虎"。

对于常人，健康这条"穷根"也许是一个词语，而对于参加过这场史无前例的脱贫攻坚战役的工作队队员来说，却是一种心灵煎熬。

蔡君是这百万扶贫大军中的一员，也是知名作家，我多年的文友。2017年的一天，我接到蔡君的一个电话，他到了花桥村。深入生活来了？怎么不提前打个招呼，也好尽地主之谊。哪是深入生活，一个苦差事，到花桥村任第一书记。不可能，一个处级领导怎么干起了村支书。没骗你，单位男丁少，女同志来多有不便，顶着压力就来了。我知道这是既定事实之后，倒有些兴奋，有朋自远方来，不亦乐乎！什么时候去看你，切磋切磋。其实，这时我也是另一个村的扶贫工作队员，只是没当第一书记，不用吃住在村里。

我选择了一个双休日，知道蔡君仍在村里，便去了花桥。花桥地处鄱阳湖深处。中国很多贫困村，要么在山之深处，要么在水之深处。山水是很多人的梦想之地，也是无数人的痛苦之地。

蔡君以主人的身份接待我，又带我到几个村庄走了走。

六月，鄱阳湖的水已经漫上了滩头，大片的庄稼在水中摇曳，村庄都仿佛浮在水上。蔡君虽然履职不到一个月，却把花桥的家底摸得一清二楚。花桥村有2800人口，5个自然村，17个村民小组，98户贫困户。这些贫困户住哪，叫什么名字，家庭人口及经济状况，都是他履职第一周的必修功课。蔡君告诉我，一周走访下来，累得够呛，但咬咬牙，还是坚持下来了。蔡君是个谦谦君子，虽然来自农村，却生活在城里，突然接手农村这样高强度快节奏的工作，的确难为他了。但蔡君的心态非常好，他把自己一分为二。一边是第一书记，做第一书记的事，诸如嘘寒问暖，记枯燥的数字，上县里乡里开会。一边是作家，做作家的事，诸如串门子聊家常，访寻乡土民情，甚至认个兄弟姐妹。

　　蔡君语言能力非常强，除了能说会道，一个月内便学会了当地土话，这无疑对他当好第一书记或作家起到了至关重要的作用。他与当地村干部上门有一个明显区别。譬如说建秀美乡村，当地干部说，孬婆，叫你老公把围墙拆了，要搞新农村。女人边说边走远，要拆你拆。蔡君则不这么说，大姐这是要出门？那我下回再来。女人迎上来说，不出门，为什么要等下回。蔡君便远远道来，最后女人说，拆围墙好，拆了心里都宽敞。

　　说句心里话，这么大规模的扶贫，当地干部有怨言。当地干部有怨言倒不是怨真扶贫，扶真贫，而是怨把烂泥往墙上扶，或者用纸往墙上糊。一个是没有希望扶不上墙，一个是做纸面文章学不会。上面的干部有时间折腾，他们还得养老婆孩子。蔡君则说，八亿农民肩挑背扛为大国崛起付出了沉重的牺牲，乳羊还有跪恩，乌鸦也得反哺。蔡君是个实在人，文绉绉的话说得真诚也感人。当地干部就喜欢听蔡君说话，听他说话长见识。蔡君到了村里，当地干部的老婆都得独守空房。老婆说，俺爹病了，陪俺去看爹。老公话没出门人已出门，你去，俺要扶贫。老婆看爹回来，路过村里，看到一屋子人有说有笑，气上来了，说说笑笑也能扶贫？老公说，蔡书记在扶贫，有话回家说。老婆说，俺也想扶贫。老婆板着脸坐下来，一会儿就被逗笑了，也不想回家了。蔡君就有这魅力。

　　蔡君跟我说了一件与健康有关的事，让我大吃一惊。花桥有三多。

一是病患多。肝病、肾病、心脏病、脊髓炎、高血压、肺癌、小儿麻痹，脑瘫，看一眼都让人心生悲苦。二是伤残多。肢残、身残、面残、脑残，应有尽有。仅他居住的湖下嘴，以拐代步的就不下十人。数遍花桥，有六十三根拐杖。道官垅一家七口竟能拿出五个残疾证，谁看到谁揪心。三是智障多。低智、弱智、智残，还有程度不同的精神病患者。整个花桥此类人口多达三十余人，几乎覆盖每一个村民小组。一个帮扶对象，斜着眼睛，四十好几，见到他总是嘿嘿地笑，每次一副很满足的样子。他说，也许他是真满足，而我心里却是空荡荡的。蔡君讲这些苦难如写散文，总是用扎心的事设置一个个情感陷阱，让人情不自禁想往里跳。

这"三多"无一不是与健康有关。花桥真有这么多病患，还是蔡君在煽情？

接下来，我从他《扶贫第一书记手记》里再次找到了震撼。蔡君一边扶贫，一边在写他的长篇散文《花桥纪事》。散文出自日常的手记，每一篇都质朴如泉，不用煽情也辛酸。

他在《走访邱木香》里记载了这样一个故事，邱家垅村七十一岁的邱木香，一向体弱多病，前一阵子检查出肺癌晚期。邱木香年轻时思想积极，光荣入党。她在家里开了一间小卖铺，家家户户生产生活所需，全由邱木香推着独轮车，起早摸黑地送到各家各户。每次出门，她都把精神失常的长子邱水兴带在身边，唯恐他走失或者发生其他意外。母亲老了，不再推独轮车，邱水兴却爱上了推独轮车，见到女人便撵在女人身后，着实有点吓人。他在结尾这样写道：

承载岁月风雨的独轮车，在邱水兴的手里，歪歪斜斜地推着。三个轮子，犹似他和年迈的父母双亲。如果，没有母亲的照料，后面缺了一只轮子，这个车子，还会被他推出推进么？

扶贫要扶志、扶智，如果还能够扶出情怀，唤醒社会的悲悯，不能不说是一种意外收获。

《贫病相依》里也记载了这样一个贫困户，未到三十人已发福（更像是虚胖）的张义家小时候读书成绩好，数学在全国奥赛上获奖，语文没有背不下来的课文。可惜家里太穷，读了初一就没读。刚刚到县里检查回来，肾脏有结石，尿道也有结石，喏，有鸡蛋一般大，一发作就疼得在地上打滚，屙的全是血尿。蔡君问，为什么不抓紧治。张义家苦笑，怎么治？起码得好几万，到哪儿弄钱去？

他在《直面贫困》中也讲述：

> 比我年长几岁、初中文化的张佐平，患脊髓神经炎、肝硬化多年，还有一种怪病，叫什么血癌，据说是血小板减少而致。他一家四口，他和妻子，还有两个尚未成家的儿子。长子先是做裁缝，后学习修车，现在杭州打工，工资不高，仅够自己一个人花销。幼子十八岁，精神出了一些问题，既无缘读书，又不能像其他同龄人那样做活务工。

《六十三根拐杖》是一次疾患大集会：

> 粗略统计，花桥贫困村近二千八百人中，各种样式的拐杖多达六十三根。勤勤恳恳的拐杖，陪伴着他们，支撑着他们，一步一步向前，他们别无选择。
>
> A君，从小患小儿麻痹落下残疾，走出迷雾缭绕的童年，她擦干眼泪，自己制作两根拐杖，由此走完摇摇晃晃的一生。
>
> B君，为了生计外出务工，不慎从工地高大的脚手架上坠落，依旧在手术修复之中，架在怀里的拐杖将成为他忠实的朋友。
>
> C君，一场从天而降的车祸，破灭了青春梦想，为保命截去一条腿，不离不弃的拐杖，让他变得平和，顺应环境而生存。
>
> D君，一纸大病通知书送达手中，厄运开始降临，继而，健硕的身子日益萎缩乃至瘫痪，他不得已挂起了双拐，心有不甘，却只能臣服现实的安排。
>
> 风湿、痛风、脊髓炎、癌症、高血压、脑瘫……病魔肆虐，一根根拐杖横七竖八地多起来。乡村小道，田间垄亩，风雨之中，黄昏斜阳，与命运抗争的拐杖向前移动和挪动，如同一个个从折叠到

打开的变形金刚，又恰似从芦苇丛中荡出的一条条小船。

凄美的疾患世相深深扎根于辽阔的乡土，结出一个又一个人间苦果。苦果榨出来的汁，不仅仅是苦水，还有眼泪。

蔡君把一个第一书记当成了作家，不是失败，恰恰是成功。他用情感注入乡土，也注入了穷根。他的情感像除草剂，遏制了野草的疯狂生长，也让穷根在情感中渐渐腐烂。

一天，蔡君为了六十三根拐杖里的一根拐杖到县里找我。

拐杖的主人是一个还没结婚的男孩，在外地打工摔断了腿，在县里一家医院做了手术。男孩一直丢不掉拐杖，认为手术不成功，或者说手术有"瑕疵"。男孩的父母也染有重病，一家沦落为贫困户。男孩不甘臣服于拐杖，更不甘戴贫困户的帽子。只要没丢掉拐杖，就坚持要讨说法。我也曾代表卫生局到信访局参与过协调。县里不行，那就到省里，他还是个小孩，人生不能刚开始就拐了。省里的手术依然没有让他丢掉拐杖。医生说，医院只能为你的腿疗伤，不能还你一条原装的腿。男孩说，我不要原装的腿，只要丢掉拐杖。医生说，恢复得慢慢来。男孩虽然脾气暴躁，还是听了医生的话，在县里一家厂子一边打工，一边慢慢恢复。几个月过去了，还是没有丢掉拐杖，男孩上访去了北京。

蔡君问我："你说怎么办？"

我说："只要能丢掉拐杖，办法让医院想。"

蔡君说："男孩饭都吃不上。"

我说："不是说医院有'瑕疵'吗？让医院提供免费送餐。"

医院做到了，男孩能不能丢掉拐杖只能依靠他的信念。

蔡君也尽了力，六十三根拐杖能不能永远折叠起来，也许还要依靠意志的力量。

一年多以后，蔡君卸任第一书记。他经过这段时间的苦难洗礼，文字更沉重了。

苦难能让一个人沉沦，也能让一个人觉悟和奋起。也正是在蔡君履职第一书记期间，中国在打一场"除病根、拔穷根"的健康扶贫战役，补齐了健康这块民生"短板"。

健康护航，走好最后一公里

一个人有一个人的长征，一代人有一代人的长征。古人说，行百里者半九十。到达一个目标，最艰难的往往是最后一公里。

脱贫攻坚的坚中之坚是健康扶贫，或者说健康扶贫就是脱贫攻坚的最后一公里。2015年年底，全国因病致贫、因病返贫的人口是2000万，其中大病和慢病人数是734万。疾病已经成为中国贫困人口脱贫的最大"拦路虎"。

2016年7月5日，国家卫生计生委、国务院扶贫办、中央军委后勤保障部在兰州召开全国健康扶贫工作电视电话会议。会议指出，要将实施健康扶贫工程作为打赢脱贫攻坚战的一场关键战役，摆到更加突出的位置，动员社会力量，采取超常举措，防止因病致贫、因病返贫，为农村贫困人口脱贫提供健康保障。

之后的一年多，国家卫计委围绕到2020年贫困人口能看得上病、看得起病、看得好病、少生病的目标，采取了基本医保倾斜、财政补贴、大病保险、大病救助等一系列措施。这些措施在全国也迅速得到落实，贫困人口在政策范围内住院费用报销提高了5个百分点，平均住院实际补偿比例提升到近70%，门诊实际补偿比例提高到57%。贫困人口医疗综合保障虽然有明显提升，但只能算成绩与问题并存。

贫困家庭就好比是一条破船，一个很小的风浪，便可能"船覆家破"。从理论上说，基本医保是由参保人交费、政府补贴的一项普惠制度，用这样的普惠制度来倾斜特殊群体本身就有违制度设计初衷和公平。然而，基本医保资金冒着穿底风险给予的倾斜仍然是杯水车薪，要覆盖全部贫困人口，难度非常大。

"战役"处于胶着状态。

从地方反馈来的信息看，在这场"啃硬骨头"的关键战役中，地方手脚放得更开，想法和做法更超前。用战争术语描述，在战略上既有运动战，又有游击战，在战术上各种"地雷战""地道战""麻雀战"层出不穷，疾病陷入了"人民战争"的汪洋大海。一些省通过创新机制，阻断"病根"挖"穷根"，不但大大降低了农村贫困人口看病费用，而且建立健全了一套医疗兜底的保障机制。

国家卫计委领导当机立断，专门组织了一个调研团队，奔赴九个省开展调查研究。江西便是这九个省之一。

每当中国革命处于低谷或遇到困难的时候，江西总能给中国带来惊喜。

江西给全国贫困人口带来的第一个惊喜，农村贫困人口大病报销年封顶线最高可达到 60 万元。

江西是革命老区，家底薄，经济总量小。全省有贫困人口 113 万，其中因病致贫占比 45.3%，高于全国平均水平。江西人从来是把压力当动力。2017 年新年伊始，江西便出台了《关于建立农村贫困人口重大疾病医疗补充保险制度的工作方案（试行）》，率先按每人每年不低于 90 元的筹资标准为贫困人口统一购买重大疾病医疗补充保险。钱从何处来？58 个涉农资金整合县所需资金在统筹财政涉农扶贫资金中安排，其他县在财政专项扶贫资金中安排。

农村贫困人口重大疾病医疗补充保险报销补偿不设起付线，符合政策规定的医疗费用在按城乡居民基本医保年封顶线 10 万元、大病保险年封顶线 25 万元报销补偿后，再对剩余个人负担费用按年封顶线 25 万元给予补充保险报销补偿，总报销费用按此三项报销补偿顺序叠加后，年封顶线最高可达 60 万元。至此，江西为贫困人口设置的四条保障线全方位启动。第一道保障线，城乡居民基本医疗保险报销 50%。第二道保障线，城乡居民大病医疗保险，起付线缩减一半。第三道保障线，民政医疗救助。第四道保障线，疾病医疗商业补充保险，报销政策范围外的药物费用。四条保障线协同互补，全面提升了贫困人口"看得起病"的信心。

江西给全国带来的第二个惊喜，积极探索第五条保障线，尽量让贫困患者少掏钱。

如果说基本医保、大病保险、医疗补充保险报销和医疗救助是全省的规定动作，那么第五道保障线就是自选动作。如九江各县市区采取财政兜底保障，由个人负担的医疗费用控制在医疗费用10%以内，超出部分由财政负担。又如于都县设立健康暖心救助建立了第五道保障线。

江西带给全国第三个惊喜，一年之内推出了12个卫生计生民生工程，既筑牢了医疗卫生保障的"里子"，又提升了卫生服务能力的"面子"，既解决了贫困人口"看得上病""看得好病""少生病"，又弥补了制度设计上的缺陷，兼顾了公平。大病免费救治，农村妇女"两癌"免费检查，城市公立医院综合改革，实施城镇独生子女父母和独生子女死亡家庭奖扶政策，实施对农村双女和独生子女家庭中考加分政策，全面推行免费婚前医学检查，将基本公共卫生服务财政补助标准提高到年人均50元，推进家庭医生签约服务，推动基本诊疗路径管理，启动产权公有村卫生计生服务室标准化建设，开展中医药服务能力建设，在江西人头顶上真正撑起了一把健康保护伞。

江西"摸着石头过河"，逐步形成了一套完整的健康扶贫"江西方案"。如"四升三降"，提高贫困人口的门诊慢病、大病保险、15种重大疾病和医疗救助等四方面报销待遇，免贫困人口个人参保费，免县级、乡级医疗机构住院补偿起付线，大病保险起付线降低50%。实行"先诊疗后付费"县级医院全覆盖。贫困患者住院无须缴纳预付金，看病甚至不要排队，直接进"绿色通道"。实行"一站式"结算县级医院实现全覆盖，贫困患者在定点医疗机构"一站式"综合服务窗口，就可以得到基本医保、大病保险、补充保险、医疗救助"一站式"结算服务。探究"江西方案"，不难发现，这是一套针对贫困人口"断病根、挖穷根"持续发力、久久为功最有效的"靶向治疗"方案，或者叫"精准滴灌"方案，也是一套救命方案。

2017年夏天，江南农村"双抢"季节。赣南的全南县龙下乡虎条村贫困户朱开连正驾驶翻耕机在水田地奔跑，翻耕机卷起白花花的浪花。

此时的朱开连心情就像这浪花。以前穷，心里像长满野草的荒地，想翻耕都难，现在扶贫政策好，东拼西凑再加上政府补贴，买了一台翻耕机，农忙时一天收入有几百块，要不了两年就能摘掉头上这顶穷帽子。或许是乐极生悲，朱开连一不留神，人就摔到水田里，翻耕机刀片插入腹部。朱开连在昏死之前，觉得特别清醒，命完了，家也完了。在救护车上，朱开连被老婆的哭声吵醒。

朱开连问："这是去哪？"

老婆说："还能去哪？医院。"

朱开连说："我要回家。"

老婆说："肠子都出来了，回家就是死。"

朱开连说："知道要死。"

老婆说："我要你活。"

朱开连说："我不想花钱买半死不活。"

老婆说："哪怕是半死不活也比死好。"

朱开连说："孬婆，你和儿女还要不要活？"

没等朱开连和老婆讨论完死与活的问题，救护车呼啸着冲进了医院。一群医生护士上来了，输液、上呼吸机、抬上手术车。

朱开连用最后一点力气摘下呼吸机面罩喊："我要回家。"

老婆急得号啕大哭："就是卖房子我也要你活。"

一位穿白大褂的医生似乎明白了什么，在朱开连耳边轻声说："听话！你是贫困户，要不了多少钱。"

朱开连不是没有求生欲望，而是怕他的活让老婆儿女没法活。医生一句窃窃私语，仿佛如天籁之音，他顿时安静下来，进了手术室。手术非常成功。朱开连住院治疗一个月后，痊愈出院。他老婆通过刷贫困户"一卡通"，"一站式"办好了报销、补偿手续。手术医疗费用共计 34929 元，其中，城乡居民基本医疗保险报销 21283 元，大病保险报销 159 元，疾病医疗补充保险报销 11038 元，医院政策减免 366 元，总共报销减免

32846 元。个人自费 2083 元，占医疗总费用不足 6%。

朱开连拿着报销单，手微微在颤抖，问老婆："没搞错吧？人家救了俺的命，可别再让他们再赔钱。"

老婆心里也是这么想，却没敢说出来。她到窗口又问了一遍，没错，就这么多。

这样的事同样发生在于都县贡江镇东溪村 37 岁的郧洪生身上。郧洪生十多年前就患有肝硬化，家里为了给他治病，已家徒四壁，就剩下一栋破旧的砖瓦房。2014 年，家里的日子实在是熬不下去了，他撑着虚弱的身子去广州打工。然而，没多久，家里人担心的事还是发生了。郧洪生肝硬化再次发作。先是想就地治疗，或许很快能治好，可以继续打工，还能节省来去的路费。人算不如病算。治疗了一段时间，病不仅不见好转，钱还花了不少。没办法，只好又回到了家里。别人家男人是顶梁柱，唯独他家是靠一个女人撑着。郧洪生的病时好时坏，花钱如流水，家里债台高筑，成为东溪村毫无争议的贫困户。郧洪生用四个字概括了他当时的处境，生不如死。长期遭受病痛折磨，他虽然生无可恋，但看到柔弱的妻子为他背负着沉重的债务，又不忍心丢下她。就在郧洪生想死不能死、想活又不得活的时候，江西健康扶贫启动了。郧洪生来了一次彻底治疗，共花费 15 万元，基本医保报销 7 万元，大病医保报销 2.77 万元，商业补充保险报销 4.31 万元。因为他还没有达到第四道保障线的报销标准，没有享受医疗救助。就是这样也报销了 14.08 万元，个人自付仅为 7.3%。

于都县宽田乡龙泉村民刘小平也有一张医疗报销账单。他因煤气大面积烧伤住院治疗，总费用 41.4 万元，新农合补偿金额 10 万元，大病保险补偿金额 2 万元，商业保险补偿金 24.5 万元，民政医疗救助 2 万元，健康暖心救助 9757 元。治疗费用报销补偿比例达 95.4%，个人承担费用仅 1.9 万元。

五道保障线对一个贫困患者来说，保的不仅仅是健康，而是生命。如果没有这些医疗保障，很多贫困患者可能会选择放弃生命，因为他们不放弃，换来的高额医疗费用会将一个家庭压垮。

江西健康扶贫不仅让贫困患者医疗费用降到 10% 以下，而且将 25 种重大疾病纳入重点免费救治范围，同比国家要求增加了 18 个病种，救治病种数量和救治人数均居全国第一。救助先天性结构畸形和遗传代谢性疾病贫困家庭患儿 645 人，发放救助金额 654 万元，救助人数和资金也排全国第一。江西实施健康扶贫工程后，仅 2016 年一年，全省因病致贫家庭总户数就下降了 10.8 万户，减幅 37%，占全省脱贫户数的 44.7%。也在这一年，江西"精准施策助力健康扶贫"入选全国"推进医改、服务百姓健康"十大新举措。

2019 年 2 月，新华全媒访谈邀请江西省卫生健康委员会原党组书记、主任丁晓群做客新华全媒。丁晓群面对广大网友，自豪地说，江西卫生健康重大改革和工作实现了一系列新突破。比如，公立医院综合改革效果评价连续三年位居全国第一方阵，是唯一连续十年入选全国十大医改新举措（新闻人物）的省份。健康扶贫工作考评连续两年进入全国前列。平安医院创建工作考评连续五年排名全国第一。在公立医院第三方满意度调查中，患者满意度位列全国第三。是全国首个按世卫组织标准通过消除疟疾终审评估的省份。

健康扶贫"看得好病"的主战场在县级医院，"更好防病"却在"神经末梢"乡村两级医疗卫生机构。我有幸参与了都昌一个县的健康扶贫。我们称"看得好病"为强筋，"更好防病"为健骨。要让贫困患者强筋健骨，关键在钱，而都昌县恰恰缺的就是钱。都昌是江西出了名的一大二穷县。都昌在全九江市率先实行了"先看病后付费""一站式结算""设置扶贫病床""贫困患者三优先（优先挂号、优先看病、优先结算）"，还在医院开展了"党建加健康扶贫"活动。党员医护人员一律佩戴党徽上岗，这样做一是要说明党员不是藏在档案里的政治资本，而是要做阳光下的金字招牌。二是党员要站在健康扶贫的火线上，成为众多医务人员的表率，带头与贫困患者签约服务，带头参与"三派三服务"，把医疗服务送到贫困患者的家门口，带头接受贫困患者监督。都昌健康扶贫如火如荼，贫困人口住院费用报销上升到90%以上，贫困人口家庭医生签约率100%，达54775人。慢性病管理达11007人，基本实现了贫困人口小病不出乡、大病不出县和90%的患者在县域内治疗的目标。

然而，问题随之而来。除了钱，还是钱。第一年，历年节余的医保资金近两个亿告罄，第二年倒欠两个亿。筹集贫困人口的参保资金、商业补充保险投保资金也在等米下锅。县政府穷家难当，县卫计委主任桑青整天焦头烂额，心急如焚。桑青是一个事业心极强的人，做事也极有韧劲，总能见缝插针。所幸县政府主要领导也是做"四则运算"的高手，做不了加法，就做减法。做好了贫困人口这个减法，就等于为经济社会发展做好了加法。整合涉农资金，哪怕是拆东墙补西墙，也不能苦了贫困患者。医院也在勒紧裤腰带，共渡难关。

钱的问题暂时解决了，新的问题又来了。有的地方头脑发热，提出县域内治疗的贫困患者个人自付不能超过2000元，超过部分由财政负担。虽然说对贫困患者怎么帮都不为过，但都昌是个穷县，一旦超出了政府的承受能力，这日子还过不过？在这个问题上，九江市的领导还是很冷静，没有盲目去"放卫星"。及时制止了某些地方好大喜功的做法。不切实际地承诺伤害的不仅仅是贫困患者，也会伤及非贫困群众。只要规范了就医秩序和医疗机构诊疗行为，加强监管，严查健康扶贫领域定点医疗机构有偿转诊、虚假住院、过度医疗等违法违规行为，贫困患者同样受益匪浅。签约服务也不要盲目追求"覆盖率"，要重点考核贫困患者的满意率。

每解决一个问题，健康扶贫都会向前迈进一步。最后一公里比的不完全是速度，还有智慧、耐力和情怀。

某一天，我到医院去走访，听到医院领导介绍，一名贫困慢性病患者都住了半年，病情早已稳定，就是不肯出院。

我来到患者的病房，问患者："你为什么不肯出院？"

患者说："为什么要出院？"

我说："病好了就得出院。"

患者说:"不是免费吗?"

我说:"你知道这免费来得多么不容易,那是全县八十万人勒紧裤腰带换来的。"

患者说:"那管不着,俺的病还没断根。"

我说:"治病靠医院,养病靠自己,还有签约家庭医生。"

患者说:"俺就喜欢医院。住院像住宾馆。"

这回我的气也上来,朝医院领导眨了眨眼睛,附在医院领导耳边说,是不是越好的药毒性越大?我压低了声音,又尽量让患者听到。

医院领导心领神会,声音很小,但足以让患者听见:"那是自然,是药三分毒,治病就是以毒攻毒。"

我大声说:"给这位贫困患者用最好的药,最好是一次能断病根的药。"

医院领导说:"没问题。"

这时患者急了:"你想毒死俺?"

我说:"怎么会,你不是想除病根吗?"

患者说:"不想了,俺要出院。"

之后,我又讲了一个他家乡的传说。他家乡有座山,山上有座道观,观内住着一个道士。道观内有一块仙石,仙石上有两个酒盅大小的洞眼,每天都长出一眼盐和一眼油,刚好是道士一日的用度。道士想,这洞眼还是太小了,是不是凿大些,油盐就会多些。道士找来凿子把洞眼凿到碗一样大。第二天醒来,道士去看洞眼。洞眼里什么都没有。

我笑:"你不是道士,政府也不是仙石。"

患者问:"是不是怕疾病缠身?"

我说:"就是这理。"

在脱贫攻坚的最后一公里,很多地方总结了不少"战法",扶贫先扶志,扶思想,扶观念,扶信心。扶智必扶智,扶知识,扶技术,扶思路。所有的"战法"都侧重于物质扶贫,一招制胜,却忽视了精神扶贫。然而,一个人的高尚和卑微又与贫富无关。中国小康社会的晨钟已经敲响,或许,我们每一个人在进入小康社会之前,都要来一次精神扶贫的洗礼。

健康大时代

第八章　中医的春天

寻访十万杏林

中医相对于西医而言，独具中国内涵。在西方医学没有进入中国以前，中医一般特指中国汉族人民独创的以传统医学为主的医学，又称汉医或者国医。

中医原本只承载着古人朴素的道家哲学思想，所谓"医道相通"。中国五千年文明最核心的一个字就是"道"。道为万物之母，是天地之间无所不在的一种力量，也是一种运行规则。日月运转，春秋变化，无不源于"道"。人类是宇宙的物竞天择，所谓人禀天地之气而生成，人之生命藏于大"道"之中，故人身似一小天地。阴阳五行，四时八节，在人的一身之中，也照样存在，并且在不断地运行和交会，这就是天人合一。所以，中医研究人体生理、病理以及疾病诊断和防治都离不开"道"的哲学思维。而当中国古人的道家思想发展成为道教时，也认为"修道"就是要使人返本还原，与道合一，才能得道成仙。因此又有"古之初为道，莫不兼修医术"。"医道同源"，医和道的纠缠最终把中医推上了神坛。

然而，道士修行的一些道功道术，诸如清净、寡欲、息虑、养性、吐纳、导引、炼丹等方法又把中医推上了另一个高度——治未病，从而达到修身养性、延年益寿之目的。中医的"上医"思想早在 2500 年前便已产生。魏文王问扁鹊，你兄弟三人，谁的医术最好？扁鹊说，长兄最佳，中兄次之，我最差。魏文王又问，为什么却是你最有名气？扁鹊说，长兄善治未病之病，人都不知道自己有病，名声自然无法传出去。中兄善治欲病之病，也就是小病，名声止于乡里。我治已病之病，正是病情最严重之时，治好了名气便大了。沿袭传统医学，中国医学把"上医"发展成为养生学，把"中医"发展成为保健学，或者叫预防医学，"下医"才是现在大多数人理解的医学。

"医道同源"曾经将中医推上了巅峰，也几乎将中医推下了万丈深渊。中医几乎跌入万丈深渊来自20世纪中西文化的第一次大碰撞。

20世纪初，中国经济社会依然无法摆脱列强的欺凌。很多国人尊奉"弱者当为强肉，愚者当为智役"，把国家的落后归咎于中华传统文化既愚且弱，为"适世界之生存"，就要"忍过去国粹之消亡"。有的文化精英甚至提出欲废孔学，不可不先废汉文。欲驱除幼稚、野蛮和顽固，就应该先废汉文。愚妇都知道往外泼洗澡水，不能连同坐在浴盆中的婴儿一起倒掉，但他们却在做愚妇都不做的事。这种文化自戕，在世界文明史上也算是一个奇观。文化全盘西化的主张和国人文化自信的缺失带给中国的是百年崇洋媚外。

近代中西医的博弈起自晚清，最初多在解剖生理学内交手，而且是学理上的争论大于疗效上的争胜。这时中医疗法仍占有一定的优势。然而，在中西文化之争的大背景下，知识界批评中医愚昧落后之声日渐高涨，西医也公开与中医决裂，医药界形成了泾渭分明的两大对垒阵营。20世纪20年代末，一件"废医案"几乎让中医遭受灭顶之灾。

1929年2月23日至26日，南京国民政府卫生部召开第一届中央卫生委员会。会议由西医出身之卫生部次长刘瑞恒主持，参会者有中央执行委员褚民谊、中华民国医药学会上海分会会长余云岫等14人均为西医界代表，且多主张废止中医。会上，围绕着"废止中医"，余云岫提出《废止旧医以扫除医事卫生之障碍案》《统一医士登录办法》《制定中医登记年限》《拟请规定限制中医生及中药材之办法案》等四项议案。这四项提案因内容雷同，后又合并为《规定旧医登记案原则》一个议案。余云岫的理由是："旧医一日不除，民众思想一日不变，新医事业一日不向上，卫生行政一日不能进展。"

余云岫，浙江镇海人，毕业于日本大阪医科大学，受明治维新时期废止汉医思潮影响，曾撰写过《灵学商兑》，率先对中医基础理论进行系统批评。日本明治维新以后，汉医遭到废止，给了余云岫强烈的刺激和启示。余云岫不了解中医，认定中医立足于阴阳五行的哲学式空想，因而非科学。他有一句非常决绝的话："不歼《内经》，无以绝其祸根。"余云岫也知道中医在国人心里的地位，不是他们几个西医出身的委员假借国民政府的力量就能废除的。因此，他设计了六个"渐进"的陷阱：

（一）由卫生部施行旧医登记，给予执照，许其营业。政府设立医事卫生训练处。（二）凡登记之旧医，必须受训练处之补充教育，授以卫生行政上必要之知识。训练终结后，给予证书，得永远享受营业之权利。至训练证书发给终了之年，嗣后无此项证书者，即应停其营业。（三）旧医登记法，限至民国十九年底止。（四）旧医之补充教育，限五年为止。在民国二十二年取消之，是为证书登记终了之年，以后不再训练。（五）旧医研究会等，任其自由集会，并宜由政府奖励。惟此系纯粹学术研究性质，其会员不得藉此营业。（六）自民国十八年为止，旧医满 50 岁以上，且在国内营业至二十年以上者，得以免受补充教育，给特种营业执照。但不准诊治法定传染病，及发给死亡诊断书等。且此项特种营业执照，其有效期间，以整十五年为限，满期即不能适用。

余云岫近乎"取缔""禁止"的提案，吓坏了很多参会者，这几乎是与中医决裂，也是与国人决裂。中央卫生会议最后还是通过了废止中医案，但办法却缓和了很多。废止中医主要有三条原则："甲：旧医登记限至民国十九年为止；乙：禁止旧医学校；丙：其余如取缔新闻杂志等非科学医之宣传品及登报介绍旧医等事由，卫生部尽力相机进行。"该决议案写进了 2 月 25 日的会议记录。

2月26日，上海《新闻报》率先报道了这一消息，"废止中医案"在中医界引起轩然大波，舆论界也一片哗然。上海市中医协会率先召开上海医药团体联席会议，邀集神州医药总会、中华医药联合会、医界春秋社等40余个中医药团体代表在六马路仁济堂举行大会，商讨对策。大会当天，上海中医界1000多人停诊，药店老板和职工数百人响应。3月17日，上海举办了全国医药团体代表大会，出席大会的有江苏、浙江、安徽等15省132个团体代表共262人。上海中医、中药两界再次停业半天。各中药店门前纷纷张贴诸如"拥护中医药，就是保持我国的国粹""取缔中医药，就是致病民的死命""罢工半日，表示我们的力量，是否有影响与民众"等标语。大会推选了晋京请愿团。散会当晚，请愿团赴南京请愿。请愿得到了主张保存中医的国民党元老的支持。国民政府也不愿意因这一无关大局的事件引起社会动荡，最后以国民政府"撤销一切禁锢中医法令"告终。

这次"废医案"虽然被阻挡下来了，但在国民心里始终留下了一个阴影，经历了一次生死的中医"体质"变得更虚弱，加上来自西医和各方面持续地歧视、排斥和限制，中医渐渐走向低谷。

新中国成立初期，"废止中医派"代表人物余云岫等人仍以中医是不科学的医术在影响着一批人，中医的处境仍然十分尴尬。

1950年8月，第一届全国卫生会议明确了中西医结合的工作方针，中医终于迎来了春天。此时，尽管是春寒料峭，但人们已经渐渐感受到了春天带来的温暖。

中医即便是迎来了春天，但在唯科学主义或者说中西文化不时碰撞的今天，也难免还会遇到暴风骤雨。中国进入21世纪，医学界上层的少数精英仍以中医虚、实、气、补等概念不准确，阴阳五行、金木水火土不科学，将中医理论称为伪科学。这些所谓的"实证主义者"一次又一次打击着民众对中医的认同心理。

哲学里有一句很通俗的话，只见树木，不见森林。西医侧重微观研究，中医侧重宏观把握。如果说西医看到的是树木，那么中医看到的就是森林。树木属于大自然，森林就不属于大自然了吗？国医大师张大宁说得好，中医学是一门多元化的科学文化体系。中医理论以"证"为核心，从另外一个角度对人体异常生命活动的分析归纳和概括，是对现代医学"病"概念的补充和修正。中医的辨正理论就是中医学的精华所在。

中医是有生命的科学，它感应天地万物，又融入天地万物，生命在融入的过程中达到充分平衡，以有生命的一草一木调和另一个生命，建立生命的生死与共。生命不是机器，坏了就换个零件，更应该追求与自然万物的和谐，追求生命的自然之美。

梧桐树对西医而言有着非凡的意义，就像中医的杏林。2019 年，希腊当地时间 11 月 1 日，在希腊科斯市西方医学之父希波克拉底故乡的梧桐广场，十名中国医生重温希波克拉底誓言，来自科斯市和雅典市的西医医生也朗诵了英文版的中医"大医精诚"，中西医之魂在此水乳交融。中国医生还接受了科斯市赠送的三棵千年梧桐树的树种，带回中国栽种。2500 年前，西方医学奠基人希波克拉底便是在这棵梧桐树下讲学，这里被视为现代医学的发源地。北京市卫健委为了筹备这次活动精心准备了整整一年。这次水乳交融无疑也有着非凡的意义。

西方医学有梧桐广场，中医学有杏林。梧桐树代表西医文化精神，杏林代表中医文化精神。看到这则新闻，我不禁要问，中国的杏林在哪？杏林文化精神又是什么？

同样在这个云淡风轻的秋天，一个偶然的机会，我找到了中国的杏林。我说偶然是因为中国的杏林就在身边的庐山，而我却一无所知。不仅我一无所知，当我来到庐山之南，面对芳草萋萋的杏林遗址才知道，很多人与我一样一无所知。

我与朋友卢君谈起中医。卢君说，杏林应该去看看。我问，杏林在哪？他说，我带你去呀。在一个阳光仍很炽热的上午，我们驱车来到庐山山南的一个荒坡上。朋友说，这就是杏林。

　　荒坡往南是炊烟袅袅的村庄，往北是云雾缭绕的秀峰，偌大的荒坡草木茂盛，就是找不到一棵杏树，让我不免惆怅。在一片低矮的草丛中我找到了一块更低矮的"杏林遗址"石碑，石碑上刻的文字也很有意思："星子县 2010 年 1 月公布，庐山市 2018 年 8 月立。"从公布到立碑整整一个"八年抗战"。石碑上刻的是星子县重点文物保护单位，而让人看到的除了草木，唯一的"文物"就算这石碑了。朋友也显得很无奈。2009年，朋友个人出资十万元举办了首届杏林文化论坛，也惊动了不少文化精英。然而到了第二届便冷冷清清，第三届更是无以为继。

　　正在我十分沮丧的时候，朋友讲了一个关于杏林的故事。

　　据首届杏林文化论坛精英考证，董奉，字君异，三国时期福建侯官人。董奉家乡的董奉山原名福山，福州便是因福山而得名。董奉应生于公元一七〇年前后，卒于公元二八〇年左右。董奉年少时喜古籍，好岐黄之术。后遇一高人，修得道术，也学了一手好医术。东汉末年，道教组织大量出现，著名的有太平道、五斗米道。董奉身在道家，应该参加了汉末的黄巾起义。黄巾起义失败，董奉逃亡到交州（今广西）。适逢交州刺史士燮暴病而亡，已经停尸三天。董奉听说便去吊唁，将三颗药丸放在士燮嘴里，灌了些水，又让人把士燮的头抬起来，摇晃着让药丸溶化。不久，士燮的手脚就能动，脸上也有了血色，半日后，便能坐起来，四天后就能说话。士燮感激董奉的救命之恩，在自己的院子里给董奉盖了一栋楼侍奉他。董奉只吃干肉和红枣，还喝一点酒。士燮就让董奉一天三餐吃肉和枣，喝最好的酒。一年多之后，董奉或许是行踪泄露，向士燮辞行。士燮哭着挽留都没留住，就问董奉要去什么地方，怎么走，要不要买条大船或车马。董奉说，我不要船，也不要车马，只要一具棺木。士燮哭得更伤心，恩人这是要去死吗？士燮准备了一具棺木。第二天中午，董奉真的死了。士燮以最高礼遇安葬了董奉。七天后，有从容昌来的人捎话给士燮，带来了董奉的问候，士燮才知道董奉未死，挖开董奉的坟墓，棺木里面只有一块绸子。董奉离开交州后，便隐居到了庐山之南。

　　董奉给山里人治病从来不收钱。治好一个重病，让他栽五棵杏树，治好一个轻病就栽一棵。几年下来，庐山之南便栽下了十多万株杏树，成了一大片杏林。

　　初春时节，漫山遍野的杏花含苞待放，红艳艳一片，春雨留情，云雾含香。到了阳春三月，春尽花残，山南又是如霜如雪，宛如仙境。走进杏林，落英缤纷，杂草不生，百鸟欢歌，群兽嬉戏，人与自然和睦相处，好一处世外桃源。杏子熟了的时候，董奉用茅草在杏林里盖一间仓房，想要买杏的人也不用告知他，只要将一罐粮食倒进仓房，便可以装一罐杏而去。如果有人想用半罐粮食换一罐杏，林中老虎便会咆哮着追出来，等仓皇而逃的人跑回家，罐子里的杏子掉得刚好剩下半罐。如果有人想偷杏，老虎就追上去把偷杏的人咬死。死者家人把杏还回来，磕头认错，董奉又把死者救活。董奉每年将卖杏得来的粮食又去救济贫困的人或遇到急难的路人。人间法则在杏林中运行就像春去秋来那样顺畅自然。

　　一次，县令的女儿被恶病缠身，到董奉这求治。董奉药到病除，县令把女儿嫁给董奉为妻。没人知道董奉的年龄，有人说，他应该有一百岁，但容貌仍像三十岁。董奉与县令的女儿没有儿女。董奉经常外出，怕妻子在家孤单，便收养了一个女儿。女儿十多岁的时候，董奉仙去，妻子和养女仍靠卖杏维持生计，凡敢欺骗她母女，老虎便追着咬。

　　董奉升天后，得到了皇帝两次诰封。晋永嘉元年（307）孝怀帝司马炽托上帝之名诰封董奉为"太乙真人"，号"碧虚上监"，建真君庙。唐天宝年初建太乙观。宋真宗大中祥符年间又建太乙祥符观，赐额"大中祥符观"。宋徽宗宣和二年（1120），诰封董奉为升元真人。董奉被后人尊为"建安三神医"之首，奉为"医仙"，依次才是"医圣"张仲景，"神医"华佗。董奉在庐山留有的遗迹有史可查的至少有四处。第一处便在这山南般若峰下。在归宗寺与陶渊明醉石之间有董奉的杏林草堂，地方史称董奉馆，又称董真人升坛。第二处在山北莲花峰下（现称龙门沟）。建有太乙宫，观内有丹井，观后有种杏轩。第三处在庐山以西的西林寺后山，有董奉"虎口取髋"和"虎守杏林"遗址。第四处在东林寺西北一华里处，有董奉炼丹台。

朋友又带我去了龙门沟的莲花峰下，除了山峰和溪水依旧，我仍然什么也没找到。在回来的路上，我一直在思考一个问题。西医之父希波克拉底留下了一个希波克拉底誓言，杏林之祖董奉到底给中国人留下了什么？

包含着中华民族几千年的健康养生理念和医疗实践的中医药学，凝聚了中华民族的大智慧。在中华民族屡遭天灾、战乱和瘟疫的危难时刻，中医"一根银针一把草"，一次又一次让一个民族转危为安，即便是在今天，中医从"治已病"到"治未病"，不但让一个民族站起来了，还让一个大国强起来了。伴随中华民族五千年文明史，中医药兼容并蓄，形成了独特的生命观、健康观、疾病观和防治观，使自然科学与人文科学得到了充分融合和高度统一。从新中国成立初"团结中西医"到新时代"中西医并重"，中医药和西医药相互补充，协调发展，中医药在治未病、防治重大疾病和康复中的重要作用日益彰显。酝酿了 30 年的中医药法出台，《中医药发展战略规划纲要（2016－2030 年）》和《中国的中医药》白皮书的发布，"国粹"终于有了"国法"保障，中医药发展也上升到国家战略，中医扬眉吐气，再也不怕"废医案"的冷箭了。到 2018 年，全国有中医药专门人才近 200 万名，98.5%的社区卫生服务中心和 97.0%的乡镇卫生院能提供中医药服务，中医诊疗人次已达 10.7 亿人次。中药大健康产业规模突破万亿元。

一株小草改变世界，一枚银针联通中西。中医药正在对世界文明进步产生前所未有的影响。《黄帝内经》《本草纲目》被联合国教科文组织列入世界记忆名录，中医针灸、藏医药浴法分别列入人类非物质文化遗产代表作名录。中医药已传播到 183 个国家和地区，世界卫生组织的 103

个会员国认可使用针灸。第 72 届世界卫生大会近期审议通过的《国际疾病分类第十一次修订本（ICD－11）》首次纳入起源于中医药的传统医学章节。2019 年 1 月，美国《国家地理》杂志发表长文称，许多文化都发展了自己的传统疗法，但中医药拥有最古老的持续医学观察记录，是有待现代医学深入发掘的"最大宝库"。

中医从冬天走到春天，又从春寒料峭走到春光明媚，为什么有人像朝圣一样远渡重洋迎接梧桐树种，却没人去寻访十万杏林？中医精神仅仅是"大医精诚"吗？不是。还有"十万杏林"。十万杏林尽管没有希波克拉底誓言，却有一个动人的故事。故事的背后是至仁、至善、至信、至精、至诚、至中、至和的精神。

中华文明还有一个核心词汇"道德"，大道无形，以德彰显。道是灵魂，德为身躯。董奉称为医仙，仙者，得道之士。十万杏林是道与德的化形。

很多人自称为"杏林中人"。你悟道了吗？彰德了吗？

突 出 重 围

药以医而灵，医以药而显。神医配灵药，或者说药对方，一口汤。中草药之神奇几乎到了让人无法理解的地步。

有人说，西医让人明明白白地死，中医让人稀里糊涂地活。这话虽是谬论，却说明一个问题，中医与中药的珠联璧合，往往能创造出惊人的奇迹。西医运用精密的仪器，能用精确的数据或图像把疾病具体到一个系统、一个脏器甚至一个细胞。而中医也有"四诊八纲"和脏腑学，却不能让人一目了然，眼见为实。20 世纪 70 年代，尼克松访华，周恩来总理让一名中医演示中医针刺麻醉术，中医用一根银针，刺了几个穴位，就可以进行拔牙手术。可是，一问原理，却没人能答得上来。我曾听一名西医讲过他的一次亲身经历。一对年轻的夫妇抱来一个才出生八天的孩子，孩子吃不进奶，肚子鼓胀，也不排便。他经过检查，没发现器质性病变，初步诊断为肠梗阻。孩子太小，不能做手术。他用尽了西医保守治疗的方法，也没有解除孩子的"肠梗阻"。只能无奈地看着夫妇离去。一个月后，他遇到那对夫妇抱着活蹦乱跳的孩子，很是惊讶。问孩子是怎么治好的。那对夫妇说，请了他那里的老郎中扎了几针，吃了点草药，就好了。孩子在这个西医眼里，就是稀里糊涂地活着。但是，稀里糊涂地活着总比明明白白死要好。

诺贝尔奖获得者屠呦呦是击破"中医让人稀里糊涂地活"谬论的第一人。屠呦呦团队从东晋葛洪《肘后备急方》记载的"青蒿一握，以水二升渍，绞取汁，尽服之"中得到启发，成功发现青蒿素，致使全球疟疾新增感染人数下降 37%，死亡率下降 60%，让 620 万被拯救的生命明明白白地活着。青蒿素仅仅是从一部中医典籍《肘后备急方》中挑出来献给世界的一份礼物。这样的礼物，中医药里还能找到多少？也许等到中医药真正突围到"明明白白"的时候，世界都会为之目瞪口呆。

中药界还有一句话："药不到樟树不齐，药不过樟树不灵。"

樟树，中国中药协会第一个命名的"中国药都"，为何能获得如此高的赞誉，曾经走过了怎样的历程？

2019 年 9 月，我到了樟树。樟树地处赣中腹地，位于江西千里黄金水道赣江中游，原为清江县一个镇。1988 年，撤清江县，设樟树市（县级）。历史上，樟树镇与景德镇、河口镇、吴城镇并称为江西四大名镇。樟树是一块风水宝地。南宋宰相范成大有诗赞："芳林不断清江曲，倒影入江江水绿。"

时令已是初秋。秋老虎虽然不可怕，却也给樟树惹了不少麻烦。适逢樟树、新干等地先后爆发登革热疫情，仅樟树报告病例就近 600 例。登革热是一种通过伊蚊（花蚊子）传播的自然疫源性疾病，传播速度快，又遇上流行季节，疫情一时还难以控制。樟树正在进行一场灭蚊大战，市卫健委主任郭志荣在办公室吃盒饭都快一个月了，好在没再出现新发生病例。郭志荣是一位漂亮的女性，与我都有从信访到卫生的工作经历。因为没时间陪我，她很歉疚。我说，工作为重。她特意安排了分管宣传的孙主任陪我采访。孙主任是一位热心肠，除了有求必应，还特意在微信里发了一篇《樟树之路两千年》的文章，让我了解樟树发展的脉络。

有人说，樟树是八省通衢，四会要冲，又有中国三大道教名山阁皂山，天地孕育了一个"药都"。深入了解之后，我觉得这个结论还是有失偏颇。樟树的"药都"不完全是天地孕育生成，也不完全是药材交易的一种简单扩张，而是樟树人一次次挑战自己，超越自己，突出重围，在水与火的煎熬中完成了一次次涅槃重生。

樟树从药摊到药都整整跨越了 1800 年。我粗略算了算，樟树至少成功地组织了三次大的突围。每次突围，樟树都是一次脱胎换骨。

最初的樟树无疑得益于阁皂山这个天然的大药场。镇郊的阁皂山属武夷山支脉，像赣江上一道绿色屏障，绵延 200 余里，峰峦叠翠，草木茂盛，雨水丰沛，气候宜人，是一处修仙慕道的好地方。道教将此列为第三十六福地。阁皂山还是赣江上的"百草园"，拥有 200 多种天然药材。

东汉建安七年（202），阁皂山来了一位道教四大天师之一的葛玄，神仙谱上称为太极仙翁。葛玄在天台得道，阁皂成真。神仙谱上凡能得道成真的人都是有大功德的人。葛玄在阁皂山结庐而居，采药行医，筑灶炼丹，就是在做大功德。山里人吃五谷杂粮，都免不了要生病，葛玄一个人忙不过来。中医药说复杂又简单，教会山民看病识药也不是什么难事。一传十，十传百。没多久，一些懂医识药的阁皂山人便开始摆摊卖药，悬壶施诊。这些人既是为了生计，也是弘道。那时，行医卖药也没个固定场所，或采药于山林，或巡诊于乡野，再或到淦阳古镇上摆个地摊，有病看病，要药卖药。葛玄羽化之后，他的侄孙葛洪也追随叔祖的脚步，来到了阁皂山。葛洪拜叔祖的弟子郑隐为师学道。他认为修道求长生，必兼修医术，以救近祸。因此他精晓医学和药学。他所著《抱朴子》《金匮药方》《肘后备急方》被樟树人奉为医药学的经典。之后，陶弘景、孙思邈、葛长庚等名士相继来到阁皂山，也把医药学的最新成就带到了阁皂山。如陶弘景的《本草经集注》，雷敩的《雷公炮炙论》。这些名士入主阁皂山让樟树人明白了一个道理，中医药说简单又复杂。药有酸、咸、甘、苦、辛五味，又有寒、热、温、凉四气。是药三分毒，草药没经过炮制仍是草，经过炮制后才是中药。古人说，制药如练兵，率未练之兵不能克敌制胜，用未制之药难以药到病除。凡药制造，又贵在适中，不及则功效难求，太过则气味反失。如巴豆腹泻作用凶猛，去油制霜后，可减少毒副反应。麻黄生用可发散风寒，蜜制后还能止咳平喘。紫河车多有腥臭味，直接入药，难以入口，须经漂洗酥制，去腥臭，才利服用。柴胡、香附经醋制后可引药入肝，杜仲用盐水炒可引药入肾。悬壶施诊，不仅要会认药采药，还要会制药。樟树人明白这个道理，便开始了历史上的第一突围。

樟树中药材炮制技艺以"雷氏炮炙十七法"和《本草蒙筌》的"三纲九法"等医药学理论和古法炮制原则为依托，结合药物特性和临床实践，创造了一套独特的炮制方法，自成体系。炮制的第一步是鉴别。药材的鉴别要"观其形、摸其质、拈其重、尝其味、嗅其气、听其声"，以辨真伪，定优劣。第二步是净制。净制是中药炮制前的第一道工序，药材净制讲究挑、捡、摘、揉、擦、砻、拭、刷、刮、碾、研、筛、颠簸、剪切、敲、挖、剥、轧、制绒、风选、水选。第三步是切制。切制又分洗浸、润、切制、干燥四道小工序。其中润药是关键，老药工有"七分润工，三分切工""润药是师父，切药是徒弟"之说。切制需用专门的"樟刀"，片刀和铡刀面小口薄。第四步是炮炙。炮炙是药材制作技艺的核心工序。火制有煅、炮、炙、炒，水制有渍、泡、洗，水火共制有蒸、煮。第四步是干燥和贮藏。药材贮藏前须经干燥处理，按药材不同性质，分为黏性、芳香、粉质、油质、色泽、须根、根皮、草叶八类，分别用烘、焙、摊、晒进行干燥。

樟树人掌握了这些技艺之后，便在淦阳城逐步建立了"前店后坊"

经营模式，前柜看病、卖药，后坊制药。他们还开辟了一个固定的药材交易场所，立起一块偌大的石碑，取名为"药墟"。"药墟"一般在固定时间交易，药商、摊贩逢墟日便来赶集。唐开元四年（716），江西通往广东的古驿路"大庾岭道"开通，淦阳城（今樟树）正处于这条南北大动脉上。借助袁水和赣江，或达京师，或至吴楚，或走湘桂，或通闽浙，为药材集散中转提供了极有利的条件。店铺也逐渐变成了"货栈""药行"。至南宋，随着国家政治经济文化中心南移，有着近千年积淀的樟树迎来了前所未有的机遇。突围的时机终于成熟，樟树由药摊、药墟一跃成为"药市"。樟树流传一句俗语："四十八家药材行，还有三家卖硫黄。"樟树药业传承于道家。樟树人内修于"道"，制药技艺讲究顺其自然，赢得了"药不过樟树不灵"的赞誉。他们还外修于"德"，讲究仁义诚信，追求经营有道，又赢得了"药不到樟树不齐"的口碑。

天齐堂是我采访的第一家企业。天齐堂的老板袁小平老家是湖南，老祖宗就是"樟帮"里的人，往返在湖南和江西做药材生意，后来在家乡开了一家药店，取名"天齐堂"。袁小平应该算"樟帮"的第七代传人。他小时候就跟父亲走南闯北，学了一身中药炮制的好手艺。2002年，袁小平看准药都樟树中医药产业发展的潜力，把天齐堂开到了樟树。

可惜我没能见到袁小平，接待我的是天齐堂行政部的负责人廖文俊。小伙子能说会道，不知不觉便把我带进了他的企业文化里。天齐堂是做纯中药产品的企业，2018年销售额达3.27个亿。这在樟树纯中药企业中，也算是龙头老大。袁小平也是一个很有文化底蕴的人。小廖告诉我，他为了再现樟树药业发展史，投了几千万，正在建一座"樟帮"博物馆。这么大的投入对于天齐堂来说，还是有点捉襟见肘。袁小平跟部下开玩笑说，现在他也不得不节衣缩食了。一个能为中医药文化节衣缩食的人，也算是心中有"道"。2017年，是袁小平的丰收之年，先是拿了吉尼斯世界纪录。他用一寸长的白勺在三分钟之内切了362片。樟树的老药工人人都有一手绝活，譬如说中药切制，很多人都能展示"白芍飞上天、陈皮一条线、黄柏骨牌片、枳壳凤眼片、川芎蝴蝶双飞片"的绝技。袁小平是药工里面的佼佼者。我看过一张他的照片。他切的白勺，放在掌心，用嘴轻轻一吹，白勺薄片便像一只只白蝴蝶在空中飞舞。这一年，袁小平还入选第五批国家级非物质文化遗产传承人。从袁小平身上，我找到了樟树药工的"道"。这种道便是把自己的生命融入药的生命里，让药材活起来，灵动起来。袁小平还有两句"口头禅"，一句是做中药就是做良心，另一句是修合虽无人见，存在自有天知。这便是他的道化形出来的"德"。袁小平身上折射出来的道与德正是当年樟树人突围出来后的一种境界。

如果樟树人就此止步，樟树充其量就是个"药市"，或许已经消逝在苍茫的历史烟尘里。

樟树是一个山清水秀的地方，也是一个洪水泛滥的地方。自宋祥符三年（1010）至民国24年（1935），清江县境内较严重的水灾就发生了101次，平均每年一次。再加上战乱，樟树这碗"药饭"并不好吃。

明初，江右商帮一跃成为与晋商、徽商三足鼎立的第一大帮，无疑给在"一个碗里"抢饭吃的樟树人一个极大的启示。这时樟树药铺遍布三街六井七十二巷，有中药铺二百多家，"吃药饭者"越来越多。加上还有外来人大量流入，与之争食。如四川的附片客、河南的地黄客、湖北的茯苓客、安徽的枣皮客、浙江的白术客、湖南的雄黄客、福建的泽泻客、广东的陈皮客，他们能来，我们为什么不能走出去？

走出去需要勇气。然而，总不能抱着金饭碗等着饿死！樟树人开始了第二次突围。

这次突围异常惨烈。

离乡背井，抛妻别子，长途跋涉，水土不服，瘴疠时疫，危险重重。樟树有句民谚说："只看得伢崽去，冒看得大人归。"《清江县志》记载："俗多商贾，或弃妻子徒步数千里，甚有家于外者，粤、滇、黔无不至焉。其客楚尤多，穷家子自十岁以上，即驱之出，虽老不休。"樟树在家的女人唱："月儿亮堂照床前，可叹明月缺半边。早知一去三年整，只要郎君不要钱。"而在外乡的药商、药工心里也凄苦无比："一日离家一日漂，犹如孤鸟宿寒林。纵然此处风光好，难免思乡一片心。"

从明末到清代，樟树药商和药工先后出现过三次"突围"高潮，其中两次处于战乱。

崇祯年间，樟树首次出现外出高潮。因为战乱，樟树人多少有些无奈。清江知县秦镛有一首《劝务本业歌》：

> 贫者梳离非得已，富者何为复行贾？辞家转盼七八年，出门转辗数千里。不惜家园久别离，那堪道途多梗阻。陆行既怕豹虎侔，水浮又恐蛟龙得。一朝疾病兼死亡，十万腰缠亦何益？吁嗟呼!上有高堂白发垂，下有闺中朱颜开。稚子成行未识面，劝君束装归去来。

康乾年间，樟树药商出现第二次外出高潮。这次是樟树人的主动出击，大有"一个包袱一把伞、出门几年当老板"和"赤脯光腔去、长袍马褂归"的气势。这次他们不是迫于生计，而是赚钱谋利。他们以樟树镇为中心，纷纷在湖南、湖北、四川以及省内各城市安家经商。同治至光绪年间，樟树药商出现第三次外出高潮。这次仍然是因为战乱，但他们不再像第一次那样青涩，而是结成了强有力的"樟树帮"。"樟树帮"不限于樟树人，而是临江府五个县的药商捏成了一个拳头，成为与京帮、川帮媲美的全国三大药帮之一，鼎盛时达七八万之众，将湖南、湖北和江西的药材市场尽收囊中。

尽管这时也步步风险，但代价与收获相比，足以让他们去冒险。福建武平县回春堂是樟帮的老牌药店。1920年，武平县保安团一个姓钟的营长率上百兵丁，一夜将回春堂洗劫一空。1946年，湘潭樟帮"行工"与本地"笋工"为争药材装卸权，曾发生过三次大规模械斗。尽管如此，樟树药帮仍含辛茹苦，忍辱负重，前赴后继地完成了他们的第二次大突围。这次大突围，他们以樟树镇为中心，以湖南湘潭、湖北汉口、四川重庆为据点，形成了遍布江南辐射全国的樟树药帮经营网络。南昌是樟树药帮实力最雄厚的地区之一。清末民初，南昌四十家药店，樟树占四分之三。樟树药帮在湖南分布最广、店号最多、人数最多。长约一华里的长沙坡子街是樟树药商汇集之地。樟树药帮在武汉的从业人员有 300 多人，居武汉所有药帮之首。四川是樟树药材的主要货源之一。在重庆，樟树药帮开设了 20 多家商号。以重庆为中心，樟树药帮又向成都、灌县、绵阳、南川等地拓展，直达甘肃岷县和碧口。樟帮药店在广州、香港设置的专庄也达 20 多家。

这次大突围，樟树赢得了一个名称：南北川广药材总汇。

樟树人除改变了很多地方缺医少药的现状外，还带给他们一个信息："遍地都是药，看你用着用不着。"如湖南出产的白英石、赫石、紫英石、余粮石，浙江出产的秋石，当地人当废料，樟树人却如获至宝，大量收购这些矿石药材，做成中药，又还之于民。

潇滩流下棹歌声，

一曲清江见底清。

老树不知生意尽，

尚凭古社占村名。

进入 20 世纪，"废医案"风波给樟树药业也是致命一击。1929 年，清江县政府通过决议案，严令"各地中医不得任意登记。中医不得冒用西药及西药器械。仰即知照查禁，以资取缔"。1931 年，又在樟树设"特税总局"，对中药材征收高额特税。同茂长药号被迫宣告停业，庆隆药行老板被迫吞服鸦片自杀，德茂康药号、德生源药号老板因欠款无力偿还，先后忧愤而死。樟树药业濒临崩溃的边缘。樟树有民谣："国民政府真可恶，废除中药用西药。逼死中医改了行，药材当作煮饭火。药铺倒闭关了门，樟树药业遭了祸。"到 1942 年，樟树药业从业人员从数千人降至三百余人，樟树药业到了"冰点"。之后，虽然有所回暖，终究是境况惨淡。中药炮制是一个脏活、苦活、累活，收入微薄，很多从事炮制生产和研究的老药工和专家都转了行，年轻人更是不屑一顾，樟树独有的"樟帮"中药炮制技艺也面临着断代失传的危险。

新中国成立，给樟树带来了曙光。樟树人不屈不挠的劲头是藏在骨子里的，只要有一缕阳光，便像爬山虎一样疯狂向上攀缘。樟树铆足劲开始了第三次突围。

1958 年，中国完成了社会主义改造，进入了计划经济时代。药材生产计划是通过药交会来落实。当年，国务院批准了三个药交会，上半年在樟树开药交会，下半年在河北省安国县，河南省辉县百泉药交会作为全年生产计划的补缺。樟树抓住这个机会，首次药交会成交金额就达 150 万，居三个药交会之首。到 1965 年，樟树共举办了 10 次药交会，总成交额达 5 亿多元。十年内乱，百业凋零，樟树药交会不得不停办了 16 年。

樟树药业的突围不是一次冲锋，而是无数次冲锋的叠加，积小胜为大胜，以时间换空间。1980 年 11 月，樟树重开第 11 届全国药材交流会。此次交流会采取中西合璧，有中药材、中成药、西药、药械。交流品种达 7000 多种，成交金额达 12439 万元。之后的四十年，樟树一方面通过药交会持续发力，另一方面又不断彰显特色，创新形式，致使樟树在全国药业界影响不断扩大。1988 年 12 月，樟树市成立药业管理局，专门负责樟树药业日常工作和一年一度的药交会。1989 年，新建以药都大厦为主体的 15000 平方米交易场所，交易展馆达 200 多间，摊位达 2000 多个。药交会成交金额首次突破 10 亿元大关。2005 年，药交会首次由江西省人民政府主办，交易量再创新高。随着网络时代的来临，樟树药交会实施创新突围，首次引入"互联网+"模式，通过 PC、移动客户端、微信公众号等新兴媒体搭建线上展示交易、线下体验交流的现代会展平台，通过网络化、信息化大大释放了药交会的活力。

到 2013 年，樟树终于获得第三次大突围的阶段性胜利。中国中医药协会正式授予樟树"中国药都"称号。这是专业组织授予的中国第一个"药都"。樟树通过近两千年的努力，到达了中医药的巅峰。

2014 年，"樟树中药材炮制技艺"列入国家非物质文化遗产保护名录。

2018 年 10 月 16 日，樟树第 49 届药交会再次迎来八方宾朋。全国 7600 多家医药企业参会，2000 多家厂商参展，一批全国百强制药企业云集樟树。大会期间，仅中药成交额便达 100 亿元。此时的樟树早已今非昔比，全市有医药企业 206 家，中药材种植面积达 28.9 万亩。中医药全产业链总收入已突破了千亿元大关。中医药产业形成了药地、药企、药市、药会齐头并进，生产、加工、销售、科研、旅游一体化发展的大格局。樟树已经成了真正意义上的"药都"。

我到樟树时，投资 105 亿元的中国药都樟树岐黄健康小镇已经建成，正在筹办第 50 届药交会。樟树市医药管理局的方梅玲副局长跟我简单地介绍了一些情况，便匆匆忙忙离开了。我独自来到岐黄小镇这个"药都航母"，一下就被她的庄重大气惊呆了。岐黄小镇总占地面积有 600 亩，总建筑面积 10 万平方米，主要包括一栋三层的会展中心、一栋四层的博物馆、葛玄广场和太极湖。总体布局贯穿了"天人合一"的理念，呈中轴线对称布局，同时还借鉴了中国传统园林"前殿后苑"的布局思路。建筑外观以汉唐风格为主，体现了樟树对中医药文化的追溯。

采访最后我来到了樟树最大的药企仁和集团。仁和从一家默默无闻的地方企业已发展成为拥有一家上市公司、一家高科技工业园、三家医药科研机构、十四家药品生产企业、十五家物流企业的现代化药企集团，并且与 460 家药企组成了矩阵联盟。仁和集团通过"互联网十"组建的"叮当快药"已覆盖了北京、上海、广州等七大城市，实现了 7×24 小时核心区域免费配送，打造了中药又一个京东和阿里巴巴。

采访结束之后不久，第 50 届全国药材药品交易会开幕，开幕式当天成交额就达 100 多亿元。

樟树突围的步伐没有停止。她也许在进行着第四次大突围，突围的目标是走向世界。

采 草 药 记

一次深入生活，我选择了跟随一名老中医到深山采药去。对于中草药，我是既熟悉，又感到神秘。深山采药算是一次对神秘的追踪。

我是喝草药才长大的。这话现在很多人不会相信。

大概一岁多的时候，我突然变得面黄肌瘦，木讷呆滞。看医生也不见好转。那时农村吃饭都成问题，不是生命垂危，谁会借钱买药吃？村里人说，这孩子恐怕难带大。父亲偏不信，在家里翻出了一本草药书。只读了三年级的父亲，啃这本书有些困难。但书中经过图解的草药他大都认得。经过一番"研究"，父亲断定，我得的是疳积，水沟边上的鱼腥草就能治。鱼腥草无毒，就死马当活马医吧，用鱼腥草煎水当茶喝。我的病好了。父亲因此找到了自信，遇到村里实在没钱看病的人或者"死马"，便用草药治，竟然经常出现奇迹。之后，我有个风寒水热，便把草药当茶喝。长大后，再也找不到喝药如喝茶的感觉。然而，也无法抹去对草药的亲近感。有时看到中医治一个病要开一长串药方，心里还特别反感，一味草药能治的病，用得着那么卖弄学问吗？中医笑，民间的确有"单方一味、气死名医"的说法，但中医还得讲究"君臣佐使"。我不置可否，但草药在我心中占有的位置一直没有改变。

车子驶向赣北的大山——武山。幸福涧是武山最长的山涧，几十公里山路足足有一百多道弯。梅雨时节，大山已脱去了春天稚嫩的童装，穿上了青翠欲滴的正装，用她最迷人的体香招待每一位光顾的客人。

我们一行十多辆小车五十多人的终极目标是大山深处的望晓源。领队是一位老中医师，叫蔡锦芳。蔡锦芳今年 72 岁，一头白发，长须飘然。下车后，他换上一身迷彩服，在山涧里行走如到了家里。那走路的形态，完全不像一个老人。好些年轻人竟然跟不上。爬一个八十多度的陡坡，他援树而上，动作一气呵成，没有丝毫停滞。

我惊讶地问蔡老，你咋这样能爬？

蔡老笑着回，我每天上午看病，下午采药，爬山是家常便饭。

细问之下，更让我惊讶。蔡锦芳是赣北有名的老中医，在九江开了一家中医诊所。他的诊所从来不买药，所有用药都是自己采集炮制。

江西历来被称为"中国医家荟萃之地"。在古南康、盱江、赣中及婺源等地，曾经出现过四大医学群体。自汉魏以来，江西出现过 1400 多名中医名家，编撰了有目可查的医籍近千部。东汉道家葛玄在阁皂山开江西中医药之先河，董奉在庐山独创"杏林"中医一片天地。"盱江医学"在抚河流域自成一派，与安徽"新安医学"、江苏"孟河医学"、广东"岭南医学"并驾齐驱。在中药制作上，中国四大传统炮制流派中，"樟树帮""建昌帮"四占其二。中医还有"北看天津针、南看江西灸"的说法。热敏灸是江西人的独创。热敏灸又称热敏悬灸，全称"腧穴热敏化艾灸新疗法"，属于灸的一种。热敏灸以不用针、不接触人体，无伤害、无副作用、疗效好深受患者欢迎，已在全国 500 多家医院和世界 13 个国家和地区得到使用和推广，治好患者达 350 多万例。

中医在江西民间可谓是藏龙卧虎。江西率先提出打造中医药强省更是情理之中的事。2017 年，江西省医药产业实现主营业务收入 1373 亿元，其中中医药产业主营业务收入 553.73 亿元，居全国第 4 位，现代中医药产业发展势头正劲。

蔡锦芳让我惊奇的还不止于此。蔡景芳还在湖口的山里开办了一片中草药种植基地。我问，为什么要把基地开在山里，就近办一个不是更方便？蔡锦芳说，植物不同于动物，生存环境改变了可以跑。植物跑不了，就得靠自身肌体去调节适应，实在不能适应就只能灭绝。这种调节和适应便改变了草药原有的药性。猴子养在家里，时间久了，还能爬树吗？我这个基地，该长树的地方仍长树，该有石头的地方还得有石头。我仿佛觉得蔡老不是在种药，而是在养"孩子"。一个温室里长大的孩子如何去面对岁月的风雨？一株草药如果没有"野性"，如何去战胜疾病？

我现在知道，他为什么有草药基地还坚持上山采药了。

一位乡村医生在一小溪边的岩石缝里拔出一株木本植物请教蔡锦芳。蔡锦芳脱口而出，这是水杨梅，因为结的果实像杨梅。它只会长在一个地方，水边的岩石缝里。这棵水杨梅起码有二十年。它叶子青翠，而且长得慢，所以很多人把它做成盆景。其实它是一味非常好的中药，用它的叶子或者果子止泻，最多一服药就能治好。

采药者随手在山道上采一株植物让蔡锦芳认，他总是毫不犹豫便说出草药的名字，类似草药怎么区分，治什么病效果最好，最佳采摘期是什么时候。让所有的采药者啧啧称奇。

这次采药、认药、讲药活动是都昌县卫健委组织的。采药者中有乡村医生、民间老中医，有医院中医师、在校中医学生，还有大学教授。蔡锦芳是应采药者要求邀请来的主讲，也是领队。像这样的活动，都昌县卫健委每年都要组织两次。

我问蔡老，你能认多少种草药？

蔡老说，两千多种。

接下来，我被人群冲散，只能远远地听。

师傅，这是什么？

这是好东西。何首乌。它的藤叫什么？夜交藤。《大明本草》记载，何首乌见藤夜交，便即采食有功。西医挤兑中医，在何首乌上做足了文章。中医说，吃了何首乌能长生不老，白发变黑，怎么就弄出这么些药物性肝炎来？但是现在研究证明，何首乌本身无毒，它的某种成分会引起特殊体质的人过敏。青霉素很多人在用，但有的人就是过敏。何首乌能镇静、安神、补脑。

蔡老，这是什么药？

吴茱萸。是很有名的中药啊。七月份开花，十月份结果。全国最好的吴茱萸出在江西，江西最好的吴茱萸出在武山。

师傅，这是？

豨莶草。老百姓用来喂猪，猪吃了长得又肥又大，又叫肥猪草。治风湿、偏瘫、高血压效果非常好，而且降压后很稳定，不用终身服药。

……

这老头，脑子里怎么有这么大的信息量？这还不是信息量的问题，而是他每一根神经都与大山的一草一木相连了，草木成了他脑子的一部分。目之所及，草木皆为良药。

有人说，传承数千年的"岐黄之术"是祖先留给我们的宝库。还有人说，中医中药在诸多古籍中有太多的经方和验方，每一个药方都可能是下一个"青蒿素"，每一个发掘它的人都可能成为下一个"屠呦呦"。这话一语道破天机。中医的经方、验方是由历代医家摸索出来的处方。具体说，经方是特指张仲景《伤寒杂病论》的药方，验方特指张仲景之后医家所创处方。经过千锤百炼的中药药理和处方经常遭受到现代医学的排斥，哪怕是在新中国，这种质疑也没有停止过。五十年代末，中国曾经在全国范围内用现代医学手段进行过一次大规模令中医药大为尴尬的"验药"活动。"验药"结果是大多数被认定为"临床有效"的药方，很难得到"动物实验"和"双盲试验"的证实。在1961年中国生理科学会药理专业第一届学术讨论会上，中医学界代表强烈主张中医是一种临床医学，不能用"动物实验"来验证中药。七十年代初，同样难堪的事再次发生。一场全国规模的中药筛选竟然持续了数年之久，参与这场筛选的医务人员达30万人。 筛选目的只是为了寻找攻克慢性支气管炎的方法。结论是，中草药"经不住时间和实践的考验"，能从中药里成功提取分离成为化学药的不到60种。中医药在百余年中可谓是步步艰辛。2017年7月1日生效的《中医药法》为经方和验方打开了两扇窗口。法律条文规定："来源于古代经典名方的中药复方制剂，在申请药品批准文号时，可以仅提供非临床安全性研究资料。"也就是说"经典名方"不必再走临床实验这道"验药"程序。《中医药法》对中医传承和发展有里程碑的意义，中医药终于可挺直腰杆面对世界了。屠呦呦最大的贡献不是发现了青蒿素，而是改变了世界对中医药的看法。因为这一改变，中医药可能改变世界。

蔡锦芳不仅对草药熟悉，而且讲药心直口快，从来不藏私。这一点让在场所有人不得不佩服。传统中医都是按师承关系传教，非徒不授。这也是民间中医经验为什么屡屡失传的原因。中医从理论到实践之间有一条很宽的沟壑。中医难学的不是理论，而是经验。

同行采药者每人都采集了不下十株草药标本，这是为下午蔡老集中解说草药做准备的。离开大山时，蔡锦芳提出到都湖鄱彭四县中心县委旧址合影。武山是赣东北革命根据地之一，红十军代军长匡龙海就曾在这里打过游击。

在这合影又是什么讲究？

就一个原因：新中国对中医重视。中草药书到现在为止仍然是中国发行量最大的书籍之一。新中国的赤脚医生"一把草药一根银针"救活过多少人？合影是为了纪念，在这合影是为了感恩。

我恍然大悟，中草药书曾经就救过我的命。

父亲救我命的草药书就是那个年代出版的。也许是我血管里到现在还流淌着中草药，所以对中医尤其感到亲切，对蔡锦芳也尤其感兴趣。我一定要了解蔡锦芳是一个什么样的人！

下午的认药、讲药大课结束后，我终于逮着一个机会。

蔡老，我想采访你。

好啊。就是时间别太久，我得赶回诊所。

蔡锦芳学中医的经历是一部传奇。他从小喜欢花草树木。那时候学校停课了。某一天，他遇到一个抓蛇、治蛇伤的民间医生。蔡锦芳想学治蛇伤。蛇医不肯教。蔡锦芳还真敢玩命，他趁蛇医不注意，故意让蛇医的一条蝮蛇咬了一口。蛇医骂，你这调皮鬼，怎么让蛇咬了。他说，不小心，便咬了。蛇医抓起一把瓜子金，一半捣碎敷在伤口，一半让他嚼。开始感觉辣，后来又不辣。蛇医说，继续嚼。半小时后，他说，又辣了。蛇医说，伤好了，现在不用跟着我！学蛇医的愿望落空了。还有一次，他遇到一个江湖郎中在卖药，地摊上摆满了一百多种草药。蔡锦芳站在旁边看郎中卖药，听他讲药。傍晚，郎中收摊走，蔡锦芳也跟着走。郎中说，你跟我干吗？蔡锦芳说，想学中草药。郎中说，有什么好学，没看到我饭都混不饱？蔡锦芳说，我就是想学。他跟了郎中一个星期，来到庐山脚下的牯塘。郎中实在没办法，对蔡锦芳说，你去挖一味乌药试试。蔡锦芳以为郎中答应了，高高兴兴去采药。哪知回来后，郎中不见了。蔡锦芳追到鄱阳湖边，远远看见郎中上了一条渔船。他想都没想便跳了下去。船越走越远，蔡锦芳游得筋疲力尽，仰在水面上望着蓝天白云想，这回死定了。没想到，郎中的船又回来了。郎中抱起蔡锦芳哭，你这孩子，怎么就不怕死！郎中求渔夫带上蔡锦芳。船行至鞋山，郎中下船了，蔡锦芳紧随其后，进了鞋山道观。郎中郑重地换上道袍（他师傅是一位道人），让蔡锦芳行叩拜大礼，正式收他为徒。自此，他跟师傅学了三年，走遍了中国的名山大川。给人看病，有钱的给钱，没钱就去他家吃顿饱饭。这期间，他们到过云贵川和西藏少数民族地区，收集到了不少少数民族的偏方。

高二毕业，蔡锦芳下放到马回岭。大队书记见他懂中医，便把他调到大队部当赤脚医生。

如果年少学医是靠蔡锦芳执着，那么他人生的第二次机遇便是功到自然成。

那时候他经常到山里采中草药。一次，他从湖口石钟山悬崖下爬上去，遇到一位老先生。老先生问，小萝卜头，干什么呀？蔡锦芳说，采药。老先生指着遍地植物，一种一种地问，蔡锦芳对答如流。老先生很是惊奇，你是谁呀？蔡锦芳说，赤脚医生。你是谁呀？老先生说，庐山植物园的。蔡锦芳做梦都没想到对面便是著名的中国科学院庐山植物园研究员赖书绅。

20世纪70年代，在全国范围内掀起了一场中草药资源调查运动，并组织编写出版了《全国中草药汇编》。赖书绅便是江西主要参与者，正在主编《九江中草药》。

赖书绅是学植物的，对中草药，特别是民间中草药了解不深。他正缺这样一位助手。赖书绅问，愿意当我助手吗？蔡锦芳自然乐意。赖书绅便用一纸公函把蔡锦芳调到《九江中草药》编写组。在庐山植物园，蔡锦芳也取长补短，系统地补上了植物学和中医药学的课程，完成了他由民间郎中向中医师的跨越。

知青返城，蔡锦芳被调到茅山头垦殖场医院，成了一名正式医生。

在采访快要结束时，我问了一个可笑的问题，你退休后为什么还要这么劳累奔波？

蔡锦芳说，中医中药得传承下去。不希望若干年后，子孙要到新加坡、韩国去看中医。那就真对不起祖先了。

蔡锦芳现在在全国带的正式徒弟有几百，挂名弟子有几千。他除了看病、采药之外，还经常出去讲学。别看垂垂老矣，他每天在手机微信发出的释疑解惑信息就达几百条。他的微信公众号几年来一直坚持每天发布一期，阐释他的中医中药观点，传递中医心得，分享看病用药经验。他认为中医是对人体宏观平衡的一种控制，阴阳失调则百病丛生。中西医各有所长，结合则两利，排斥则两害。蔡锦芳把中医的整体观、联系观用到中西医关系上，恰到好处。

蔡锦芳谈起来便忘了时间，人也显得有些疲累。我心里愧疚，但还是问了最后一个问题，你与这些采药者已经超越了师承，心里是怎么想的？蔡锦芳哈哈大笑，肚子里的东西只要不带进棺材，人活着就值了。蔡老这句话让我刮目相看。有人说，中医墙里开花墙外香。日本称中医为汉方医。20 世纪 70 年代便派遣大量的留学生来华学中医。一位日本人说过一句很牛的话："现在我们向中国学中医，将来他们要向我们学中医。"韩国把中医更名为韩医，韩医在韩国是最受欢迎的职业。英国有 3000 多家中医诊所，有两万多针灸师。

　　蔡锦芳是一位奇人，他或许是民间超越师承关系授徒的第一人。中医师承禁锢在他身上已荡然无存。队伍里有一位小学老师，是一个中医爱好者。他在出山的路边柴草里挖出一棵黄精，根部像小莲藕，有十二节。黄精一节就代表一年药龄。这是个宝贝，有十二年药龄。我们争相传看，爱不释手。这位老师说，《别录》记载黄精主补中益气，除风湿，安五脏，久服轻身延年不饥。我很惊讶这支采药队伍不仅人人能认草药，还能说草药，聊中医。

　　一位朋友见我对黄精饶有兴趣，悄悄说，我知道一个地方有黄精。我说，约个时间去采？一个周末，我们相约去了阳储山。在一座向阴的竹林，我挖了满满一袋黄精。朋友告诉我，黄精古法炮制要"九蒸九晒"，不过直接用它煲汤，味道也挺鲜美。我既没有"九蒸九晒"，也没有直接煲汤，而是"一蒸一晒"，放到冰箱里，想吃便在煲汤时放一些。黄精让我又找到了喝药如喝茶的感觉。

　　《中医药法》还有一个重大突破就是国家以法律的形式承认师承方式，并允许师承方式继续保留。不但圆了民间确有中医专长的中医梦，也打开了中医药师承教育的大门。中医几千年在中国人心里埋下的种子有了这块合法的土壤，终于可以生根发芽，茁壮成长了。

　　这次采药之后，我也加入了他们的微信群，天天看他们聊草药，聊中医。从这支队伍身上，我看到了中医在民间的希望，也听到了一个健康中国落地的轰隆声。

第九章　生死相托

心 灵 救 赎

心灵是人最坚强的地方，也是人最软弱的地方。心灵不食人间烟火，却吞噬七情六欲。心灵伴随着人诞生，伴随着人成长，她不是我们身上的任何一个器官，甚至可以远离躯体，又与人体器官有着千丝万缕的联系。

现在你应该知道，我说的心灵不是哲学意义上的思维和意识，也不是宗教意义上的灵魂或精神，而是医学上的一个概念。心灵是无形的，却有人的气质，人的智慧，人的欲望和本能，人的思想情感。心灵只有两种状态，一种是精神卫生状态，一种是精神分裂状态。世界卫生组织对精神卫生状态的描述是，在这种状态中，每个人都能够认识到自身潜力，能够适应正常的生活压力，能够有成效地工作，并能够为社会做出贡献。

很多人会说，谁不是这种状态？不是这种状态的人要么是傻子，要么是神经病。这话还真说到了点子上。人最软弱的地方就是人最容易患病的地方。据世界卫生组织公布的最新数据显示，全球约有 4.5 亿精神发育障碍患者，其中 3/4 生活在中低收入国家。而在这些国家中，只有不到 2% 的卫生保健资金用于精神卫生，且每年有 1/3 的精神分裂者、半数以上的抑郁症患者和 3/4 的滥用酒精导致精神障碍者无法获得简单、可负担得起的治疗或护理。

其实可怕的还不是这些数字，而是很多人患病了却不知道自己患病或者不承认自己患病。这样的思想支配一个人，摧毁的只是一个人，如果这样的思想支配一个国家，可能会使一个国家陷入混乱。

在人类历史上，极少有哪个时代或哪个国家重视精神卫生。耐人寻味的是，现代精神卫生运动兴起，发起人和倡导者竟然是一名曾经的精神病患者。20世纪初，一位名叫比尔斯（C.Beers）的美国人根据自己患病和住院的遭遇，特别是精神病治疗机构对病人的冷漠和虐待，以及公众对于精神病人的偏见和歧视，于1908年出版一部畅销书《自觉之心》。该书不仅感动了普通民众，而且让很多专家学者、社会名流深深震撼。《自觉之心》再版了二十余次，并且译成了多国文字，译的书名也各有不同，有的译成《一颗自我发现的心灵》，有的译成《心灵的归来》。这本书拉开了现代精神卫生运动的序幕。1908年，世界第一个心理卫生组织康涅狄格州心理卫生协会成立。1930年国际心理卫生委员会成立。1948年，世界心理健康联合会（WFMH）成立。1936年，中国心理卫生协会成立，但随着抗日战争爆发，名存实亡。1985年，中国真正意义上的心理卫生协会成立，现代精神卫生运动开始起步。2013年5月1日，《中华人民共和国精神卫生法》颁布。精神卫生又称心理卫生，狭义上的精神卫生主要包括心理健康促进和精神障碍预防、诊断、治疗、康复，广义上的精神卫生还包括咨询和健康素养的提高。

2010年夏天，赤日炎炎。南昌街头的人流里有一对父子，正在匆匆赶路。父亲剃着平装头，穿着白色的短袖衬衫，一副憨厚的相貌。儿子问父亲，专程到南昌来接我？父亲说，是接你，也是来学习。儿子又问，学什么？父亲说，进修临床心理学。儿子兴高采烈，父亲却是一脸苦笑。儿子刚从政法大学毕业，人事关系已转到省人才交流中心，正是春风得意的时候。父亲其实没说实话，他这次来就是到省精神病医院学治神经病。县医院新开设了一个精神病科，领导看中了他。是看中还是看扁，他都有些糊涂了。他虽然是上饶卫校毕业，但后来也到省中医学院进修了中医，应该让他去中医科，而不是与神经病打交道。他是个老实人，在领导面前从来没说过"不"字，但并不代表他心里没有无奈和恐惧。他就是都昌县人民医院急诊科副主任沈俊民。

该问路了。同志，省精神病医院怎么走？过路的人诧异地看看沈俊民，又看看他儿子。眼神像在说，这俩谁是神经病？都是好好的一个人，也不像呀？过路的人摇摇头走了。再问下一个，那人除了有同样的眼神，脸上还有恐惧，随手往左前方一指，也匆匆走了。行人的恐惧迅速传染给了他父子。沈俊民心里越来越恐惧。儿子明显表示不满，学临床心理怎么来了精神病医院？沈俊民还想在儿子面前保留最后一点"尊严"，医院这是要重用爸。但没多久，沈俊民还是放弃了这点尊严，儿子，等会到了精神病医院，疯子要打人，我们就跑。行李可以不要，命不能不要。

恰恰是这样一个人，后来成为都昌县"心灵救赎"第一人。沈俊民担心的事并没有发生。医院里的医生都文质彬彬。进入病区，尽管有的病人蓬头散发，模样吓人，但秩序井然。病人每天早晨六点起床，七点吃早饭，吃饭以后吃药，吃药后做操。上午，有时医生给病人讲课或者举行各种活动。中午也午休，下午又继续户外活动。不过这些活动都是在一个封闭的空间里进行。我问，医生给病人讲些什么？沈俊民说，譬如说，精神病能康复吗？康复后还要吃药吗？我说，给精神病讲精神病，能听懂吗？沈俊民说，能听懂。病人治疗了一段时间便会恢复自知力，有自知力就能听懂。自知力恢复就是病人走向临床痊愈的标志。沈俊民在回忆那段经历时，不但没有恐惧感，而且还有点兴奋。沈俊民说，病人的活动也形式多样，愿跳舞的跳舞，愿唱歌的唱歌，愿走象棋的走象棋，愿演讲的演讲，愿打球的打球，愿打牌的打牌。总而言之，一切活动都是为了让病人充分展示才艺，找到存在感和获得感。病人在社会上失去的东西，在这封闭的空间都能找到。封闭的空间就像一个"小社会"，由这小社会制造出来的"精品"，曾经断裂的"神经"变得更加坚韧。

　　真正让沈俊民改变的是他的老师张业祥。

　　一天，张业祥的诊室来了一位特殊的病人。说他特殊是因为他也是医院里的同行，一家大医院很有名望的骨伤科主任，不过已退居二线，姑且称他为老莫。老莫一脸漠然，嘴角还挂着一丝不易觉察的微笑。沈俊民轻声问老师，这个老莫还好吧？也看不出什么毛病。张业祥说，非常不好，已在濒死边缘。沈俊民暗自吃惊，怎么会？张业祥说，老莫随时可能自杀。沈俊民问，为什么呀？张业祥说，那微笑行内称微笑抑郁。

　　我对沈俊民的讲述表示怀疑，这不是把自己的老师往神坛上抬吗？沈俊民不得不讲了行内另一个"内幕"。随着社会经济快速发展和竞争压力的加大，再加上各种环境因素、家庭因素和人际交往障碍，心灵极容易"破碎"。精神压力导致的不良后果往往呈爆发式，所产生的极端行为又往往是不可逆的。都知道 9 月 10 日是中国的教师节，却不知道这一天还是世界的预防自杀日，就像很多自杀的人不知道自己自杀的真正原因。世界卫生组织有一组数据，全世界每 40 秒就有 1 个人尝试杀死自己，每年死于自杀的人数超过 80 万人。中国自杀人数超过世界自杀人数的 1/4，位居世界第一。在文化意义上，你尽可以把自杀理解为一种抗争，一种超脱，甚至是一种尊严的维护，但在医学意义上，自杀就是一种精神状态的恶化，或者说心灵"崩溃"。抑郁症是精神发育疾病中最常见的一种，发病率高达普通人群的 10%，并且女性发病率高于男性。抑郁症还是一种危害性极大的慢性病，致残率也相当高。我国每年以自杀方式结束生命达 20 万人，其中 80%患有抑郁症。

　　新闻里经常有自杀的爆料，这一点我是知道的，只是不知道有这么多。我表示歉意，让沈俊民继续说。

　　张业祥一边治疗，一边设法与老莫沟通。三个月之后，老莫向张业祥袒露了内心。老莫还真想到过死。微笑一般都是绽放在很自信的人脸上，没想到还会隐藏在对世界失望的人脸上。老莫退居二线后，仍然整时整点上下班。领导说，老莫，你用不着这么辛苦，感兴趣就来。领导是关心他。老莫想，什么叫感兴趣？搞了一辈子骨伤，还不感兴趣？领导是不是怕我干扰了新主任的工作？老莫从此便不去上班。不去上班也有事。老同事遇到老莫问，莫主任，怎么没见你去上班呀？同事也就是随口那么一说。老莫却不这么想，人走茶凉，我不上班是领导不让上班，领导没意见，同事倒有看法了。自从老莫退居二线，每听到的一句话都在刺老莫的心。南昌是待不下去了，那就去上海。儿子在上海。儿子儿媳也是高级知识分子，很孝顺。但日子久了，也难免有照顾不周的地方。老莫看在眼里，就是不说出来。老莫想，儿子是自己身上掉下来的肉，既然掉下来了，就再也粘不上了。还是回去吧。老莫又回到了南昌。有人遇到老莫又问，你不是去了上海儿子那，咋又回来了？老莫又想，他是不是说，单位没人要，现在儿子也不要你了？天大地大，咋就没有俺老莫去的地方！从此老莫就没走出家门，家是自己的，看还有谁说什么？不出门也有事。老婆觉得奇怪，老莫咋不出门？是不是病了？老婆拖着老莫到医院四处检查，结果什么毛病也没有。老莫很烦，烦又不说出来，于是想到死。老婆想到了精神病医院，这才有开始的一幕。老莫想，死都不怕，还怕精神病医院？于是也才有一丝不易觉察的微笑。

老莫暴露了内心，张业祥就成功了一半。张业祥问老莫，你用几条腿走路？张业祥说，两条腿。张业祥说，人生也有两条腿。老莫问，哪两条腿？张业祥说，一条是工作，一条是生活。人都有退休的时候，如果不学会生活，生命就没有支撑。老莫说，那还是一条腿。张业祥说，会生活的人，生活就能长出两条腿。你是业内的佼佼者，总不至于学不会生活。你痛苦得没道理。老莫想通了，治疗效果也明显提高了。半年后，又是一个精神焕发的老莫。老莫不仅学会了生活，而且去医院上班了。

沈俊民也从老莫身上看到，精神能毁灭一个人，也能成就一个人。他在一年半的进修时间里，不但走进了精神病患者的精神世界里，还利用业余时间去南昌大学读书，考取了国家二级心理咨询师。

沈俊民回到县医院，也把省精神病医院的前卫理念带回了医院。医院精神病科开办起来了，但门可罗雀。这在沈俊民的意料之中。

在中国疾病总负担中，精神疾病排名居首位，约占疾病总负担的20%。轻度的精神发育障碍如抑郁症、孤独症、焦虑症比感冒还普遍。中国疾病预防控制中心精神卫生中心公布的数据显示，我国比较严重的精神心理障碍患者人数超过了1600万，而各类精神心理障碍人群数量在1亿人以上。即便是在这1600万重症患者中，接受治疗的也只占20%。八成病人缺乏治疗除了经济原因外，更多的是讳疾忌医。除此之外，诸如留守儿童心理发育不健全、父母过度溺爱造成子女错误社会认知、青少年学习压力带来的负面心理影响、经济压力带来的负面消极情绪、残疾病人因自卑带来的精神障碍、老年人抑郁症和老年性痴呆等问题，尽管人人都感到不容忽视，却没人当回事。

世界上有两类疾病人不愿意承认，一种是性病，一种是神经病。

精神发育障碍疾病已成为严重而又耗资巨大的全球性卫生问题，影响着不同年龄、不同文化、不同社会经济地位的各类人群。

人最不该冷落的是心灵，救救这些心灵吧！

沈俊民的机会来了。有人说，说一千道一万，不如做一件事。你能把今天在街上赤身裸体的疯子治好，精神科这一炮就响了。说者无心，听者有意。那时精神病科只有门诊，没有条件收住患者。沈俊民要想治好那疯子必须得家属配合。他到处寻访，这疯子从哪来？一天，他打听到疯子是河西的渔民。沈俊民找到他家属。听说街上的疯子是你家的？谁说的？老子骂他八辈子祖宗。没别的意思，想治好不？我能治。你是谁呀？骗吃骗喝的吧。我是县医院精神病科的主任，领导说一个赤身裸体的疯子整天在街上招摇过市，像什么话？得治。谁说不是，家里人都羞于见人。那就治，治好了算你的，治不好算我的。沈俊民用了点小心计，家属果然中招了。那疯子像一头牛，个子高，力气大，没有家里人配合，还真没法治。三个月后，疯子温顺得像一头羊。半年后，疯子能干活。都说疯子是天底下最聪明的人。疯子现在一年能赚七八万，养活一家人。隔三岔五还给沈俊民送来鄱阳湖里原生态的鱼。

精神病科的医生出名难。沈俊民原本认为这是一个机会，但治好后才知道他永远不可能有机会，得保密。病治好了，充其量是街上少了一个疯子，人世间多了一个正常人。为什么少了，为什么多了，不能去问，也没人愿意问。人从疯了那一刻开始，就被摒弃在这个世界之外。

什么是精神病科医生？就是别人收获幸福感，自己收获成就感。

某一天，沈俊民无所事事，听消化内科的同事在发牢骚。这人他妈的就是神经病。怎么了？一个浅表性胃炎，整天哭哭啼啼喊胃疼，别人死了亲爹也没他伤心。你再仔细给他查查。查个屁，半年内他都到南昌二附医院做了六次胃镜。说不定他得的是躯体化障碍。什么障碍？躯体化，病情与症状不对称，就像你的病人那样。你来治？我试试。

患者被带到沈俊民的办公室。一米七的个子，眼窝深陷，骨瘦如柴，身体已经到了衰竭的边缘。沈俊民说，患者得住院治疗。家属说，不住院，能治就治，不能治就回家。家属已经让患者折磨得筋疲力尽，大医院都治过了，一个小医院居然说要住院，对家属来说，不是骗钱就是说笑话。沈俊民问患者，近两年你遇到不顺心的事吗？患者说，没事。沈俊民又问，受过什么打击吗？患者说，没有，什么都好。沈俊民说，性格怎么样？患者说，性格有点躁。沈俊民说，有看不惯的事么？患者说，看不惯的事当然多，什么事都看不惯。你这样问话，我就看不惯！沈俊民一路问下去，一大堆的心理问题都出来了。沈俊民用他的方法治疗了一个星期。患者又来找他。医师，你的药好吃。怎么好吃？我胃里有一团火，你的药像三伏天的雪，吃下去，胃就凉了下来。那就继续吃？继续吃！两个月之后，患者症状全部消失。他逢人便说，治胃病原来不在消化科，得找沈医师。沈俊民的精神救赎没成功，治"胃病"反而出了名。

沈俊民真正的机遇是 2015 年。国家卫生计生委、中央综治办、公安部、民政部等六部门联合在全国开展精神卫生综合管理试点，九江市被列为全国试点地区之一。都昌县人民医院随着业务扩张，在河西建分院，并为精神病科建了一栋住院部，设置了 168 病床，拥有了完备的精神病医院设施，成为精神卫生的试点县。县里将精神卫生试点纳入了医改的重要内容，实行定期调度和专项考核，列为综治考评实行一票否决。县医院精神病科将全县 3562 名严重精神障碍患者纳入重点管理，年门诊量猛增到 12800 人次。对重症精神病患者全面放开门诊免费救治。对住院救治的患者，医院除了负担患者自费部分费用外，还免费为贫困患者提供住院期间伙食。同时，还开通全县心理咨询服务热线。配备了 11 名心理咨询师。设立社区精神康复机构，搭建了患者重归社会的平台。对长年住院无监护人的患者，通过购买服务的方式，建立了托养救助模式。一个以"政府主导、部门履职、家庭监护、社会关怀"的心灵救赎新模式初步形成。

沈俊民由县医院最闲的人变成了最忙的人。住院部患者最多时达 300 余人，比设置病床翻了一倍。短短的几年内，沈俊民治愈了 6000 多人，并为患者一一建立了疾病档案。国家卫健委到他这里调研不下五次，中央电视台对心灵救赎"都昌模式"进行过专题报道，全省精神卫生改革现场会也在这里召开。最后得出一个结论，都昌模式全国少见，管理好，疗效好，效果好，可复制，可推广。

在精神病科有两句耐人寻味的话，一句是病人来无影去无踪。病人来不能问出处，治愈了不能问行踪。另一句话是一个精神病人能压垮一个家庭。国际上有一种说法，患抑郁症的人相当于一个全盲的人，患精神分裂症的人相当于一个全瘫的人。

沈俊民给我看过两张照片。一张是一个五大三粗的男人，穿一件油光发亮的空心破棉衣，下身裸露，蜷缩在雪地的垃圾窖旁边找吃食。头反转 120 度看着镜头，头发卷曲，浓眉大眼，目露凶光，嘴角粘着几颗饭粒，样子就像一条流浪狗。这是沈俊民去年冬天骑自行车回家时，出于职业习惯，在路上拍的。这张照片如果去参加摄影展，一定能拿个特别奖。颁奖词是：从一个最佳角度抓住了人性的原始状态和裂变的瞬间。沈俊民没有艺术细胞，没想过参展，却叫来几个人把疯子弄进了他的住院部。半年多之后，他把最有"艺术"天赋的一个人改变成了一个平凡的人。这便有了第二张照片。第二张照片画面要简单得多，也是一个五大三粗的男人，笔直站立在一个房间里，上身穿一件格子棉衣，下身穿一条黑裤，卷曲的头发没有了，变成了一个光头。神情严肃，却有一丝难以觉察的微笑。眼神凌厉，却有一缕柔和的光芒。精神病患者 1/3 能痊愈，剩下 2/3 的 90% 要终身服药，还有 10% 无法治愈。但愿照片上的男人眼神里的凌厉越来越少，柔和的光芒越来越多。如果我们能快乐地活着，宁愿要简单，不要"艺术"。

人的自我认知意识让心灵承载的东西太多，我们能不能活得简单一些。这是我采访沈俊民后的感叹。结论当然是，不能。

又是某一天，一位母亲带着一个女孩来找沈俊民。女孩也是骨瘦如柴，脸上皮肤黝黑，目光呆滞，反应迟缓。母亲对沈俊民说，这都是读书读的，悔不该送了她读书。沈俊民问，在哪读书？母亲说，在复旦大学读博士。沈俊民吃了一惊，一个花季少女，还是才女，怎么就疯了？母亲告诉他，女孩上大学便谈了一个男朋友，两个人携手前进，读了研究生，又读博士，女孩的成绩比男朋友还略强一点。突然有一天，女孩发现男朋友另有新欢，而且男朋友的新欢居然是一个专科生。女孩想不开，不吃不睡。如果男朋友找的对象比她强，也许她不至于如此，为什么是一个专科生？女孩一天到晚喃喃自语，为什么，为什么？学校看到女孩这种状况，怕出问题，便让家里接回。母亲带着女孩到处求诊，一直不见好转，家里也让她拖垮了。母亲问，能治不？不能治就回家。哪怕是找个木匠石匠嫁了，只要有口饭吃就行。沈俊民说，你有信心，我就有信心。母亲说，那就是没信心。沈俊民说，你不能太悲观，我需要你配合。除了药物治疗，还要心理治疗。母亲说，我配合。

女孩的医保不在都昌，只能看门诊。母亲每星期来复诊一次。两个月之后，女孩像变了一个人，来时有说有笑。沈俊民趁机展开心理治疗。女孩终于找到了自信。女孩除了这一次情感挫折之外，人生还是有很多值得骄傲的地方，山不转水转，一个女人不可能只为男人而活。半年之后，女孩回到了学校，人生也重新有了定位。

心灵长堤的崩塌，"蚁穴"出自信心危机。沈俊民的心灵救赎是用他的自信为患者重建一个自信的精神世界。他没有很高的学历，却有丰富的人生阅历和爱心，这正是他取得成功最骄傲的资本。心灵救赎多一个这样的人，心理健康之路上就多了一分力量。

人的心理如同肌肉，是可以通过锻炼变得更加强健有力。做心理的主人，不做心理的奴隶，经常让心理行走在阳光下，就能走上心理强大之路。我们需要救赎，更要自救。

况九龙的生命奇迹

经历生死考验是况九龙的最大不幸，也是他最大的幸运。每次"死"都是对过往的一次净化，每次"生"又是对未来的一次选择。

很多人都说况九龙的名字取得好，有九条命，用了八条，还有一条。但是，况九龙在鬼门关绝对不止往返了八次。

2002年4月25日，南昌大学第二附属医院呼吸科主任况九龙在福建讲学回来参加了一个会诊，又做了一台手术，下班时已经非常疲累。他骑自行车，与同事叶小群一同回家。路上，况九龙突然面色惨白，上腹部剧烈疼痛。况九龙停下来，用脚支撑着自行车，身子伏在自行车龙头上。叶小群也赶紧停了下来问，怎么了？况九龙有气无力说，可能是旧病复发了。

没有人比医生更了解自己的病情。十年前，况九龙因肝硬化、门脉高压、食管胃底静脉曲张破裂导致上消化道大出血。他的老同学、二附院肝胆外科主任邹书兵，消化内科主任罗文和呼吸内科副主任叶小群都是当年抢救况九龙的医疗小组成员。战友为了挽救他的生命，被迫做了胃底食道静脉断流加脾脏切除手术。门脉高压是门静脉系统压力升高。门静脉由肠系膜上静脉和脾静脉汇合而成，它将来自胃肠道、脾脏和胰腺的血液引流入肝脏。血管就像水管，门脉高压导致大量血液淤积在血管里，血管便不断曲张膨胀，就像持续给自行车内胎打气，总有一天会突然爆胎。脾脏切除手术并不能改变况九龙的疾病进展，只是暂时缓解门脉高压的症状。况九龙曾给自己的生命长度做过一次测量，短则八年，长则十年。经历这次生死之后，领导、同事、朋友都给他开了一个"处方"：想开点，看淡点，悠着点。但况九龙没有"照方抓药"，他才 35 岁，总觉得生命不会这么早就凋谢，即便要凋谢，也要凋谢在他喜欢的临床上。没有脚印的人生长度是毫无意义的长度，与原地踏步没有区别。

在况九龙快要陷入昏迷的时候，他意识到，十年，不知不觉就过了十年，正是他预测的生命最大长度，这次是彻底"爆胎"了。他能清楚地感觉到消化道的血在拼命向外奔涌。

况九龙吐了半脸盆血后，陷入休克。他整个人像正在放气的气泡，直冲云霄，意识消失在茫茫天地之间。

肝功能衰竭，呼吸衰竭。战友们都知道这是九死一生，但没有一个人放弃抢救。

胃底血管套扎手术。血没能止住。

气管切开，插入呼吸导管。病人仍在死亡线上挣扎。

这是一个持续而漫长的抢救过程。

况九龙体内几乎天天在出血，上吐下泻，人躺在血泊中。出血，输血。输血，出血。业内业外，没有人认为况九龙还有生的希望。家里人放弃了，在为他物色墓地。同事也在悄悄商量况九龙的后事。

医院领导没有放弃，在北京 301 医院请来了专家，给况九龙做了消化道介入手术，再次做了开胸食道断流手术。做完手术一个月后，又开始出血。况九龙的躯体已经让手术刀切割得支离破碎，再也经不起折腾。

怎样才能止血？在食道里插入气囊，充气压迫止血。况九龙经受这样的方法止血最长时达 80 多个小时，这在业内人士眼里是不可想象的，也是常人难以承受的。这种生不如死的感觉，让况九龙一度都想放弃生命。他反复想一个问题，即便是九死一生，活下来的意义又在哪里？然而，况九龙的生死已经不操纵在自己的手里，或者说谁也无权力决定一个人的生死。

战友们想尽了一切办法，病情仍然无法控制。况九龙的肌体完全垮下来了，一个牛高马大的况九龙，体重竟然降到了三十多公斤，身体虚弱到了极点。

还有一条生路就是做肝移植。江西肝移植之前共做过两例，第一例就是在本院做的，术后一个星期死亡。如果要做肝移植，况九龙是江西第三例，本院第二例。况九龙在难得清醒的时间里做出了决定，就做肝移植。他不想死，但也不愿这样半死不活。做肝移植，要么明明白白地活，要么痛痛快快地死。几个月来，医院为了抢救他不惜代价，他或许能以这种方式回报医院。手术无论成功与否，都能为医院肝移植留下第一手临床资料。老同学邹书兵是肝胆方面的专家，做肝移植，邹书兵无疑是最佳选择。可是，邹书兵在情感上无法接受同学加同事极有可能死在自己手里，提出到已有成功经验的外地医院去做，况九龙拒绝了。他没有力气说更多的话，便用手指着老同学的肝脏部位，又指了指自己的肝胆，点点头。邹书兵明白了，他是在说，肝胆相照。这是一个最贴近原意的词汇。邹书兵眼睛湿润了，也重重地点点头。没有什么情感比同学加战友生死相托的情感更珍贵。活下去已经不是他们唯一的目标，如果因此能让医院在肝移植上走出"零"成功的阴影，死与活又算什么？

2002 年 8 月 8 日，况九龙做了肝移植手术。

做完手术，况九龙既没有死，也不能好好地活，人生一片迷惘。一是能活多久是个未知数，随时可能发生致命的并发症。往好的方面想，能活个两三年就非常不错了。二是身体更加虚弱，人在病床上躺了四五个月，感觉就像纸片，一阵风都能把人吹跑。同学邹书兵想扶他起来走走，一放手，人就掉地上了。食道切开后留下胃食管反流后遗症，使他经常要遭受"烧心"的折磨。吃饭吞咽困难，进食时是一点一点"往下蹭"。三是每天都得服用大量的抗排异药维持生命，抗排异药像抗癌药一样有极大的副作用，致使他又患上肾结石、骨质疏松症。病痛的折磨让他难以入眠，一天最多只能睡4个小时。四是因为曾经历了多次深度肝昏迷，加上手术后的心理障碍，他患有严重的抑郁症，几乎不愿与人说话交流，甚至不敢见人，怕见人。一名医生成了病人，比一般患者想得都要多，因为他太了解身体构造和疾病发展的规律。为了禁止胡思乱想，他强迫自己看书，看英文词典，但仍然无法让自己平静下来，精神几近崩溃。

邹书兵来看他："老同学，你得为我活。"

况九龙苦笑："我想为你活，可是实在坚持不下去了。"

邹书兵说："你现在最想做什么？"

况九龙说："我想上班。"

邹书兵说："那不行，你目前的状况根本适应不了高负荷运转。"

况九龙说："也许看到病人的痛苦，才能忘掉自己的痛苦。"

邹书兵看着况九龙渴求的眼神，犹豫了很久才说："上班可以，你只能上半天班，查房不能超过三个病人。"

况九龙做肝移植手术半年之后，上班了。这时，只有他最喜爱的工作才能转移他的注意力，忘掉痛苦，焕发生命的朝气。他由一名医生变成一位病人时，默念最多的是兄弟、战友，我的命就交给你们了。这里隐藏着他很多对疾病的无奈，对人生的无奈。当他又回到医生的岗位上时，重新审视患者的目光，也找到了这种无奈。这不仅仅是一种无奈，还是一种呼喊，医生，救我！病人的痛苦决不像他描述的症状那样简单，他们描述的只是肉体上的疼痛，更大的痛苦是来自灵魂深处的绝望。况九龙再次成为医生，心理上不知不觉发生了微妙的变化。他仿佛成了人生河流上的一个摆渡人，大河风高浪急，一群眼里充满恐惧的人焦急地等待渡河，过去了便是阳光灿烂，过不去便是黑暗和死亡。这时候他们最需要的往往是一句话，相信我，一定能过河，哪怕是掉到河里，我也能把你捞起来。他就是掉到河里一次次被战友捞起来的。他远远不只是为邹书兵活。为邹书兵活仅仅是他个人的成败或者说医院在肝移植上的成败。为更多的人活，才是他活下去的意义。每一个病人都是他人生路上的一个脚印，一串脚印才能组成他全部的人生。

一个绝望的病人活下去是需要理由的。他当初活下去的理由就是为他喜欢的医学在他身上获取第一手临床资料。医生治病不是"兵来将挡、水来土掩"，而是治病与治人完美结合的一门艺术。病是一种生理异常，但生命的奥秘远远不止一个生理异常。在医生手里，一个病人可以绝望地活着，也可以在希望中死去。这是两种完全不同的结果。况九龙在逆境苦旅中终于大彻大悟了，他也因此攀上了治病救人的又一个高峰。

此时的况九龙仍然是弱不禁风，一两百米的路要走十多分钟，眼看公交车进站，硬是赶不上这趟车。由于术后肌肉萎缩，他的脖子撑不住脑袋，似乎随时会耷拉下来。但他的心理已经突出了重围，肌体也就慢慢恢复了生机。

2003年的一天，科里收治了一个14岁的女孩。女孩患有重症脑干脑炎，一直处于深度昏迷状态。孩子的母亲身心俱疲，打算放弃治疗。况九龙对母亲说，我是死过八回的人，还剩半条命，你相信吗？母亲看着有气无力的况九龙说，相信。况九龙问，孩子独自一人在与死神搏斗，她现在最需要什么，你知道吗？母亲哭着说，不知道。我想帮就是帮不上！况九龙说，她最需要你的信心。你要不断地告诉孩子，她不是一个人在搏斗，你在，我在，大家都在。母亲似信非信地点点头。况九龙强撑着虚弱的身体，查资料，订方案，累得几次昏迷过去又被救醒。他每次苏醒后的第一句话总是问，小姑娘醒了没有？孩子的母亲说，医生尽力了，我不怪你们。况九龙说，相信我，更要相信你的孩子。64天之后，女孩醒来了，不久便康复出院。

如果况九龙没有经历过生死，也许会像她母亲一样轻易就放弃了一条生命。每天等待他救命的病人都排着长队，放弃一条生命再正常不过。但他经历生死之后，心态完全变了。他不再追求看病的数量，而是追求救治的质量。每一次与死神遭遇，他都会产生强烈的抗击意识。战友们既然为他创造了一个生命奇迹，他就应该努力为所有的患者创造生命奇迹，狭路相逢勇者胜。生命很脆弱，也很坚韧。生命与死神对抗的时候，医生的信心就是压垮死神的最后一根稻草。

犹太人的《塔木德经》里说："凡救一生命，即救全世界"。况九龙从死神手里救回的女孩已经大学毕业，并且成家做了妈妈。她的人生已拓展成了一个丰富多彩的世界。她至今仍然念念不忘况叔叔，称他为再生父母。因况九龙而重现活力的世界远远不只她一个。

"嗡……嗡"，况九龙手机又一次震动起来。他左手不由自主地伸进口袋，熟练地把药盒盖打开了，倒出 5 粒药丸，塞进嘴里，甚至不用喝一口水，药便吞下去了。这是我采访他时看到的一个场景。他的动作就像一种条件反射，一气呵成，毫无阻滞。

他克莫司，抗排异药，他每天都必须按时服用。换肝手术后，他试用了很多种抗排异药，最后筛选了这种强力的新型免疫抑制剂。他告诉我，病人太多，挂个专家号不容易，他必须争分夺秒。一忙就忘记了吃药，因此他选择了手机闹铃的方式提醒自己。除了上手术台，其他任何场合他都能单手操作，不用喝水就能把药吞下去。

况九龙每天 7:30 之前就来到医院，8 点接班，多出来的半个小时，便是他处理上一天重病患者病情的时间。医生是一个 24 小时都处于待命状态的职业。医生最值钱的是时间，最不值钱的也是时间，或者说最有时间观念的是医生，最没有时间观念的也是医生。我觉得做一名医生，首先是要向时间宣誓，我宣誓要把自己卖给你，效忠你。况九龙浴火重生后，除了把 4 个小时交给睡眠，剩下的时间就交给了病人。在医院为病人看病，在家为病人看书。他家里的书很多。他常说，现代医学发展太快了，一天不看书，就远离了医学前沿。正因为死里逃生之后心无旁骛，他成了南大二附医院的"神医"。

老同学邹书兵自从治好了况九龙，在二附院声名鹊起，但看到本院的医生都找况九龙看病，心中感叹，他是医生中的医生！修炼成一个好医生不容易，他这是后天的经历激发了先天的悟性，二者缺一不可。

主管护师廖全萍也说："他耳朵不晓得多灵敏！"

当年有一个病例，患者因咳血辗转多家医院治疗。要么怀疑是结核病，要么怀疑是肺癌，莫衷一是，久拖不决。患者最后来看况九龙的门诊。况九龙拿起听诊器一听，立刻判断为风湿性心脏病，必须马上手术。随后的仪器检测证实了况九龙的判断，病人手术后很快痊愈。

2015 年 12 月 8 日，又是一个周二。这一天是呼吸内科疑难病症的看片分析会，科室十多位主治医生围坐在一起，况九龙坐在首席。

投影仪在放一张 CT 片：患者张某，76 岁，临床 CT 显示两肺多发结节，有阴影。经一周抗感染治疗，体温降下来了，阴影未吸收。

同事们各抒己见。况九龙一言不发，眼睛盯着 CT 片，脑子里成千上万的病案 CT 片在飞速闪过。这个看片会就像一个战役形势分析会，况九龙就是一个杀伐决断的"将军"，而且是一位有儒将风度的将军。

况九龙问："患者本次因何入院？"

临床医生也没有一句多余的话："发烧，咳痰。"

况九龙又问："心功能？"

临床医生说："有心衰迹象。"

况九龙说："追踪以往影像。"

投影仪上很快检索到患者一年前在二附院做的胸片。

况九龙又说："肺部有多发大小不一结节，应怀疑转移瘤。患者可能有未发现的肿瘤，比如前列腺、胃肠道。"

看片室静得能听到每一个人的呼吸声。与其说是看片分析会，不如说是现场教学。在疑难病症的判断上，况九龙经常会说出出人意料的结果，让人醍醐灌顶。他们已经习惯了这样听况九龙继续阐述。

况九龙继续说："一年前患者胸片还比较干净，现在看来有弥漫性病变。由于心衰水肿，还有可能造成患者肺部无法舒展。前期抗感染用了什么药？"

临床医生回："头孢。"

况九龙说："先查感染是结核还是真菌。是真菌，就用抗曲霉治疗。如果他没有矽肺病史，就全力搜寻肿瘤原发病灶，重点详查消化道。"

每一个疑难病例都是在这样的看片分析会上拨云见日，而每一次拨云见日都让呼吸科医生的医疗技术再上了一个台阶。没有人天生会打仗，也没有人天生会做医生，况九龙就是呼吸科的把桩师傅。由于况九龙带头示范作用，呼吸科成了二附医院临床重点专科，引领着江西呼吸内科的发展潮流。

况九龙经历生死后，仁心仁术也得以进一步升华。一次，呼吸科收治了一位年轻的怀孕女子。患者因急性重症肺炎住院，生命危在旦夕。该女子来自贵州，彝族人，HIV（艾滋病毒阳性）感染者，遭男友抛弃，没钱交医疗费，没有亲人护理。科室同事畏之如虎。一位同事请示况九龙，还治不治？况九龙瞪着同事，怎么不治？同事说，没钱不说，还是艾滋病！况九龙火了，你还是不是医生？你可以不治，但我建议你调离呼吸科。况九龙大病之后很少发脾气，这是唯一的一次。因为他想都不敢想的话，同事竟能说出来。他亲自做了这名患者的主治医生，亲自抢救了这名女子。经过连续数日的悉心治疗和照护，彝族女子病情很快好转。况九龙向上级打报告，协调减免了这名女子的医疗费用。女子病愈出院，没有人来接。况九龙又在科室发动捐款，直至把她送上了回贵州的列车。在他心里治病和救人已不能分割。

况九龙因为死里逃生改变了自己，也改变了女儿。2002年的那次病危，女儿小况还在读高中。父女连心，父亲经历了生死，也无异于她经历了生死。父亲病危，她的成绩也在急剧下降，父亲转危为安，她的生命也迎来了明媚的阳光。父亲对医学的执着成了她医学理想的原生质，她没有理由不去学医。高中毕业，她毫不犹豫报考了北京大学医学部，现在已是美国密歇根大学博士，研究方向是肺癌。况九龙在外人面前评价女儿从来不隐讳："至少在肺癌方向，我不如她。"他在女儿面前也不隐瞒观点："不管你在哪读书，学成后必须回国。"

况九龙对我说，他仍然不知道自己能活多久，但他已经赚了十八年，值了。在他面前，我所有想说的话都是多余的。他为自己创造了一个奇迹，又为女儿创造了一个奇迹。

他就是为创造生命奇迹而活。

"五大中心"与死神搏击

世界顶级医学期刊《柳叶刀》曾发表了一份题为《1990－2017 年中国及其各省份死亡率、发病率和危险因素：2017 年全球疾病负担系统分析》的研究报告，中国在过去的三十年间，主要发病和死亡风险已从传染病转变为慢性病。中风、缺血性心脏病、肺癌、慢性阻塞性肺病、肝癌是中国人过早死亡的五大主要原因。高血压、吸烟、高盐饮食和户外空气污染已经成为四大主要健康风险因素。

死神由"急"转"慢"虽然具有戏剧性，却没有逃出人类兴亡的历史周期律。早在两千多年前孟子就告诫国人，生于忧患，死于安乐。之前的"急"，多出于无奈，中国的医疗卫生条件和水平差，生命与健康难以得到保障。现在的"慢"，却是人"吃"出来的，或者说是乐而忘死。

中国健康大数据显示，中国人的腰围增长速度是世界之最。肥胖人口达 3.25 亿，未来 20 年还会增长一倍。腰围每增加一英寸（2.54 厘米），人体血管就会增加 4 英里，患癌症和心脑血管疾病风险就会提高 8 倍。高血压人口有 1.6～1.7 亿人，高血脂人口有 1 亿多人，糖尿病人数达 9240

万人，超重或肥胖症患者人数在 7000 万到两亿之间，血脂异常人口 1.6 亿，脂肪肝患者 1.2 亿。平均每 30 秒有一人罹患癌症，平均每 30 秒有一人死于心脑血管疾病。国家卫生服务调查显示，中国亚健康人群占比高达 70%，处于疾病状态的人群达 15%，其中慢性病死亡人数占总死亡人数的 86.6%。数据统计还得出一个结论：未来 10 年将会有 8000 万中国人死于慢性病。慢性病已经成为危害国民健康的头号杀手。

"健康中国战略 2030"提出，要创新医疗卫生服务供给模式，引导三级公立医院逐步减少普通门诊，重点发展危急重症、疑难病症诊疗。2017 年 11 月至 2018 年 5 月，国家卫健委（原国家卫计委）半年时间内，连续下发了五个文件，在全国二级以上综合医院强力推动胸痛中心、卒中中心、创伤中心、危重孕产妇救治中心、危重儿童和新生儿救治中心等五大医疗中心建设，并发布了相关的建设和设备配置标准，全面打造和完善全国医疗急救体系。

2018 年 12 月，在第十二届中国医院院长年会上，构建以"五大中心"为核心的新型医疗急救体系成为最热门话题之一。北京大学人民医院院长姜保国一直致力于严重创伤救治体系建设，他一针见血指出："中国的汽车拥有量 2013 年底突破 2.19 亿辆，道路公里数全球第一，同时交通事故创伤、道路交通死亡绝对人数也是全球第一。中国的创伤救治真的准备好了吗？""中国亟待建立一个创伤救治体系，让多发伤患者有更多生命存活机会"。北京清华长庚医院副院长王劲说，京北地区年卒中发病率为 236.2/10 万，以农村人口为主。院前急救体系不完善、缺乏区域协调及联合救治能力、DNT（急性脑卒中患者从进入医院到静脉溶栓开始的时间间隔）控制不达标、医疗资源分散、会诊转诊困难等问题随时在威胁着患者的生命。很多来自县级的医院院长说，卒中急救关键要发挥县级医院的作用。全国约有 1.16 万家县级医院，能开展脑卒中规范化治疗的医疗机构寥寥无几。救治水平低下，脑卒中致死率、致残率极高。有的还指出，要构建黄金一小时生命急救圈，区域影像中心建设是支撑。区域影像要实现信息整合、资源共享、信息分享和诊断协同，为急救争分夺秒。

急性心肌梗死、重度创伤（复合伤）、脑卒中、危重孕产妇和婴幼儿已成为威胁人民群众生命安全的主要重大疾病，具有起病急、病（伤）情危重、病死率和致残率高的特点。然而，老百姓和基层医疗机构面对以上疾病，在预防、发病识别、紧急转运、救治能力、康复与后期指导方面均存在严重缺陷，使患者在第一时间得不到规范的救治。

江西是率先响应国家卫健委号召创建急救服务体系的省份之一。由省人民医院牵头组建全省卒中中心联盟，由南昌大学第二附属医院牵头组建全省胸痛中心联盟，由南昌大学第一附属医院牵头组建全省创伤急救中心联盟，由省妇幼保健医院牵头组建全省危重孕产妇救治中心、危重儿童和新生儿救治中心联盟，制定了评估细则，拟定了申请受理流程，并依托专家组开展评估验收、监督检查、复核评估、调查研究、技术咨询、科研培训和学术交流合作，促进了区域急危重症救治体系的资源整合、服务改善、流程再造、机制重塑、院内协调、院外协作进一步完善，打造了一个区域医疗急救的高地，构建了一个快速、高效、全覆盖的急危重症救治的绿色通道。在不到一年的时间内，共举办专题培训班20余次，培训医务人员5000余人次。经过严格的现场评估，已公布授牌的省级卒中中心37家、省级创伤急救中心14家、省级胸痛中心39家、省级危重孕产妇救治中心5家、省级危重儿童和新生儿救治中心6家。五大中心在市县两级基本上实现了全覆盖。

心肌梗死，最典型的症状是胸痛。在中国很多地方，心梗患者从发病到送达医院，往往要两小时甚至更长的时间。患者因为丧失了抢救的黄金时间，含恨九泉。高危胸痛患者救治更是要分秒必争，区域协同救治便是与死神搏击的制胜法宝。协同救治必须要有一个快速高效的指挥系统，谁来担纲这个指挥系统便成了胸痛中心关注的焦点。南昌大学第一附属医院建立医院胸痛中心之后，将担纲的重任交给了医务处。

推诿扯皮是人的天性。

医务处主任说："干不了。"

院长说："职责所在，干不了也得干。"

医务处主任说："协调指挥关键要管住人，医务处能管谁？"又说，"就是派个副院长不吃不睡，也未必能干得好。"

院长说："你意思说，得院长亲自上？"

医务处主任说："那倒未必。"

院长说："你有更好的办法？"

医务处主任说："人管不住人，有一样东西能管住人。"

院长说："什么东西？快说！"

医务处主任说："手机。"

院长骂："扯淡。手机就是一个物件，如何管？"

医务处主任说："你授权，就能管。"

院长又骂："没工夫跟你闲扯淡，让你管就是授权。"

医务处还就是用一部手机管住了院前急救和院内绿色通道，建立了一套完整的院内部门联动机制，最大限度压缩了患者转运时间，极大优化了入院、检查、诊疗流程，为抢救赢得了时间。

医务处的做法其实非常简单，就是用手机建立了一个胸痛中心急救微信群。微信群已拥有近三百名成员，群里有医院领导，有核心科室、医技科室、住院收费等部门成员，甚至包括物业后勤人员。这是一个各级各方全流程、全人员、全方位参与的微信群，他们称之为"救命群"。只要有一个危重患者登上了微信群，所有在岗的相关人员都得在第一时间做出回应，并按流程中的指令完成各自的操作。我问医务处，他们视而不见怎么办？医务处主任说，所有的痕迹都记录在案，还没人敢挑战生命的底线。

微信群所做的一切都是为了挑战时间极限。安排有胸痛门诊专门值班人员，做到微信群在线、值班座机和手机 24 小时畅通。将心电图机、肌钙蛋白检测仪等设备移动到胸痛门诊，让设备多跑路，患者少跑路。设置绿色通道，让患者先治疗，后付费。细节决定成败，还有没有可争取的时间？当然有。诸如时间核准、等电梯难、路线设计、床位紧张等大大小小的问题还有一百多个，他们都群策群力，逐个解决，将救治时间计算精确到一分一秒。胸痛患者首份心电图时间降至 2.28 分钟，肌钙蛋白抽血到获取报告时间降至 15.82 分钟，STEMI（急性心肌梗死）患者 D2B 时间（入院至球囊扩张时间）降至 53.45 分钟（最快纪录 17 分钟），导管室激活时间降至 6.28 分钟。在一附院，我真正感觉到，时间就是生命。他们是"低头族"，但决不无所事事。他们通过微信群已成功救治了三百多例高危心梗病人，救治成功率达 95% 以上。

一附医院的胸痛中心微信群每天都在直播"生死大决战"。

2019 年 11 月，一天深夜，南昌夜色朦胧，雾浓露寒。尽管夜深人静，但南大一附院胸痛中心值班室微信群铃声不断。这样的铃声同时在胸痛中心微信群 282 台手机上响起，一条条语音信息指令在群里快速弹出。

中心值班医生：报告救护车接诊情况。

120 司机：病人已上救护车，预计十分钟到达。

120 医生：患者胸痛 30 分钟。

中心值班医生：一病区电梯准备，医务人员到位。

电梯管理员：电梯准备就绪。

一病区：医务人员到位。

中心值班医生：追踪患者近期检查结果和影像。

120 医生：患者影像资料已发出（数张图片弹出）。

中心值班医生：激活导管室。

导管室：导管室已激活。

中心值班医生：传送患者身份证图片。挂号室安排患者入院，启动先救治、后收费程序。

120 医生：（患者身份证图片弹出）

挂号室：明白。

120 司机：救护车进入 120 专用救护通道。

中心值班医生：所有抢救人员到位，展开抢救。

导管室，医护人员已经全部准备就绪，患者一进入便有条不紊地忙碌起来。患者肌钙蛋白化验，做出手术计划，签家属知情同意书，专家进行导管治疗。

主刀医师结束手术之后，还不忘记拿出手机发出一条信息，这也是他抢救过程中必须完成的最后一道程序。

主刀医师：手术成功，D2B 时间 20 分钟。

中心值班医生：辛苦了。

类似这样的生死大决战，南昌大学第二附属医院胸痛中心微信群已经直播了 288 场，而且每一场决战都是在医院多学科协作下共同完成的。为了最大限度缩短 D2B 时间，医院又投入了一百多万元购置了 120 车上抢救设备，胸痛患者现在可以在 120 车上完成心电图等多项检查。他们有一句名言："时间就是心肌。"他们在抢救患者的心肌，也是在与死神争夺民心。

脑卒中，又称"中风"。全世界每 6 人中就有 1 人可能患脑卒中，每 6 秒钟就有 1 人死于脑卒中，每 6 秒钟就有 1 人因脑卒中而致残。在中国，每年有 150 万至 200 万新发脑梗死病人。脑梗死是致残和死亡的第一大杀手。我们常说，猝不及防。脑梗患者就是"卒"不及防。治疗脑梗死最有效的方法是在黄金救治时间窗内进行静脉溶栓。突发脑中风患者溶栓越早，恢复健康的可能性越大。因此，卒中中心救治脑梗患者同样要讲究"快"。对脑卒中患者来说，每耽误一分钟，就会有 190 多万个神经细胞死亡。时间就是大脑，与时间赛跑就是与患者后半生赛跑，与死神赛跑。

中国卒中急救地图致力于实现"三个 1 小时"的急救时间窗：发病

到呼救不超过 1 小时，院前转运不超过 1 小时，入院到给药不超过 1 小时。中国卒中急救地图建设在国家脑防委领导下，按照统一规划、统一标准、统一管理、统一平台的原则实施，逐步建立了以患者为中心的区域一体化卒中救治网络。然而，最不关心患者健康的恰恰是患者本人。国家心血管病中心发布的《全国高血压控制状况调查》显示，我国高血压患病率已高达 23.2%，但知晓率却不到 50%，治疗率仅为 40.7%，控制率仅为 15.3%。血压控制不平稳是卒中发病最主要的原因，脑卒中年轻化趋势又与中年人不关注自己的血压有关。

很多人关心自己的事业，关心口袋里的钞票，关心股票，关心负面新闻，有时也关心广场舞，关心手机上所谓的养生，就是不关心自己的血压，不关心健康科普知识。专家只用了十秒钟便给我进行了一次"卒中 120 法则"科普，看"1"张脸是否不对称，握"2"手臂是否单侧无力，"0"听说话是否口齿不清，符合"120"，就立即拨打 120 急救电话。十秒，不够你看完一条微信，不足你讲完一个笑话，为什么我们要吝啬这救命的"十秒"？

我在江西省人民医院也采访了卒中中心秘书刘诗英医师，同样感受到她的无奈。省人民医院为了能让卒中患者在最短时间内得到最有效的治疗，在优化"卒中救治绿色通道"上做足了"功课"，采取"三先一后"的救治流程，也就是先抢救、先治疗（包括溶栓药物）、先检查化验，后缴费，为患者提供了"一站式"诊疗服务。只要盖上了"卒中中心"红印章，便会一路畅通无阻。卒中中心已将入院至静脉溶栓时间（DNT）缩短到了 45 分钟，也就是刘秘书说的"中位数时间"，比国家卒中急救时间窗的时间还提前了 15 分钟。对于"低头族"来说，15 分钟不够眨一次眼睛，但对卒中患者足以决定他的后半生。

刘秘书跟我讲了一个病例，南昌有一个 50 岁的病人，先是在红谷滩医院做了 CT 和磁共振，确认是脑梗，但症状不明显。病人的姑姑是医生，病人打电话给姑姑。姑姑说，你这个要赶快去溶栓，RTPA 溶栓。

听了姑姑的话，病人这才到省人民医院治疗。RTPA（阿替普酶）溶栓是最佳治疗方案，但要求病人从发病到入院用药不能超过四个半小时。这时，患者从发病到现在已经四个多小时。怎么办？抢时间。病人已经知情，很快签署了知情同意书。病人也无禁忌病史，已做 CT 和磁共振，只需要验血，做心电图。所有参与急救的医务人员不敢有片刻耽搁。病人从入院到用药只花了 16 分钟，创造了 DNT 时间之最。这是一个特殊的病人，也是一个幸运的病人。事实上，很多病人从发病到入院就超过了四个半小时，患者和家属的卒中知晓率又是一张白纸，入院后往往在签署知情同意书上花费的时间太长，病情一拖再拖。那只能用第二套方案，尿激酶溶栓，极限时间是六小时。但从全国来看，真正接受溶栓治疗的卒中患者不到 2%。很多患者只能选择介入取栓治疗。刘秘书告诉我，他们曾对患病 24 小时的急性脑梗病人成功实施过介入取栓治疗。患者来的时候人事不知，取栓后人就清醒了。

医院不是上帝，无法阻止人间悲剧发生。医院想方设法在死神手里抢时间，而更多的人却在挥霍时间。我在省人民医院见到过人间悲剧，而上演这一人间悲剧的主角往往是患者自己。谁应该对我们的健康和生命负责？只能是我们自己。

卒中中心的尴尬在创伤中心、危重孕产妇救治中心、危重儿童和新生儿救治中心就少得多。南大三附院按照严重创伤救治"黄金一小时"的理念，整合神经外科、普外科、骨科、心胸外科、泌尿外科及重症医学科，实行一体化救治模式，克服了传统分科救治模式中缺陷，实现了第一时间向急重症患者快速聚集，为各类急救病患者提供全面、准确、有效的救治服务，最大限度保障了危重病人的安全。创伤中心成立以来，已成功救治了十多万名创伤患者。

孕产妇死亡率和婴儿死亡率是衡量一个国家人民健康的两项重要指标。江西通过危重孕产妇救治中心、危重儿童和新生儿救治中心两个中心网络化建设，使全省住院分娩率由 77.44% 提升到 99.99%，孕产妇死亡率从 2000 年的 50/10 万下降到 8.41/10 万，婴儿死亡率从 34.8‰下降到 5.5‰，远低于国家这两个死亡率的控制标准，形成了"一升两降"的良好态势。

构建一个小时生命急救圈，县级医院是关键的第一环。县级医院的五大中心急救能力处于一个什么样的状况是老百姓关注的焦点。

2019 年 2 月 20 日，一位 39 岁的高龄二胎产妇凌晨 3 点在赣东北的玉山县妇保院自然分娩一女婴。3 点 25 分，产妇突然出现阴道出血、呕吐、胸闷气逼，医生判断可能是羊水栓塞（分娩时污染羊水中的有形物质和促凝物质突然进入母体血液循环而引起急性肺栓塞、过敏性休克、肾衰竭等系列病变并发症，死亡率高达 60%至 80%）。医院立即启动了产科急救预案。五分钟内，各科室相关医护人员迅速到岗。

血中纤维蛋白原含量为零，羊水栓塞诊断成立。产妇随时可能因心肺衰竭、子宫大出血、弥散性血管内凝血而死亡。

征求家属意见，执行子宫切除！

上手术台，麻醉师准备。

……

手术顺利。

安排进 ICU，24 小时监护。

三天三夜之后，病人各项指标恢复正常。

一个县级医院，十年前面对"产科死神"，产妇要么等死，要么死在转院途中。现在，他们敢于挥舞着手术刀，与死神一决高下。玉山县妇保院已经创造了连续 11 年产妇零死亡纪录。

2018 年盛夏，鄱阳湖洪水滔滔。一艘执法船在白茫茫的湖面上行驶。一名执法人员突然昏迷，躺在船板上，气息微弱。执法船发出紧急呼救。

报告你的位置。

船在鄱阳湖北岸水域。

进入急救地图系统。

执法船以最快速度赶往都昌县城。

通知都昌县人民医院做好急救准备。

执法船发出震耳欲聋的轰鸣，在湖面上卷起一串雪白的浪花。

患者一个小时以后进入医院卒中中心。CT、磁共振检查，验血、心电图检查，确诊为缺血性脑梗。根据症状判断，患者昏迷应该不是第一次发病，卒中首发到现在已经超过六小时，只能做微创介入取栓。患者神经功能缺损程度评估分值很低，死神已经露出了狰狞的面孔。

股动脉穿刺。消毒、铺巾、穿刺、造影、微导管、微导丝置入、血栓位置判断、支架释放拉栓，所有动作一气呵成，暗红色的血栓顺利取出，患者闭塞的脑血管恢复畅通。当晚，患者苏醒，语言功能恢复正常。次日，患者能正常行走。

"五大中心"建设是一套组合拳。第一步，将医院各个学科像手指一样捏成拳头，而不是撒手任死神宰割。第二步，让医院所有人都凝心聚力，甚至包括很多你不用正眼瞧的工勤人员，汇聚成一股强大的力量，注入"拳头"。第三步，把所有的"中心"绘制成一张急救中国地图，让每一个点都无限靠近"死神"，以一定的套路向"死神"发出致命一击。

我们每个人都会死，但我们都不希望生不如死。生，就快快乐乐地活着。死，就像一次没有终点的远行，挥挥手，化作天边的一片云彩。

生命将远行，要学会"谢幕"

人的一生，唯有生和死两件事。

生，就是人要活，或如何活。有生必有死，死却很少有人愿意去面对。有人说，文化就是人类避死求生的一种成果，哲学和宗教是这种成果的精神内核。苏格拉底给哲学的定义是"死亡的准备"。叔本华说："死亡是给予哲学灵感的守护神和它的美神。"当代宗教心理学也说："宗教是在有人喊救命这样的情况下产生的。"世界上如果没有死亡，就不会有宗教。其实人对死亡的思考并不少于生，只是无法面对，或不敢面对。

因为讳死，当死亡来临时，总是让人措手不及。

在这次采访中，有人建议我去采访临终关怀。开始我心动了，或许是讳死的原因，后来又放下了。直到在江西省卫健委遇见肿瘤医院护理部主任洪金花，我仍只是想问问情况。然而，洪主任却异常热情，邀请我一定要去看看。这一看，我又心动了。

"生如夏花之绚烂，逝若秋叶之静美。"这是采访中我阅读到最美的一句话。生自不用说，如果死能像一片秋叶随着微风翩翩起舞，最后无声无息飘落在大地上，没有痛苦，没有忧伤，甚至没有意念，质本洁来还洁去，该是一件多么美妙的事！但当我真正触碰到死亡，这种美得像雪花一样的词汇很快就消融了。而最后打动我的竟然是，生命将远行，我们每一个人都要学会"谢幕"。面对观众和掌声，我们会深深鞠躬致谢。面对死亡或死神，我们还会想到谢幕吗？恐怕是避犹不及。每一个人都将面对死亡，能避得开吗？既然避不开，为什么不看看安宁疗护是怎样教人"谢幕"！

安宁疗护的创始人是英国的桑德丝。1947 年，她照顾一位年轻的癌症病人大卫·塔斯马。医生对病人疼痛束手无策，她眼睁睁看着大卫·塔斯马在痛苦中死去，总觉得该为癌症病人的疼痛做点什么。桑德丝想到建一个像家一样的地方，尽量减少病人的痛苦和遗憾。大卫去世，将他五百英磅的遗产留给了桑德丝。桑德丝也开始了她的计划。她到处演讲、募款，组成了一个由医生、护士、志愿者、社工、理疗师及心理师参与的服务团队，开始了安宁疗护。安宁疗护就是通过为患者及家庭提供帮助，在减少患者身体疼痛的同时，更多去关注患者内心感受，给予"灵性照护"，让患者有尊严地走完人生最后一段旅程。

为了开启安宁疗护这扇窗，洪金花她们专门到台湾地区进行过一次考察。台湾地区的安宁疗护是中国发起最早的地方。台湾地区模式有"五全"照护。全人：满足病人身体、心理、社会及灵性的需要。全家：生病期间及病人去世后家人的哀伤辅导。全程：延续性的哀伤（居丧）辅导。全队：一组受过训练的团队照顾病人全家。全社区：指整合全部社会资源，为患者在家庭或者社区中提供全面照顾。

世界卫生组织统计，全球每年有 2000 万人需要生命末期的安宁疗护，但 90%的人得不到妥善照顾，在不必要的痛苦与窘迫中死去。大多数人在生命结束时，经受着他们不想要或不愿意的照顾和治疗。

因为安宁疗护，我了解了巴金临终前的一段经历。1999 年，巴金病重入院。一番抢救之后，虽然保住了生命，却要从此鼻子里插上胃管，靠护理一天六次把食物"打"进胃里，食不知味。巴金一直躺在华东医院的病床上，不能书写，不能说话，与外界沟通的唯一方式是点头或者摇头。巴金曾想安乐死，但没有一个人有勇气挥别这样一位文坛泰斗。中国人有两个词汇是刻在骨子里，一个是"孝顺"，一个是"亲情"。生者要孝顺，不忍割舍亲情，最后只能理所当然"委屈"将要远行的生命。之后的六年，巴金一直在为别人活着。巴金临终有一句话："这种长寿对我是一种折磨。"或许是对未来的一种预感，早在 20 世纪 80 年代，巴金在《病中集》里就有关于死亡的思考："例如生与死的问题，我就想得最多，我非常想知道留给我的还有多少时间，我应该怎样安排它们。而仰卧在病床上动弹不得，眼看时光飞逝，我连一分一秒都抓不住。我越想越急。"

没有生命质量的长度是毫无意义的长度，甚至是让人痛苦不堪的长度。

死亡不应该成为文化忌讳。死亡是一个人的远行，人面对死亡时，无论是高尚还是卑微，都会陷入焦虑、孤独、恐惧和生命撕裂的疼痛。台湾地区南华大学生死学系教授蔡昌雄把人临终过程划分为放下、定向两个阶段，放下就是与熟悉的世界道别，定向则是鼓起勇气迈向未知的死亡。面对死亡，人通常是震惊，随后会陷入否认事实、愤怒自己遭遇的情绪中，然后经历一段"讨价还价"般的心理状态后，沉沦在抑郁中，最后接受现实。安宁疗护就是无限延长第一个阶段，让死亡变得"如此多情"。人放下了，死亡就没那么可怕了，或者说没机会害怕了。

1988 年，天津市临终关怀研究中心成立，标志着我国第一个安宁疗护机构诞生。2015 年，英国经济学人智库对全球 80 个国家和地区临终患者死亡质量进行评估。评估从终末期患者的照护环境、人力资源、照护质量、照护可负担程度和公众参与度五个方面进行综合评价。中国大陆排名第 71 位，而且与排名最末位的伊拉克差距不明显。生命就像一道彩虹，起点和终点应该同样绚丽夺目。有"优生"，就应该有"优逝"。"优逝"理念不够深入人心，是因为很多人认为，有一丝希望不去抢救是一种残忍。殊不知过度治疗也是一种残忍。庆幸的是，2017 年 2 月，国家卫计委一连发布了三个关于安宁疗护的文件。同年 9 月，又选定了五个首批安宁疗护试点单位，安宁疗护开始被大陆公众接受。2019 年 5 月，国家卫健委又在上海、北京等 71 座城市启动第二批试点。

上海是全国首座全市覆盖安宁疗护的城市，也是首次举办世界安宁疗护日大会的城市。2019 年 10 月 12 日，世界安宁日。上海举办了一个剧场式演讲暨艺术活动，学术专家、音乐人、文学家、癌症患者等 8 位嘉宾与 450 名观众首次体验了一次生命与死亡的相遇。担任这次活动主持的王莹就是一位癌症患者。她从第一次接触安宁疗护至今，已有 11 年。2018 年 5 月，王莹检查患有淋巴癌，肿瘤部位在左脸。医生的治疗方案是实施全部切除，但术后将会出现面瘫、左眼无法闭合、嘴巴歪斜。王莹最终选择从口腔内切除肿瘤的手术方案，保住了面容完整。其代价是肿瘤周边组织癌细胞无法彻底清除，需要进行持续放疗和化疗。王莹对自己的疾病没有丝毫忌讳，她微笑着面对观众说："人是有选择的，在生活质量和生存长度的考量上，我更愿意拥有现在的自己。"她的微笑让人心疼，她的话让人心动。在即将到达生命终点的时候，都知道她的选择是最好的选择，但是谁都不愿意这样去选择。王莹就是用她的选择讲述另一种生命的认知。因为这种认知，她放下了死亡，抓住了生命最后的时光，让自己活着更有质量。王莹是上海"手牵手"生命关爱发展中心主任。"手牵手"是 2008 年成立的上海首家致力于临终关怀和死亡教育的非营利机构。"手牵手"已经培训了 1200 多名临终关怀志愿者，为 7000 多名临终病人提供临终关怀，服务了 4 万余名社区癌症患者。

2018 年 5 月，江西省卫生健康委委托省肿瘤医院试点开展安宁疗护。安宁疗护在医院又叫"缓和医疗"，不仅不挣钱，而且在大多数情况下都是赔钱。2017 年 3 月，北京海淀医院肿瘤科主任秦苑想开设安宁疗护病房，为了说服院长，便给院长讲了巴金的"故事"，院长二话没说，咱开！省肿瘤医院开始也是把这项工作当"政治任务"，派骨干人员外出考察，反复调研论证，成立试点病房工作推进小组，建立医疗、护理、营养、心理、疼痛、志工、社工多学科安宁疗护团队，组建科室安宁疗护治疗小组，建立安宁疗护工作制度、流程、评价及考核机制。历经半年，11 月 1 日，安宁疗护病房正式开放。

不管是什么任务，要干就干得最好，这是肿瘤医院一贯作风。启动之初，医院便将综合肿瘤内科医护人员相对固定下来，配备了 2 名医生、4 名护士、2 名护理员，安排了 4 间病房，设置了 7 张床位。收治对象主要是院内院外终末期患者。收治前要开展生存期评估、心理和营养筛查。收治期间最初的工作目标是最大限度缓解和控制患者症状，保持患者舒适状态，尽可能满足患者需求，帮助患者实现临终心愿。

第一次见到这个疗护团队，我的感觉是，这个目标太高了。眼前除了洪金花主任和何凤娥护士长人到中年，其他都是如花似玉的小姑娘，像她们这样的年龄，还是爸爸妈妈的小棉袄，如何能背负起死亡这样沉重的话题？然而，当这些小姑娘讲完一个个故事时，我改变了看法。

"一位 73 岁的老婆婆，原本给人印象是慈眉善目、体态轻盈的老人，如果她跳广场舞，姿势一定很优雅。可是人就是经不起病痛折磨。淋巴瘤晚期，只能平躺在床上，稍微翻身，便疼得大汗淋漓，她的骶尾部不堪重负，压疮面积已经覆盖了整个臀部。每次给她换药，臀部都散发着刺鼻的腐臭味。我是含着眼泪帮她清创、引流、换药。老婆婆也哭，对不起，别管我了，给我安眠药，让我离开。我说，人没死，就有放不下的东西。放下了，人就睡着了。老婆婆说，你能陪我聊天吗？我说，可以呀。只要婆婆愿意，我天天陪你。老婆婆说，我年轻时也像你一样漂亮。我说，你肯定比我漂亮，你的身材跳舞一定很美。老婆婆说，你怎么知道，我的舞姿真迷倒过不少男人。老婆婆笑了，笑得很开心。我又问，你想女儿吗？老婆婆说，想。我便联系了她女儿。女儿知道母亲没几天便要远行，也天天来陪老婆婆。突然有一天，老婆婆对我说，我想好了在哪儿买墓地。看到老婆婆说得那样平静，那样坦然，我心里特别高兴。老婆婆已经跨过了死亡那道坎。我说，二十年后，婆婆又是人见人爱的美人。婆婆笑，也可能是一个英俊的小伙子。没两天，老婆婆微笑着离开了。赞美和幻想是最好的镇痛剂。"

这是一个小姑娘给我讲的故事。你觉得她还是小姑娘吗？

这个姑娘刚说完，另一个姑娘又接着讲。

"李叔都答应我，置管子（CVC管）打营养针。可是到了晚上，他突然变卦了。人变得很狂躁，也很虚弱，吼着说，不置管了，没用，什么都没用。病人越是狂躁，心里就越是恐惧。第二天，他居然拔掉了尿管，拔掉了心电监护，直嚷嚷，不要，什么都不要。李叔的亲人都来了，几个人都摁不住他，我们只好给他用上了约束带，李叔才渐渐平静下来。快下班时，我把李叔的爱人留了下来。阿姨也是一位癌症病人，两个人虽然住在一家医院，却是咫尺天涯。这次，我安排他们聊了很久。阿姨拉着李叔的手，先是聊起这一年多来她是怎么陪李叔看病求医，看着看着，发现自己也得了癌症。阿姨说，对不起，很久没陪你。李叔说，是我对不起你，拖累你了。阿姨说，没什么对不起。都说夫妻本是同林鸟，大难来时各自飞。我们就没有各自飞，要来同来，要走同走。李叔哭着说，说什么傻话，你在，我走得才放心。又对我说，阿姨的病比我轻，一定要先救阿姨。说着说着，两个人就哭到一堆。哭着哭着，李叔沉默了，也似乎明白了，不再狂躁，而是安静地闭上了眼睛，任凭阿姨去抚摸他。我默默地把约束带撤了下来。陪伴是最长情的告白。越是到了生命尽头，越是渴望陪伴，渴望爱。我们能做的就是让他们打开心扉，让两股爱的暖流汇聚在一起。心中有了爱，才能没有遗憾地走完人生。"

小姑娘眼里噙满泪水。

我突然间明白了，这些小姑娘跃过生命的艰辛，直接品味生离死别，心智比任何人成熟得都要快。这就是为什么肿瘤医院安宁疗护推出才一年多点的时间，7张病床竟然陪伴180多位终末期患者走完了人生最后一程。

人其实可以分成两个部分，一部分是肉体，一部分是精神。肉体在医学上是一个复杂的生命体，但于精神有时又是一个躯壳。精神对于人来说，往往显得更为重要。一个人的肉体死亡了，只要还有一丝意识，精神便能畅游世界。如果一个人的精神死亡了，肉体很快就会垮掉。一位临终老人，拿一张白纸找到护理站，问护士，她画得好不好。护士看了半天，没人敢加以评价。最后一个护士忍不住说，这是一张白纸呀。老人笑了，就是一张白纸，也是一幅"牛吃草"图。护士仍不明白。老人说，牛把草吃完了是不是得离开？草吃完了，牛离开了，不就是一片空白吗！护士都恍然大悟。这幅"画"后来成为一年"世界安宁日"画展上的经典之作。它是人的一种精神境界，也是安宁疗护的一种境界。

传统医疗注重的是运用医学器具对患者进行机械性救治，以治病为目的。现代医疗则是"生理—心理—社会—环境"四位一体的医疗生态模式，关注的是患者全方位的状态，其中就包括生命价值和尊严的梳理和重构。安宁疗护就是"以疾病为中心"转向"以病人为中心"现代医疗价值模式的一个范例。

2019年9月20日，安宁疗护病房来了一位才24岁的大学生小郭。小郭说是大学生，可是入学才两个月便检查患有直肠癌。刚刚开启人生梦想还没有尝到人生滋味的小郭就不得不接受了"残酷"的手术。开腹之后，发现是晚期，只做了减瘤手术，肛门被封，排便口开在肚子上。紧接着便是一次又一次化疗和放疗。即便是这样，也没有阻止死神的脚步，最后入住安宁疗护病房。

小郭的经管医生简艳也是一个小姑娘。简艳给我介绍，这时的小郭已经是一个完全性肠梗阻的状态。腹腔癌细胞广泛转移，腹腔有一个巨大的肿块，盆腔严重感染。下身全部溃烂，连生殖器都肿得很大，不能穿裤子。人躺在床上不能动，一动便撕心裂肺地疼痛。

小郭来的时候就对简艳说，姐姐，我知道生命走到了尽头，就想从你这走，把器官捐出去，把遗体捐出去。简艳说，姐会帮你完成心愿。尽管小郭已经想得很开，但接下来的病痛折磨还是让他无法忍受。简艳说，姐帮你清洗一下下身，疼痛会减轻很多。小郭吼起来，滚，不要你清洗，让妈妈来。小郭是不想把一个已经溃烂的男人的尊严暴露在一个女孩面前。简艳将简单的清洗操作程序教会了他妈妈，小郭在妈妈面前温顺得像一头小绵羊。母亲的怀抱永远是儿子的依靠。简艳说，那我帮你洗洗头，理个发？这回小郭答应了。简艳将病床一头升起来，在他脖子上围上围裙，先用温水清洗头发，顺便做一些穴位按摩，再将头发修剪齐整，清理细碎的头发，最后梳洗。整个过程都十分轻柔而又小心翼翼，小郭几乎快要睡着。简艳拿着镜子说，好了，看看满不满意。小郭盯着镜子里的自己看了半天才说，姐还有这手艺？简艳说，刚学不久，理得不好。小郭露出了难得的笑容，理得真好，这还是我吗？简艳也笑，当然是你。小郭突然变得黯然，可惜了，一张没有明天的笑脸。简艳说，不可惜，人生都很短暂，愁是一天，笑也是一天。小郭此时的状态，简艳唯一能做的就是缓解疼痛。在医学上，她把所有的办法都用上了，但小郭的疼痛仍然是爆发式的。简艳只能用非医疗的方式来分散他的注意力。现实很残酷，由于癌细胞大面积扩散，小郭的器官除了眼角膜基本不能用，小郭心里最后保留的一点高尚也被击得粉碎。简艳说，就是捐眼角膜也很好呀，你可以通过别人的眼睛去看世界。简艳明显感到小郭绝望的眼里放射出一道亮光，又说，从医学的角度，你捐赠的遗体也非常有价值，它能用你的生命去照亮别人的生命。小郭说，真的吗？简艳说，姐还能骗你！

小郭在安宁疗护病房身体很痛苦，但心里却也很快乐。简艳是一个很细心的女孩，她发现小郭住进来之后，一直没看到他父亲。简艳问小郭，怎么没见你父亲？小郭冷冰冰地说，别提他。简艳后来了解到，小郭从小到大都是妈妈照顾，父亲一直在外面打工，父子见面的机会很少，即使见面了，也总是吵架。安宁疗护有一个重要内容，不能让患者带着遗憾离开。简艳忍不住又问小郭，你真的很恨父亲吗？小郭说，谈不上恨。以前他看不惯我，现在更看不惯。简艳说，以前看不惯是望子成龙，现在不一样。小郭说，有什么不一样？相见争如不见。简艳说，司马光后面还有一句，有情何似无情。你父亲为了一个家不容易，自己留有遗憾，还把遗憾留给父亲，你忍心吗？小郭眼里闪烁着泪光，我也想见，可是现在成了这样，还能见吗？简艳说，这不是你的错。简艳要来他父亲的电话号码，给他父亲打了电话，一家三口终于在安宁疗护病房团聚了。父亲见面就说，爸再也不骂你。小郭说，儿子不争气，该骂！简艳说，就别再说骂不骂了，有什么心愿就对爸爸说，爸爸每完成你一个心愿，就会减轻一分痛苦。小郭说，我想捐款。爸爸说，那就捐款，捐多少？绝不让儿子把这辈子的磨难带到下辈子。

我从简艳这里了解到，小郭为治病已经欠下了三十多万元的债务，但他一直没有停止过捐款。他把父母给他的零花钱通过手机平台都捐给了贫困地区。他在弥留之前最后一次刷手机，仍捐出了50元。这不是50元钱，而是生命最后灿放出来的一束焰火。生命只有通过释放才能让灵魂得到安宁，一个灵魂得以安宁的生命才无所畏惧。

2019年10月11日8时15分，小郭独自远行了。遗体捐献给了井冈山医学院，眼角膜捐给了红十字会。

安宁疗护有一个重要环节叫"四道人生"。生命将要远行，每一个人都要学会道谢、道爱、道歉、道别，让死者安详，让生者安心。

安宁疗护病房曾入住过一个身患肺癌的企业老板。老板姓张，曾经是一名军人，很有音乐天赋，在病房里经常播放自己演唱的红歌光盘，以此激励斗志，与病魔抗争。艺术疗法是心理治疗的一个重要方面，它往往能把患者带出心理困境。然而，老张七年的抗癌岁月终于走到了尽头，精神也开始崩溃。

何风娥护士长有空就陪他聊天。老张的心事还挺重，在情感上他一辈子都是在索取。做老板时，风风火火，从来没管过老婆孩子的感受。病倒了，又满脑子是如何与癌症抗争，连战友、同学聚会都没参加过。现在生命要结束了，还真不知道如何面对。情感上的痛苦更加剧了他肉体上的痛苦。老张的时日已不多，何风娥与老张的家人商量，把他六十岁的生日往前移，为老张在医院举办一个生日Party，邀请对象由老张定。以前遇到这样的事，老张都拒绝，这次他却同意了，而且一请就是六七十人。在生日宴会上，老张与同学、战友该道谢的道谢，该道歉的道歉，最后又一一道别。老张最难却是跟老婆道歉、道爱。年轻时他曾答应过将来有钱了，一定要给老婆买一颗钻戒，然而一直没买。这次他买了，却不知道如何送出去。倒是深知内情的何风娥帮了他，张叔，你不是还有一样东西要送给阿姨吗？老张这才拿出钻戒，又不知道如何开口。何风娥又说，你是不是欠阿姨什么？老张把钻戒递给他老婆说，是。又没下文了。把何风娥急得，这么多年，阿姨对你的照顾是不是很用心？老张说，是。老张什么都知道，就是说不出口。何风娥笑，阿姨，你看张叔跟你道歉了。他老婆说，你不说我也知道。何风娥说，阿姨知道归知道，你说出来就不一样了。老张心一横说，这次不说怕也没机会说了，对不起。感谢你这么多年的照顾！老张说完便昏昏欲睡，他这是心里放下了。老张的女儿在电视台工作。老张与女儿有一种天然的默契，老张醒来没见到女儿就喊她，女儿也是有空就来陪父亲。这种陪伴就是道爱的一种方式，女儿在就能给老张一种安全感。老张在生日后的第二天就走了，是睡着走的。老张走后，他老婆给何风娥发了一条微信：感谢你为老张选择了这样一种离开方式，它让我们都少了很多纠结。

江西肿瘤医院启动安宁疗护一年多来，收治年龄最大的患者是93岁，最小的只是一岁零三个月。何风娥告诉我，这个孩子来到这个世界上甚至还没学会叫妈妈便患上了横纹肌肉瘤，七个月后，医院就宣布，孩子没有治疗价值。孩子的父母觉得如果让孩子在家等死，他们无论如何都难以承受，这才来到安宁疗护病房。安宁疗护只能根据孩子的表情来使用镇痛药，所有的心理疏导对孩子毫无用处。为了减轻孩子的痛苦，医生给孩子布置了一间特殊的病房，床头放着各种各样的布娃娃，一面墙上画了一个动物世界，一面墙上画了一片海洋，天花板上是星星和月亮，孩子就是在这样一个梦幻世界里走完人生。

采访结束的时候，我看到洪金花主任眼里闪过一丝忧虑。她对自己不满意，或者说对她的安宁疗护不满意，总觉得自己很不专业，譬如说心理疗护、艺术疗护、灵性照护，她们都很陌生，不能满足将要远行的人心里渴望。这个女人心里有一团火，迎面都能感受到她的温暖。她的美丽不在长相，而在温暖。

我说，既然打开了一扇窗，一切都会迎面而来！

第十章　谁来拯救健康

健康中国行动

一人健康是立身之本，一国健康是民族复兴之根。

2019 年 7 月 15 日晚，新华社发布了一条重磅消息，国务院印发了关于实施健康中国行动的意见，国家层面出台《健康中国行动（2019—2030 年）》。这是一项直接影响市场也影响每一个中国人生活方式的重大行动计划。

只要关心中国发展走向的人不难发现，中华民族正在铺设一条以人民为中心的"健康之路"。2015 年，"健康中国"上升为国家战略。2016 年，中国发布《"健康中国 2030"规划纲要》。2017 年，十九大报告又明确提出"实施健康中国战略"。这次健康中国行动是为进一步推进健康中国建设规划了一张"施工图"，也是向全国人民发出的总动员令。

"大卫生"护航，引领健康中国。怎样才能做一个健康中国人？《健康中国行动（2019—2030 年）》提出了 50 条"国标"，树立"大卫生、大健康"理念，治病是"下坎堵漏"，提倡不生病，少生病。譬如说健康膳食，成人每人每天食盐摄入量不超过 5 克，食用油摄入量不超过 25—30 克，成人男性腰围小于 85 厘米，女性小于 80 厘米。譬如说运动，日常生活每人每天达到 6000—10000 步的身体活动量。譬如说睡眠，小学生每天睡眠 10 个小时，初中生 9 个小时，高中生 8 个小时，成人每日平均睡眠时间为 7—8 小时。又譬如说关爱身体，40 岁以下血脂正常人群，每 2—5 年检测 1 次血脂，40 岁及以上人群至少每年检测 1 次血脂。心脑血管疾病高危人群每 6 个月检测 1 次血脂。

整个健康中国行动围绕三大板块十五个重大专项行为展开。第一个板块从健康知识普及、合理膳食、全民健身、控烟、心理健康、健康环境六个前端入手，综合施策，全方位干预健康影响因素。第二个板块从关注妇幼、中小学生、劳动者、老年人四类重点人群"网格式"防护，实行全方位全生命周期健康覆盖。第三个板块针对心脑血管疾病、癌症、慢性呼吸系统疾病、糖尿病、传染病和地方病五类重点疾病决战"健康杀手"，实施重点干预。

国家卫健委宣传司司长宋树立在例行新闻发布会上就健康知识科普行动解读，要增进全民健康，前提是要提高健康素养，要让健康知识和技能成为全民普遍具备的素质和能力。2017 年居民健康素养监测，全国平均值是 14.18%，行动目标是不低于 22—30%，心动还不够，还要行动。中国工程院院士王陇德说，比如，能不能要求所有食品生产经营单位，就在餐桌上摆一个小小的宣传桌签，告诉老百姓，高盐高油会引发高血压、心肌梗死、中风，建议您选择清淡口味，你说写这么一张条子能费多大劲？

健康素养是国民素质的重要标志。提升健康素养是提高全民健康水平最根本、最经济、最有效的措施之一。健康素养是一个人获取和理解基本健康信息服务并做出正确判断和决定的能力。没有这种能力，就没有健康快乐的人生。一年有春夏秋冬，一生有生老病死。医学是一门不确定性的科学和可能性的艺术，不但有局限，而且有风险。一棵树没有两片相同的树叶，世界上也没有两个相同的病人。同样的疾病用同样的治疗方法可能就会有不同的结果。只有了解了医学，才能走出生活的误区，更好地了解健康。很多人热衷于在手机上寻找养生"秘诀"，生吃茄子能减肥、喝绿豆汤治心梗、生吃泥鳅养气血、饥饿减肥。很多人病急乱投医，热衷于搜寻"神医神药"。健康没有捷径，所有的捷径都可能是歧路。自主自律才是正道。

　　每个人都是自己健康的第一责任人，而健康的身体源自健康的生活方式。生命在于运动，运动需要科学。世界卫生组织研究表明，影响健康 60% 以上的因素是行为和生活方式。2014 年国家体育总局全民健身活动状况调查，我国城乡居民经常参加体育锻炼的比例仅为 33.9%，缺乏锻炼成为多种慢性病发生的重要原因。中国的"小眼镜"预计超过 1 个亿，中小学生近视率分别高达 71.6%、36%，不少专家感叹，中小学生近视眼防控需要打一场"人民战争"。青少年体质健康水平整体上有向好趋势，但"增龄递减"现象仍然没有改变，从 2016、2017、2018 三年的数据看，学生体质健康整体优良率分别为 26.5%、29.3%、30.3%，上升趋势虽然明显，但随着年龄增加，体质下降也很明显。2017 年调查数据显示，小学生体质健康达标率为 92.1%，中学生为 88.0%，大学生为 74.4%。老年人健康快乐是社会文明进步的重要标志。中国是世界上老年人口最多的国家，也是人口老龄化最快的国家之一。截至 2018 年底，我国 60 岁及以上的老年人有 2.49 亿，占总人口 17.9%。老年人整体健康状况也不容乐观，有超过 1.8 亿人患有慢性病，患一种及以上的慢性病比例高达 75%。第四次中国城乡老年人生活状况调查显示，有 18.3% 的老年人失能或部分失能，数字约为 4000万。进入老年后，患病时间早，带病时间长，生活质量不高。老年痴呆症患病率为 5.56%，约 900 万。2018 年底，我国累计报告职业病例 97.5 万，其中职业性肺病 87.3 万例，占总数 90%。约有 1200 万家企业存在职业病危害，超过 2 亿劳动者受到职业病威胁。说到"健康杀手"，心脑血管疾病、癌症、慢性呼吸系统疾病、糖尿病等慢性非传染性疾病死亡人数占总死亡人数的 88%，所导致的疾病负担占总负担的 70% 以上。有数据显示，心脑血管疾病目前是居民第一死亡原因，大约每 10 秒钟就有 1 人死于心脑血管疾病。癌症也是谈之色变的一大重症，每年新发癌症病例约 380 万，死亡人数约 229 万，而且发病率和死亡率仍呈逐年上升趋势。慢阻肺病高发，40 岁以上的人群患病率达 13.7%，20 岁以上的人群为 8.6%，全国有 1 亿慢阻肺病患者。

健康中国行动不仅仅是一次倡导，也不仅仅是一次动员，而是聚焦中国人主要健康问题和影响因素，通过个人、家庭、社会、政府多个层面协同推进，实现以治病为中心向以健康为中心、"治已病"向"治未病"、依靠卫生健康系统向社会整体联动、宣传倡导向全民行动四个转变。正如习近平总书记所说："要倡导健康文明的生活方式，树立大卫生、大健康的观念，把以治病为中心转变为以人民健康为中心。"顺应人民群众的美好生活需要，对生命实施全程、全面、全要素地呵护，让老百姓拥有更清洁的空气、更干净的水、更安全的食物、更公平可及的体育设施、更优质普惠的医疗服务。我们要身体健康，也要心理健康和精神健康，要治愈疾病，更要强健的体魄和快乐地活着。健康是"管"出来的。在社会转型时期，人人都面临着生活压力和社会竞争，也面临着精神失衡和情感孤独，我们需要心理关怀和精神慰藉。但是，这种需求不是一种社会分配，更不是一种乞求，所谓种瓜得瓜，种豆得豆，我们每个人的大脑神经冲动都会影响神经体液分泌，影响着人的精神状态和身体状态。从中医观点看，精、气、神是养生三宝，人要"形神合一"，以动养形，以静养神，形神兼养，才能身心俱佳。

中国，已经不是 70 年前的中国，完全有条件、有能力实现卫生健康领域这场大变革。国家卫生健康委员会主任马晓伟在庆祝中华人民共和国成立 70 周年活动新闻中心举行第二场新闻发布会庄严宣布，中国经过 70 年的不懈努力，国家医疗卫生事业已经发生了翻天覆地的变化。人均预期寿命从 35 岁提高到 77 岁，婴儿死亡率由 200‰下降到 6.1‰，孕产妇死亡率由 1500/10 万下降到 18.3/10 万，主要健康指标优于中高收入国家的平均水平，用比较少的投入解决了全世界六分之一人口的看病就医问题，走出了一条具有中国特色的道路。

中国健康档案

70 年，中国医疗卫生机构的总数超过 99 万个，床位达到 840 万张。卫生健康系统人员总数达到了 1231 万人，每千人口医生数达到了 2.59 人，每千人口的护士数达到了 2.94 人，超过了中等收入国家的平均水平。基本医疗保障体系覆盖了 13 亿多人口，参保率稳定在 95%。个人卫生支出占卫生总费用的比重下降到 28.6%，进入了一个 21 世纪最低的水平。国家建立了一支完整的公共卫生突发事件应急队伍和构建一套完整的快速反应体系，成功地处置了非典、H7N9 等重大突发疫情，艾滋病、结核病、血吸虫病、乙肝等重大疾病也得到了有效控制，职业病和地方病防治成效显著。2018 年，全国门急诊总量超过 83 亿人次，出院量超过 2.5 亿人次。同时，还拓展了卫生国际交流，参与全球健康治理，累计向 71 个国家派遣医疗队队员 2.6 万人次，诊疗患者 2.8 亿人次，与国际组织、有关国家和地区签订并实施了 160 多个健康领域的合作协议。

医学科技创新，一直以来都是世界各国优先布局的领域，也是衡量一个国家创新能力的重要标志。70 年，中国从未放弃过对医学巅峰的挑战，医疗科技创新也在大步向前。医学科学家背靠优越的体制，秉承家国情怀，多次打破重大核心技术受制于人的局面。

中国是世界上拥有最大心衰患者群的国家之一，至少有 1000 万心力衰竭患者。相比于这个巨大的需求群体，每年可供移植的心脏仅有 300 颗左右，几乎可以忽略不计。中国自主创新研制的全磁悬浮人工心脏，无论是在体外测试、动物实验，还是在临床测试结果，所有的技术指标和参数都达到了甚至超过了美国最新一代人工心脏的各项标准。"中国心"不但填补了国内人工心脏领域的空白，更为上千万晚期心力衰竭患者重获新生带来了希望。

"天玑"是中国自主研发自有产权的骨科手术机器人，也是世界领先的基于术中实时三维影像的机器人。"天玑"系统由机械臂主机、光学跟踪系统、主控台车构成，它的"透视眼"和"稳定手"一举解决了骨科手术的三大难题：视野差、精准难、不稳定。"天玑"机器人能在一个复杂的骨骼结构环境中，非常准确地找到在三个维度上面的准确位置，这是人的能力所不具备的。例如，传统腰椎手术，需要对病人的腰背皮肤、肌肉和神经进行大面积剥离，来寻找手术部位。而"天玑"只需要在病人身上开很小的创面，就能精准定位，从而极大地减少了手术的风险和恢复周期。全国使用"天玑"机器人医生数量2016年仅有28人，三年间人数增长十几倍，2018年达397人。"天玑"机器人手术量2016年仅为217例，现在全国"天玑"机器人手术量已近8000例，准确性较传统方法提高了53.6%，将骨科带入智能精准微创的新时代。

2019年1月，江西省肿瘤医院静脉药物配置中心引进了一台"机器人护士"。她熟练而准确的配药动作和完成质量，彻底颠覆了医务人员的传统观念。国内药品配置绝大部分由人工操作完成，配液的重要性与危险性往往被忽视。尤其是肿瘤医院，化疗药物使用频率极高，人工配液过程中手指割伤、刺伤、药物喷溅等情况时有发生。长期接触生物毒性药物，对身体危害很大。配药过程虽然重复单一，但对操作精细度却要求很高。人工配置难免会出现多抽液少注液的现象，正负压药品容易喷溅，极易污染配液环境，造成院内感染风险。原来用肉眼判断抽取和注入的药品量，现在由机器人按电脑程序控制药量，不仅误差小，而且保证了患者的用药安全。

2019年7月4日下午，南昌大学第一附属医院骨科主任戴闽教授带领他的团队，顺利完成江西首例"天玑"机器人骨盆骨折手术。骨科手术与其他外科手术相比，难点在于术区通常毗邻重要的神经血管，视野差，而精准性和稳定性又要求非常高。本次手术耗时仅40分钟。与传统的开放式手术相比，患者术中出血少，术后仅有两个1厘米左右切口，极大地减少了患者的痛苦，并加速了患者术后康复。这台"天玑"是针对骨科中四肢、骨盆、脊柱全节段（颈椎、胸椎、腰椎、骶椎）和骨科肿瘤手术的第三代国产骨科手术机器人，充当着骨科手术医生的"第三只手",使手术更加智能、精准、微创,大大提高了手术效率,减少了并发症。目前,"天玑"骨科手术机器人已逐步在医院骨科各个亚专业科室中应用。

2019年8月6日,赣南医学院第一附属医院引进了一台全球最先进的新一代达·芬奇(Xi)手术机器人,历时90分钟,顺利完成了一例肾切除手术。这是全国地级市首次运用机器人完成的第一例外科手术,开启了基层医疗领域机器人手术时代。达·芬奇提供了3D高清视野,拥有7个自由度的可转腕手术器械,可以360度灵活操作,其弯曲及旋转的功能突破了人手的局限,比人手更灵活,且可防止人手可能出现的抖动,避免了手术中因抖动划伤神经和血管的医疗意外,将复杂精细的外科手术做得更精准,更完美。

全国已有20多家医院正在创建骨科手术机器人应用中心。目前,人口老龄化和慢性病增加形成的大量医疗需求、医疗资源分布不均、医疗劳动力短缺、医疗数据迅速增长人力难以处理等问题已经将医疗带入了一个前所未有的困境,但随着人工智能前沿技术快速融入医疗,正在重塑医疗服务模式,给医疗插上了智慧的翅膀,改变着医院的未来。

21世纪是医学和生命科学的世纪。2018年,世界权威医学期刊《柳叶刀》发布全球医疗质量和可及性排名,中国这一指数的排名从2015年的全球第60位提高到了2016年的第48位,一年间就上升了12位,是进步最大的国家之一。

70年,从赤脚医生到乡村医生,从最基本的医疗检验设备到手术机器人远程治疗,从三联单到社保卡,从一根针一把草到青蒿素问鼎诺贝尔奖,从"看上病"到"保健康",从缺医少药到降价保供,中国医疗技术能力和医疗质量水平发生了前所未有的变化。

北宋大儒张横渠有一句至理名言:"为天地立心,为生民立命,为往圣继绝学,为万世开太平。"张横渠说出了中华民族的博大胸怀,也道出了中华文明的历史使命。

医学的发展经历了神灵主义医学、自然哲学医学、机械医学、生物医学、生物-心理-社会医学等五种模式的艰难演变,终于走进了一个健康大时代。未来生命将是一个什么样的走向?我们将以什么样的方式挽救生命?随着大数据时代的到来,现代医疗模式正在经历一场创新性革命。医学模式已进入了预防、预测、个性、参与、精确的"5P"医学模式。

中国正站在新的历史起点,中西医并重,构建中国未来医学——中国医学。

庚子"国考",突如其来

未来,是无数道必答题。

庚子年未至,先抛出新型冠状病毒这道题。这是一道人人必须过关的考题。

疾病不是敌人,而是朋友。疾病来敲门,就是来告诉我们,生活哪方面出了问题。譬如,受了风寒,感冒来了。暴饮暴食,高血压、糖尿病、心脏病来了。

健康风险挑战从来就没有停止过,但每一次挑战都推动了中国医疗卫生事业的发展,推动了人类进步。

中国人不会忘记 2003 年"非典"带来的惨痛。时隔十七年,一种新型冠状病毒再次敲响中国的大门。

2019 年 12 月,武汉市部分医疗机构陆续出现不明原因肺炎病人。武汉市持续开展流感及相关疾病监测,发现病毒性肺炎病例 27 例,均诊断为病毒性肺炎肺部感染。患者初始症状多为发热、乏力和干咳,并逐步出现呼吸困难等严重表现。部分严重病例出现急性呼吸窘迫综合征或脓毒症休克,甚至死亡。医院找不到特效的治疗方法。

一些人很快联想到"非典"。这种呼吸系统疾病是要告诉中国人生活出问题了，还是对经过多年努力构建的中国公共卫生应急和医疗体系乃至人类进行一次大考？

2019年12月31日上午，国家卫健委专家组抵达武汉，展开流行病学调查。很快发现此次肺炎病例大部分为华南海鲜城经营户，锁定病毒自然宿主可能出自野生动物，并立即采取了病毒分型检测、隔离治疗、终末消毒等常规措施。

2020年1月1日，华南海鲜批发市场休市。同时加强了对公共场所，特别是农贸市场防病指导和环境卫生管理。并迅速向世界卫生组织通报了疫情信息。

1月7日21时，实验室检出一种新型冠状病毒，并获得该病毒全基因组序列。1月12日，世界卫生组织正式将造成武汉肺炎疫情的新型冠状病毒命名为"2019－nCoV"。

疫情在继续蔓延。截至2020年1月10日24时，诊断新型冠状病毒感染的肺炎病例41例，其中已出院2例、重症7例、死亡1例，其余患者病情稳定。

春节临近，返乡过年高峰即将出现。武汉市决定，自1月14日起，在机场、火车站、长途汽车站、客运码头迅速安装红外线测温仪35台，配备手持红外线测温仪300余台。对出现发热的旅客进行登记、发放宣传册和口罩，免费办理退票或改签手续，指导转诊到辖区医疗机构，实行登记报告制度。

截至1月20日18时，中国境内累计报告新冠肺炎病例224例，其中确诊病例217例（武汉市198例，北京市5例，广东省14例）。疑似病例7例（四川省2例，云南省1例，上海市2例，广西壮族自治区1例，山东省1例）。日本通报确诊病例1例，泰国通报确诊病例2例，韩国通报确诊病例1例。

疫情发生后，党中央、国务院高度重视，指示要把人民群众生命安全和身体健康放在第一位，各相关部门和地方必须尽快完善应对方案，全力以赴做好防控工作，落实早发现、早报告、早隔离、早治疗和集中救治措施，坚决遏制疫情蔓延势头。

1月20日，国务院联防联控机制召开电视电话会议，对新冠肺炎疫情防控工作进行全面部署。国家卫健委发布2020年1号公告，将新型冠状病毒感染的肺炎纳入《中华人民共和国传染病防治法》规定的乙类传染病，并采取甲类传染病的预防、控制措施。将新型冠状病毒感染的肺炎纳入《中华人民共和国国境卫生检疫法》规定的检疫传染病管理。

疫情继续朝未知情形发展。为有效切断病毒传播途径，1月23日10时起，武汉市城市公交、地铁、轮渡、长途客运暂停运营，机场、火车站离汉通道暂时关闭，无特殊原因，市民不得离开武汉。交通运输部发出通知，全国暂停进入武汉道路水路客运发班。湖北省内多条高速公路封闭，京港澳高速武汉西、武汉北、蔡甸、永安收费站口封闭，其他出武汉市的高速公路口也已封闭。

武汉市宣布建武汉版"小汤山医院"，集中收治新冠肺炎患者。

1月24日，除夕。截至24时，全国确诊新冠肺炎病例903例，疑似1076例，治愈36例，死亡26例。疫情蔓延至30个省、市、自治区和港澳台。23日至25日，浙江、广东、湖南、湖北、安徽、天津、北京、上海、重庆、四川、江西等24个省、市、自治区先后启动重大突发公共卫生事件一级响应，涵盖总人口超过12亿。湖北除武汉之外，又有鄂州、仙桃、枝江、黄冈、赤壁、荆门、咸宁、黄石、当阳、恩施、孝感等12个城市先后采取封城抗疫措施，进入"封城"状态。

国务院办公厅24日起在"互联网+督查"平台面向社会征集有关地方和部门在疫情防控工作中责任落实不到位、防控不力、推诿扯皮、敷衍塞责等问题线索，以及改进和加强防控工作的意见建议。

这不是小题大做，事实证明中国采取了最理性的做法应对新型冠状病毒给出的这道"难题"。

　　中国疾控中心开始启动新型冠状病毒疫苗研发，成功分离病毒，筛选种子毒株。新冠肺炎药物筛选也在进行中。从华南海鲜市场的 585 份环境样本中，检测到 33 份样品含有新型冠状病毒核酸，疑似该病毒来源于华南海鲜市场销售的野生动物。

　　1 月 27 日，农历正月初三，受习近平总书记委托，中共中央政治局常委、国务院总理、中央应对新型冠状病毒感染肺炎疫情工作领导小组组长李克强来到武汉，考察指导疫情防控工作，看望慰问患者和奋战在一线的医护人员。同日，世界卫生组织（WHO）将新型冠状病毒疫情的全球风险调升至高风险。财政部、国家卫健委下达 2020 年基本公共卫生服务和基层疫情防控补助资金 99.5 亿元，加上已经提前下达的 503.8 亿元，中央财政安排基本公共卫生服务和基层疫情防控补助资金总量达 603.3 亿元。

　　天津首批 10000 人份针对新冠肺炎的 "2019－nCoV 病毒检测试剂盒" 发往武汉。

　　1 月 29 日，西藏首例新冠肺炎病例确诊，全区启动重大突发公共卫生事件 I 级响应。至此，全国 31 个省（自治区、直辖市）和新疆生产建设兵团疫情全部点亮，并均启动重大突发公共卫生事件 I 级响应。

　　财政部、卫健委：对确诊患者发生的医疗费用，个人负担部分由财政给予补助。所需资金由地方财政先行支付，中央财政对地方财政按实际发生费用的 60% 予以补助。

　　交通运输部：严格预防通过交通工具传播新型冠状病毒。

　　科技部、卫健委、发改委：迅速启动疫情应急科研攻关。

　　外交部：12308 热线全天候为海外中国旅客提供协助。

　　教育部：2020 年春季学期延期开学，推迟开学不停学，中小学疫情期间开展网络教学。

　　国资委：中央企业要加快研制生产，全力做好卫生医疗保障。

　　市场监管总局、农业农村部、国家林草局：加强野生动物市场监管，严厉打击野生动物违法交易。

生态环境部：疫情防治过程中产生的感染性医疗废物实行分类分流管理。

农业农村部、交通运输部、公安部：保障"菜篮子"产品和农业生产资料正常流通秩序。

人社部：疫情影响导致不能提供正常劳动的企业职工，企业应支付职工在此期间的工作报酬。

······

全国布局，众志成城。

一场大考决胜已成定局了吗？

历史永远是英雄的舞台，不同的是主角。当代中国是一个造就平民英雄的时代。

中国工程院院士钟南山教授再次临危受命，出任国家卫健委高级别专家组组长。这是历史留给 2019 年中国寒冬最感人的一缕温馨。

2003 年"非典"，钟南山以一句"把重病患者都送到我这里来"走进中国人的视野。十七年过去了，已是 84 岁高龄的钟南山买了一张站票义无反顾地踏上了去往武汉防疫前线的高铁，临行前他给中国人提了一条建议："我总的看法，就是没有特殊情况，不要去武汉。"一个正在去武汉的老人，却警告别人不要去，话里话外尽是悲壮！

钟南山敢讲真话、敢涉险滩、敢啃硬骨头是当年抗击"非典"英雄的集体回忆。老百姓就相信钟南山。

1 月 20 日晚，钟南山接受央视新闻采访时说，新冠肺炎肯定人传人，广东有两个病例没去过武汉，但家人去武汉后染上了新冠肺炎。另外，已有 14 名医护人员感染了新型冠状病毒。这对尚纠结在是否人传人的武汉无疑是当头棒喝。武汉市卫健委于 21 日凌晨才正式通报，共有 15 名医务人员确诊感染新型冠状病毒。钟南山又说，新冠肺炎很可能来自野味，比如说像竹鼠、貛这类野生动物，但中间宿主还没有找到。新型冠状病毒感染正在爬坡，要提高警惕。真话就像真病，让人疼痛，也让人猛醒。

2月2日，年过七旬的李兰娟院士带领团队凌晨4点抵达武汉。吃完早餐，就前往医院争分夺秒地展开工作，一天只睡三个小时。抵达武汉的第3天，李兰娟团队就发布了两项重大研究成果。

英雄不仅要视死如归，还要拨云见日。

危难见真情。像钟南山、李兰娟一样逆向而行的英雄还大有人在。1月24日至28日，国家卫健委先后派出52支6097人来自地方和部队的医疗队投入到湖北抗击疫情前线。他们都是在一年一次团聚的家乡或年夜饭饭桌上接到组织上的抽调电话，但他们没有迟疑，没有畏惧，紧急打起背包，匆匆告别家人，奔赴医院，奔赴车站和机场，奔赴疫区战场。庚子新年钟声敲响的前一刻，武汉机场，一批由陆、海、空三军军医大学组成的3支医疗队共450人突然从天而降。他们中不少都在小汤山抗击过非典，在非洲抗击过埃博拉。今天，他们要为武汉一座城市"守岁"，驱逐"年兽"，为一个省"辞旧迎新"。农历大年初一，国家中医药管理局依托中国中医科学院组建的第一支国家中医医疗队抵达武汉。中国中医科学院院长黄璐琦院士亲自带领医疗队领导班子与武汉市金银潭医院接洽，探讨中西医结合治疗新冠肺炎方案。

所有逆向而行的英雄心里都装着一个信念，国有难，召必去，去则战，战必胜！

荆州中心医院ICU副主任王冰，如果没有这场疫情，他原本打算和妻子女儿吃完年饭一起看春晚。医生能陪老婆孩子看一次春晚不容易。1月22日，荆州市卫建委"点名"要他参加援助武汉医疗队。临出门前，9岁的女儿问："爸爸，你会不会死呀？"王冰的老婆气得要打女儿，王冰拦住了她，拿出手机，翻出新冠肺炎救护视频和文字，告诉女儿："爸爸不但不会死，还要救活很多人！"女儿这才含泪点头。

截至2月11日24时，全国共报告3019名医务人员感染了新型冠状病毒（含确诊病例、疑似病例、临床诊断病例、无症状感染者），确诊病例 1716 例，占全国确诊病例的 3.8%；医务人员死亡 6 例，占全国死亡病例的 0.4%。其中湖北省报告医务人员确诊病例 1502 例。国人惊呼，你有多美！

战"疫"中冲锋陷阵，不容任何人临阵脱逃、停滞不前或动摇军心。1 月 30 日，疫情仅次于武汉的黄冈市，市卫健委主任唐志红在中央督查组面前"一问三不知"，被免职。同期，黄冈市各级纪检监察机关累计出动 3497 人次开展监察检查，处理、处分党员干部 337 人，对防控不力的 6 名领导干部予以免职。2 月 10 日，湖北省委常委会决定，免去张晋省卫健委党组书记职务，免去刘英姿省卫健委主任职务。截至 2 月 20 日，湖北武汉女子监狱、山东任城监狱、浙江省十里丰监狱等 5 座监狱发生感染疫情，确诊病例 505 例，11 名领导干部被免职。一些人因此政治生命终结。福建晋江一从武汉疫区返乡的病毒感染者，无视当地政府居家隔离要求，谎称从菲律宾回来，多次参加宴请，导致四千余人被隔离，多人感染，人称"毒王"，被公安机关依法采取强制措施。山东潍坊一患者故意隐瞒旅行史和接触史，致 68 名医务人员被隔离，公安机关依法立案侦查。在此期间，全国有 20 余名新冠肺炎患者涉嫌危害公共安全罪被依法处理。

这次大考，每个人都在用生命答题，没有退路。答对了，迎来的是庚子年的春天，答错了，就会止步于 2019 年寒冬。既然是"大考"，不可避免会有一些人"淘汰"出局，但也只是大浪淘沙。

在历史转折点上勇往直前，就是时代的英雄。

现实往往会跟墨守成规的人开玩笑。与 SARS 同源性达 85%的新型冠状病毒或许是为了让"大考"达到戏剧性效果，表现得比 SARS 更加"狡猾"。新型冠状病毒初始症状毒性较弱，症状也不明显，不像 SARS，感染出现高烧、肺炎等严重症状后才具有较强的传染性。如果就此认为这道"题"远比当年的 SARS 容易，就会犯历史性错误。

1月30日零时，全国已确诊6095例，疑似9239例，死亡133例。确诊病例首次超过"非典"病例。同日，世界卫生组织基于中国感染者数量增加、多个国家都出现疫情两个事实宣布，将新型冠状病毒疫情列为国际关注的突发公共卫生事件。

人类对新型冠状病毒有一个不断认知的过程。感染人类的冠状病毒，加上武汉新发现的冠状病毒一共有7种，其中4种对人类的致病性很弱，只有SARS、MERS（中东呼吸综合征）相对严重。专家分析，武汉冠状病毒还没有出现"超级传播者"（具有极高传染性的带病者，可导致疫情大规模爆发）。

武汉来自全国的专家有很多都是当年抗击"非典"的勇士，他们很快识破了新型冠状病毒的"狡诈"。这种病毒一般潜伏期有3—7天，最长可达24天。发病不是急性，不一定出现高热，呼吸道症状不明显，有的患者就是有点乏力、头痛，伴有消化道症状。这些病人隐藏在人群中不易发现，也不易辨别。这种病毒的可怕之处不是症状，而是无症状就具有传染性。加之正处于流感高发期，新型冠状病毒与流感夹杂重叠，使疫情变得异常扑朔迷离。

"考题"中隐藏着难以预见的"陷阱"！

专家研究还发现，新型冠状病毒倍增时间比SARS短。SARS9天左右会倍增，新型冠状病毒大概6—7天病例就会翻倍。新型冠状病毒还极善于"伪装"，传播途径除了接触传播、飞沫传播，还存在更可怕的"无症状感染""假阴性"和气溶胶传播（飞沫混合在空气中形成悬浮气溶胶，吸入后导致感染），隐蔽性非常强，传播能力和速度均比SARS强，危害也比SARS大。临床分析，新冠病毒不但"狡猾"，而且"诡异"，主要攻击的部位是肺部，有时又会累及心、肝，有些年轻患者肺部感染并不严重，却出现心搏骤停。

"考试"中不确定因素还远不只这些。

按照国务院联防联控机制要求，必须严防死守，把疫情控制在武汉。

然而武汉是一座一千多万人口的大城市，又逢春节，阻止人口流动是完成这道"考题"的最大难点。

国家意志如果不能转变为全民自觉行动，考试注定要失败。

除夕之夜，难得回老家过年的我正在关注网上的新型冠状病毒疫情，突然接到村主任的电话。村里在祖厅烧了一堆柴火，召集村委开会。我说，我不是村委，就不去了。村主任说，你是村里的长辈，又有见识，村里特邀你参加。

我来到祖厅，熊熊燃烧的干柴烈火把父老乡亲脸上都烤得红扑扑的。一张张熟悉的笑脸，都是我魂牵梦萦的情感宿主。寒暄之后便开始开会。会议的主题竟然是商讨大年初一是不是串门拜年的事。按照家乡的习惯，大年初一先要集中给祖宗拜年，然后晚辈上门给长辈拜年，整个初一上午，村前屋后那是人流如织。到了初二之后，便是走亲串友，乡间小道如琴弦，往来的男女如五线谱上的音符。一年到头不见的亲友，这一见面就亲了。会议自然形成了两派意见，一拜祖二拜母是祖宗留下来的规矩，哪能不拜？今年与往年不同，不是来了"瘟疫"么？今年就不拜了，来年再拜两次。争论倒不是很激烈，毕竟生死攸关。村主任问我的意见，我说拜祖宗今年就别集中了，串门拜年也免了，新冠病毒传播非同儿戏。村委就我的意见郑重举手表决，竟然没有杂音。最后，村主任煞有介事地说，听说百贵家的儿子是从武汉来的，告诉他，一律不得出门，在家里要戴口罩，每天要测体温。祸害了村里人，饶不了他。

会后，村主任将会议决议原原本本在村里家族微信群里转发，分分钟便家喻户晓。

大年初一，除了祖厅方向零星响起鞭炮声外，整个村庄静悄悄的，乡亲们都自我隔离在家里。不仅大年初一没人串门，初一之后，走亲串友也都免了，微信里相互问候，道声祝福，成了鼠年的一种时尚。我也是在悄无声息中回到城里。回城后才知道，这样的做法不仅仅是我的老家，几乎所有的村庄都不约而同，有的村庄甚至主动把进村的道路封闭了。在城里，偶尔遇到熟人，握手礼也改成了拱手礼。

中国的老百姓总是在国家危难的时候才能看清他们的面容！

地方政府对省外返乡人员也实行了属地网格化管理，全面排查湖北省回乡人员，登记造册，隔离管护，跟踪随访，并进行健康监测，做到全覆盖、无死角、不漏人。对发热病人集中隔离观察，符合新型冠状病毒感染症状，立即送定点医院隔离治疗。之后，国家也通过大数据锁定了年前离汉人群，并逐级反馈到县乡村。城乡陆续发出禁令，禁止未佩戴口罩人员进入人口密集区和经营场所，禁止湖北来往人员出入人群密集场所，禁止湖北车辆和人员入境，禁止隐瞒病情，禁止从外地进入人员以各种形式拒绝或逃避检测和排查行为，禁止医疗机构推诿诊治发热病人，禁止私下进行活禽或野生动物交易，禁止各类文化娱乐场所开放、营业，禁止举办聚会、婚丧、嫁娶、宴请等群众聚集活动。

在遏制疫情蔓延的过程中，政府和群众保持着高度一致。城里道路变宽了，乡村再也看不到堵车。路上匆匆而过的行人，脸上虽然戴着口罩，眼神却没有一丝慌乱。所有自觉把自己隔离的人心里都极其平静，因为中国官方所有实时公开的信息给了他们足够的信心，中国战胜疫情只是时间问题。正如国家卫健委回应我们共同的敌人是疾病，不是武汉人。隔离的是疫情，而不是真情。

我也把自己"隔离"在家里，百无聊赖之时，想起老家的乡亲，便给村主任打了一个电话。村主任说，放心吧，没事。我们把村口出路都堵了。全村委会从湖北来了六个，都自己把自己关在家里，医生每天都去量体温。

中国如此大的"考场"出奇地安静，安静得一根针掉在地上都能听到响声。

庚子年，可能是富起来的中国人自觉过的第一个节俭年。没有繁文缛节，没有吃不完的宴席，甚至结婚都不需要礼仪，不要亲朋好友祝福。

简单未尝不是一种新的生活方式。中国人有很多病就是吃出来的。这次 2019－nCoV 侵袭，很多苗头指向野生动物市场。有人开玩笑说，人类一次次把野生动物抓来关进笼子，野生动物一次就把所有人关进了笼子。这虽然是自嘲，却切中了时弊。在中国爆发 2019－nCoV 危机的同时，英国《每日邮报》1 月 30 日也报道，澳大利亚数十万只蝙蝠飞入城区，引起当地民众恐慌。澳大利亚肆虐的山火熊熊燃烧了 5 个月，大火吞噬了人类家园，也让无数野生动物丧生火海或被迫迁徙，蝙蝠就是其中之一。在 2003 年爆发的非典中，SARS 病毒的宿主就是蝙蝠。这次中国疫情源头再次指向蝙蝠。蝙蝠是大自然的"毒王"，昼伏夜出，身携 100 多种病毒，其中就有埃博拉病毒、狂犬病毒、SARS 病毒和 MERS 病毒，每一种病毒都可能引发一场公共卫生危机。

健康是"管"出来的。管住自己是每一个人的使命。

过年没出门，接了不少祝福电话，有一个电话让我感动。哥，我还是 2019 年的人。电话那头是我在卫健委的一个旧部，分管医疗。除夕之夜，他接到疫情电话后就没回过家。我说，你辛苦了，可惜我现在帮不上忙。他说，哥，保护好自己，就是帮忙。这话让我眼眶里突然涌出一股暖流，为这句话我也得守好病毒的入口。

2 月 11 日，世界卫生组织宣布，将新型冠状病毒感染的肺炎命名为"COVID－19"。

"考试"进展并没有当初想象的那样乐观。2 月 12 日，就在第三战场（湖北以外地区）新增确诊病例 9 连降、全国出院病例连续 12 天高于死亡病例时，第一战场（武汉）和第二战场（湖北省除武汉以外地区）形势却异常严峻。中央指导组副组长陈一新当日上午指出，武汉依然处于暴发流行期，感染者底数还没完全摸清，潜在被感染基数可能较大。湖北省总体上仍处于流行期，伴有局部暴发。此前，湖北召开新闻发布会称，截至 2 月 9 日，武汉人数排查达 99%。湖北到底怎么了？答案很快揭晓。2 月 13 日，全国疫情公布，湖北新增新冠肺炎病例 14840 例，

12 日比 11 日确诊病例足足翻了 8 倍。专家解读，暴增源于统计标准的变化，其中有 13332 例属于临床诊断病例。同日，全国死亡人数也猛增至 304 人，是以往的 3 倍以上。盖子终于揭开，当疫情缓慢在爬坡过坎时，湖北表现的是轻慢，当疫情汹涌而来时，又惊慌失措，乱兵上阵，致使兵败如山倒。疾控专家曾光说，湖北一日新增一万多，一定有防控漏洞，但正走向正确的道路。武汉情况比预想的更加严重，因一些干部作风不实，造成底数不清、情况不明、救治不及时、责任落实不到位，患者转运也存在衔接无序、组织混乱等突出问题。最让人忧心如焚的还是病床短缺，资源得不到有效整合。2 月 13 日，中央断然决定，走"蒋"换"马"，应勇接替蒋超良，出任湖北省委书记，王忠林接替马国强，出任武汉市委书记。临阵换将本来是兵家大忌，但为了中国乃至世界人民的生命和健康，中国没有退路。

湖北、武汉已经成为全国打赢疫情防控阻击战的决胜之地。武汉胜则湖北胜，湖北胜则全国胜。在这场战略决战中，不容有任何闪失。

武汉以不舍昼夜的中国速度，仅用了十多天的时间，先后建成了一座拥有 1000 张病床的火神山医院和一座拥有 1500 张病床的雷神山医院。两座现代化医院的建成不仅创造了一个工程奇迹，更向世界展示了中国抗击疫情的力量和决心。为了最大限度扩充收治患者容量，做到应收尽收，不漏一人，武汉还利用体育中心、会展场馆、学校临时改建了 16 家方舱医院，增加开放床位 1.3 万多张，同时改造扩容定点医院，一个月床位由 5000 张增至 2.3 万张，一举改变了"人等床"的被动局面。方舱医院史无前例，从建设到使用速度之快令人咋舌。方舱医院以最小资源达到了最快、最大的收治容量，成为决胜战"疫"的生命之舟。在战"疫"即将进入决战的关键时刻，中央果断决策，"一省包一市"对口支援第二战场，统筹安排 19 省对口支援湖北除武汉外的 16 个市州及县级市，助力当地"一人一医疗团队，一人一诊疗方案"。方案出台仅两天，湖北各市对口支援队伍全部就位。至此，自 1 月下旬以来，中国在第一、二战场共投入了 189 个医疗队（含军队、中医），还有钟南山、王辰、李兰娟 3 个院士团队，总人数达 2 多万人，其中重症专业医务人员达 1.1 万人，接近全国重症医务人员资源的 10%。医疗救援还在源源不断向湖北集结，其规模和速度远远超过了当年汶川地震的救援。共同战"疫"，鏖战正酣！

2003 年 SARS，中医在广州取得零感染、零转院、零死亡、零后遗症的治疗战果。在这次抗击新冠肺炎战役中，国家明确要充分发挥中医药的作用，加强中西医结合，建立中西医联合会诊制度。在西医没有找到有效抗病毒药物之时，中医却捷报频传。2 月 6 日，国家中医药局推荐救治新冠肺炎中使用"清肺排毒汤"。该方由张仲景所著《伤寒杂病论》中多个经典方剂优化组合而成，已在 4 个试点省运用救治 214 例新冠肺炎患者，总有效率达 90% 以上，不仅适用于轻型、普通型、重型患者，而且在危重症患者救治中也能发挥作用。同日，武汉 23 名患者经中西医结合治疗康复出院，住院最短的只有 6 天。2 月 8 日，广州市第八人民医院申报的"肺炎 1 号方"（中药制剂）被获准用于全省 30 家新冠肺炎定点救治医院临床使用。此前，临床应用"肺炎 1 号方"治疗新冠肺炎（轻症）确诊病人 50 例，无一例患者转重症。至 2 月 19 日，肺炎 1 号方临床验证总有效率达到 94.21%。截至 2 月 20 日，中医团队尽锐出击，深入防控一线，全国中医系统 630 多家中医医院共派出 3200 多名医务人员驰援湖北。中医方案纳入全国诊疗方案，中医药专家全面参与全程救助。80% 的重症患者接受了中西医治疗，90% 的轻症患者接受了中药干预，100% 的隔离患者希望中医药早期介入。截至 2 月 17 日，全国中医药参与救治的确诊病例共计 60107 例，占比 85.2%。中西医结合，成为打赢疫情防控阻击战的国家利器。方舱医院中西医结合再次实现了"零感染、零死亡、零回头"。在整个战"疫"中，中西医这两套不同的医学体系，优势互补，协作攻关，为构筑未来中国医学进行了一次大规模的实战演习，成为解救危机中国不可或缺的两条腿。

有战斗就有牺牲。武汉市首批新冠肺炎定点医院之一武昌医院院长、主任医师、神经外科专家刘智明感染新冠肺炎去世，年仅 50 岁。刘智明是在这次疫情一线牺牲的第一位院长。已退休的华中科技大学附属同济医院器官移植科林正斌教授、湖北省中西医结合医院耳鼻喉科原主任 63 岁的梁武东倒在战"疫"前线。湖南省衡山县乡镇医生宋英杰在防疫前线连续奋战十天九夜，因劳累过度引发心源性猝死，年仅 28 岁。江西省大余县人民医院即将退休的医生蒋金波在疫情发生后，义无反顾，因长时间得不到休息，突发心肌梗死，轰然倒下。在这次战"疫"中还有无数"草根英雄"悄然离世，他们用生命记录了这场战"疫"的惨烈，也用自己的方式书写着民族大义。

庚子大考，中国没有一人是旁观者。尽管在这次战"疫"大考中，有些人表现轻慢，答非所问，有些人玩小动作，搞"恶作剧"，甚至还有些人不放过赚钱的机会，高价兜售假劣"口罩"，但这都改变不了"国考"的大格局，因为这次是国家在"主考"，一支精锐的国家医疗团队和执行国家意志的管理团队在引领，危机还激发了 14 亿中国人强烈的对抗意识，56 个民族中华儿女紧紧捏成了一个拳头。

面对健康风险，全人类是一个命运共同体。2020 年 2 月 25 日，中国境外新增确诊病例首次超过中国。截至 27 日，除南极洲外，全球各大洲共出现 8.17 万例感染病例。28 日，世界卫生组织将新冠肺炎疫情全球风险级别由"高"上调至"非常高"。西方一些政客为了掩饰自己防疫不力，竟然别有用心"甩锅"中国，将这次疫情引发归罪于中国。从最新病毒基因测序分析，新冠病毒其发源地未必在中国，新冠病毒源于自然界。中国的庚子大考从一开始就是一次国际大考，一些国家和地区不仅没有珍惜中国为他们争取的宝贵缓冲时间，从速应对这场人类危机，而且幸灾乐祸，甚至推卸责任，从而陷入了一场更大的危机。

春天是生命律动最强盛的季节，也是能够给人带来信心和希望的季节。进入阳春三月，中国疫情持续向好。

3月6日，新增确诊病例进入两位数低位运行。

3月7日，湖北以外首次实现无本土新增确诊病例，湖北除武汉以外连续4日无新增确诊病例。

3月10日，武汉16家方舱医院完成历史使命，全部休舱。

3月12日，国务院联防联控机制新闻发布会宣布，本轮疫情高峰期已经过去。截至3月11日24时，31个省（区、市）和新疆生产建设兵团累计报告确诊病例80793例，当日新增15例（境外输入6例），其中湖北新增确诊病例8例（全部为武汉病例），湖北外日新增确诊病例7例，均降到个位数。累计死亡病例3169例，累计治愈出院病例62793例。所有地市连续一周无新增确诊病例。

3月18日，湖北新增确诊病例为零。至此，中国本土新增确诊病例全部降为零，防疫重点全面转向严防死守境外新冠肺炎输入。

3月中旬，中国以"一省援一国"模式进入世界抗击新型冠状病毒战场。

2020年4月29日，中共中央政治局常务委员会召开会议指出，在党中央坚强领导和各方面大力支持下，经过艰苦卓绝的努力，湖北保卫战、武汉保卫战取得决定性成果，全国疫情防控阻击战取得重大战略成果。在这次战"疫"中，国家先后派出340多个医疗队、42000多名医务人员驰援火线。中国在鏖战了三个多月后，终于迎来了疫情拐点，用生命的代价换来了世纪大疫"国考"的惨胜。国家科研团队也传出好消息，针对新型冠状病毒的疫苗已经进入临床实验，有效治疗药物也正在进一步探索中。而此时的境外疫情仍处于暴发增长态势，全球累计确诊病例逾400万例，累计死亡近30万人，其中美国累计确诊病例逾130万例。

新冠肺炎与2003年的SARS、2009年的全球H1N1大流感相比，无论在传播速度还是在破坏力方面都是前所未有。从宏观层面看，新冠肺炎是对国家治理体系、能力以及医疗卫生综合水平的一次挑战和检验。从微观层面看，又是对国民健康素养和体质的一次考验。面对突如其来的国家重大危机，尽管有些地方反应迟钝，甚至麻木。但是中国没有惊慌失措，而是及时采取了透明、科学、有效的应对策略，动员全社会的力量和资源，包括使用高科技手段对疫情展开围追堵截，严防死守，大大降低了二三代传染和聚集性传染，在很短的时间内便迎来了疫情拐点的到来。在与死神抢速度上，中国医护人员无视生死，以集团式冲锋，很快把握了战场主动权，以远低于 SARS 的死亡率赢得了战"疫"的胜利。在这次战"疫"中，中国的举国动员能力、运输能力、建设能力和人员物资调动能力举世无双，所展现的大国风范让世界惊叹甚至是敬畏。疫情尽管首先在中国发生，但中国仅用了一个多月的时间就控制住疫情并有了极大转机，创造了一个又一个应对公共卫生危机的中国样板。这次战"疫"产生的震撼和散发的人性光芒不仅改变了中国人的健康观，还改变了人生观和价值观，让一个国家的免疫力变得更加强大。

2020 年 2 月 24 日，由 25 位来自流行病学、病毒学、临床管理、公共卫生等领域的中外专家组成的中国—世界卫生组织新冠肺炎联合专家考察组结束了对中国为期 9 天的考察后，在北京举行新闻发布会。考察组认为，新型冠状病毒是一种新的病原体，对病毒传播机制和疾病严重程度的认识还在不断深入，全球防控工作仍面临严峻挑战。中国采取了前所未有的公共卫生应对措施，在减缓疫情扩散蔓延，阻断病毒的人际传播方面取得明显效果，已经避免或至少推迟了数十万新冠肺炎病例。中国在保护国际社会方面发挥了至关重要的作用，为各国采取积极的防控措施争取了宝贵的时间，也提供了值得借鉴的经验。中国正在采取谨慎、分阶段、有序的方式，逐步恢复社会、经济、教育和医疗等各部门的正常秩序。其他国家应迅速重新评估对中国采取的措施。此前，世界卫生组织也盛赞，中方始终坚持公开透明原则，及时发布信息，快速识别病毒并分享基因序列，采取果断有力措施控制疫情传播，体现的不仅是对本国人民生命健康的高度负责，更是对全球疾病防控的大力支持。中国采取的很多防控措施远远超出应对突发事件的相关要求，为各国防疫工作设立了新标杆。中国卫生系统完善，为大量患者提供了有效治疗。国际舆论也高度评价，中国表现得非常专业，一切都在控制之下。世卫组织总干事谭德塞评价中国防疫措施，我一生中从未见过这样的动员。

中国面对这样的"考试"结果，真的让人满意吗？

有人曾经做过一个假设，如果湖北的疫情早十天发出预警并采取了相应措施，这场"大考"还是这种结果吗？或许疫情就控制在武汉或湖北，成了一场局部的"战争"。早在2019年12月26日，湖北省中西医结合医院医生张继先报告的病例中就存在人传人，特别是家庭聚集性传染。中国有一套疫情直报系统，只要几个小时就能把信息上达国家机构高层，这是很多国家甚至包括世界卫生组织都不具备的优势。世界卫生组织经常是依靠追踪当地的媒体报道、学术杂志等手段来发现疫情。遗憾的是，具有中国优势的直报系统，不但没有发挥作用，反而传导了一个错误信息，"未发现明显人传人现象和医护感染"，"可防可治"。是专家明哲保身，还是地方官员"政治病"流行？湖北潜江市在1月17日上午便对32位确诊肺炎发热病人采取及时收治和集中管理，比武汉市等地"封城"、终止所有娱乐活动、出台禁足令早了6天，其新冠肺炎感染人数仅为武汉市的0.31%，孝感市的3.7%，黄冈市的4.1%。

但是，也有人做过这样的假设。假如全国从除夕开始继续放任疫情发展十天，中国面临的将是一场"浩劫"。新型冠状病毒像一滴墨汁掉在武汉这个"大水缸"里，而武汉人却浑然未觉。2020年1月中旬，湖北省召开两会，武汉文旅局启动春节文化惠民活动，百步亭社区举办4万余家庭10多万人参与的万家宴，数以百万计的武汉大学生和民工开始返乡过年，一缸清水彻底被搅浑了，而且还在不断侵染中国的大江大河。按照专家早期估算，新冠肺炎的基本传染数 R0 大约在 2－3 之间（R0>1 传染病以指数方式扩散，R0 = 1 传染病将变成地方性流行病，R0<1 传染病逐渐消失，SARS 的 R0 为 2－3），后来一项临床回顾性研究认为新冠病毒 R0 应为 4.7－6.6。1918 年，西班牙流感 RO 也在 2－3 之间，导致世界 10 亿人感染，2500－4000 万人死亡，而当时的世界人口才 17 亿。一百年后，在西医高度发达的美国，2009 年 4 月 12 日至 2010 年 4 月 10 日，美国甲型 H1N1 流感（R0 约为 1.75）疫情对外公布，造成 6080 万人感染（约占美国总人口 20%），至少 18000 人死亡。但据美国疾病预防控制中心（CDC）2012 年最终统计，甲型 H1N1 流感死亡人数接近 30 万人。美国花了六个月才宣布全国进入紧急状态。中国平均人口密度是美国的 3－4 倍，中东部人口密度是美国的 5－6 倍。即便是不考虑中美之间的人口密度和医疗水平差异，在中国人口大流动的春节，只要国家严管措施晚采取 10 天，新冠肺炎致病率至少不会低于美国当年的发病率。在中国，20% 的致病率就意味着 2.8 亿人染病。武汉在医疗资源严重不足的情况下，1 月 26 日最高点致死率为 9%。如果中国有 2.8 亿新冠肺炎患者，全国的医疗资源将比武汉更加短缺，且无外援，死亡人数将超过 2500 万。那将是村村有伏尸之痛，家家有动地之哀。相比之下，世界更应为中国政府的迅速反应和强大的号召力而喝彩！

这次疫情暴露了中国在重大疫情防控体制机制、公共卫生体系等方面仍然存在着短板。中央高层已明确提出，要强化公共卫生法治保障，将预防关口前移，避免小病酿成大疫。这次战"疫"，一个大国的发动机将开始加速，一条东方巨龙即将腾飞。1450 年，葡萄牙开启了世界大航海时代，成为世界霸主。1530 年，西班牙取代葡萄牙成为头号强国。1640 年，西班牙陷入混乱，海上马车夫荷兰取代西班牙称霸世界。1720 年，荷兰东印度公司衰落，法国开始崛起。1815 年，拿破仑遭遇滑铁卢，英国工业革命建立日不落帝国。1919 年，一战结束，美国问鼎世界。2020 年，中国已经站到了世界制高点。百年兴衰，舍我其谁？中国不称霸，但历史终将会做出自己的选择。

同日，全国新增确诊病例仅 4 例，均为境外输入病例，无新增死亡病例，现存确诊病例降为千例以下，累计确诊病例为 84000 余例，累计死亡人数 4000 余人。

一场灾难绝不只是考验过往，还将开启未来。人类的惰性和忘性让自身一次次陷入危机，而危机又倒逼人类重归正道。每一次倒逼都是一次撕心裂肺的蜕变，也是一次脱胎换骨的成长。谁来拯救人类苦难？唯有人类和苦难。

图书在版编目（ＣＩＰ）数据

中国健康档案 / 徐观潮著. -- 北京 ： 中国文史出版社，2020.8
ISBN 978-7-5205-2105-5

Ⅰ．①中… Ⅱ．①徐… Ⅲ．①报告文学－中国－当代 Ⅳ．①I25

中国版本图书馆 CIP 数据核字(2020)第 121535 号

九江市文联文艺繁荣工程扶持项目

责任编辑：全秋生

出版发行：中国文史出版社
地　　址：北京市海淀区西八里庄路 69 号　　邮编：100142
电　　话：010－81136602　　81136603　　81136606 （发行部）
传　　真：010－81136655
印　　装：廊坊市海涛印刷有限公司
经　　销：全国新华书店
开　　本：787×1092　　1/16
印　　张：17.75　　字数：270 千字
版　　次：2021 年 1 月北京第 1 版
印　　次：2021 年 1 月第 1 次印刷
定　　价：49.80 元